游泳

SWIMMING

莉莉陈——著

天津出版传媒集团
百花文艺出版社

图书在版编目（CIP）数据

游泳 / 莉莉陈著. -- 天津：百花文艺出版社，2022.10（2023.3 重印）
ISBN 978-7-5306-8368-2

Ⅰ. ①游⋯ Ⅱ. ①莉⋯ Ⅲ. ①中篇小说-小说集-中国-当代②短篇小说-小说集-中国-当代 Ⅳ. ①I247.7

中国版本图书馆 CIP 数据核字(2022)第 157341 号

游泳
YOUYONG
莉莉陈 著

出 版 人：薛印胜
选题策划：汪惠仁　**编辑统筹：**徐福伟
责任编辑：孔吕磊　**美术编辑：**郭亚红
装帧设计：川　一
出版发行：百花文艺出版社
地址：天津市和平区西康路 35 号　**邮编：**300051
电话传真：+86-22-23332651（发行部）
+86-22-23332656（总编室）
+86-22-23332478（邮购部）
网址：http://www.baihuawenyi.com
印刷：山东临沂新华印刷物流集团有限责任公司
开本：880 毫米×1230 毫米　1/32
字数：155 千字
印张：7.125
版次：2022 年 10 月第 1 版
印次：2023 年 3 月第 2 次印刷
定价：65.00元

如有印装质量问题，请与山东临沂新华印刷物流集团有限责任公司联系调换
地址：山东省临沂市高新技术产业开发区新华路 1 号
电话：(0539)2925886　邮编：276017

目录

游泳

一

每逢暑假的时候,我都会去小姨那里。小姨叫潘素素,是妈妈最小的妹妹，今年三十二还是三十三岁，我记不清了。这也没什么要紧,反正在我看来,人上了三十岁,就已经很老了。

小的时候,小姨常来我家玩。她在医院里上班,记忆中,小姨身上总有一股药水味。她喜欢抱着我,用脸蹭我的皮肤。她的脸很白,很滑,就像刚刚打开的香皂。每当这时,大家便打趣,说素素这么喜欢孩子,该不是想着嫁人了吧？小姨听了,脸就红红的,说我才不嫁人呢。让人没想到的是,一语成谶,好多年过去了,小姨依然还是一个人生活。

对此,家里人都显得忧心忡忡。每次见着小姨,外婆总要说,你怎么还不结婚,你这样下去可怎么得了啊？妈妈也说,素素,你现在不结婚没事,等以后老了,一个人要孤独的。听得多了,小姨就烦了,不回外婆家,也不来我家,一个人孤零零地住到县人民医院的集体宿舍里。

虽然小姨不来我家,但她还总是记挂着我。她似乎是掐算着的,每次我长高一些,她就会给我买些新衣服,托人送来。收到小姨送来的包裹,妈妈便借机给小姨打电话,说,素素,你回家看看妈吧,妈念叨你呢。小姨在电话那头不说话。妈妈又说,素素,你别给小乐买衣服了,别乱花钱。小姨在电话那头说,是别人送的,我不喜欢。说完,她就把电话挂了。放了暑假,小姨又托人给我送来了包裹,是一件泡泡袖的圆领上衣和一条粉红的卡其百褶裙, 都是眼下最时髦的样式。印象中,小姨自己总穿一件白色短袖衬衫,一条黑色的长裤。无论什么季节,小姨都穿长裤,这让她真有点像妈妈说的怪人了。我总想,为什么小姨要把这么时髦的衣服送给我,她不爱漂亮吗?

我站在穿衣镜前试衣服,妈妈坐在床上,给我收拾去小姨家穿的衣服、裤袜,还有她托人买的野生核桃和家鸡蛋。收拾完了,妈妈的言语中又有了些怨气。你小姨啊,从小被惯坏了,几个姊妹中,她书念得最多,最后却把自己念傻了。三十岁都不结婚,外面的人说得都不知道多么难听。上次见了,我说了她几句,到现在都不理我。你外婆见不到她,就跟我诉苦,那口气,就好像不结婚的人是我一样。

我说,为什么非要嫁人?我就觉得不嫁人挺好的。我以后也不嫁人。

妈妈听了,将叠好的衣服扔在床上,骂道,你一个小孩子家家的,懂什么?随后,她似乎不解气,又伸出一个手指往我额头上戳,你小姨是大神经病,你是小神经病。

二

从我家到小姨那里，要坐两个小时的大客车。我妈把我送到客车站门口，就不肯再进去了，她害怕闻大客车的柴油味。我不一样，我喜欢柴油的味道，甚至，我觉得这可能是世界上最好闻的气味了。有时候，我看见男人抽烟，吸进去的时候，眉毛一抖一抖的，说不出来的惬意。那时，我总会觉得，那香烟味就是柴油的味道。

小姨来车站接我，她还是那样，穿着白T恤、长裤子。看见我时，愣了一下，说，你长高了。顿了一顿，又说，你长得越来越像你爸爸了。

小姨的宿舍就在医院里头，是一栋鸽灰色的二层老房子。据说，这里原来是个学校，民国时办的。后来，改了医院，所有的房子都拆了，只剩了这一栋当作集体宿舍。小姨的宿舍在二楼，隔开里外两间。里间是卧室，外间是厨房，搁着个煤气灶。小姨怕油烟味，平时不开火，煤气灶总用一层石棉盖着。只有等我暑假里来，那层石棉才会被掀掉。小姨怕我吃不惯食堂里的菜。

楼下有一个盥洗台，乒乓球桌那么大，平时，住集体宿舍的医生都在这里洗衣服、淘米、洗菜。小姨的医院，似乎男医生要比女医生多一些，因为我总能在盥洗台边看见一堆套着汗衫的男医生在那里洗东西。他们洗东西时，一个个的不怎么响。可一有女医生来，他们就突然变成了一群麻雀，叽叽喳喳的。

他们是在讨女医生的好，我知道。哼，男人都是这样的。

有时，这些邋里邋遢的男医生还会跑到二楼来，站在宿舍门前，笑眯眯地敲着饭盆，像一群乞丐。

潘素素，借你的锅做点好吃的。食堂的饭难吃死了。

小姨不理他们，随后，他们便扭头看我，用那种似乎跟我熟悉了很久一般的语气说，小外甥女，借你小姨的锅用下，行不？

我不知道该怎么回答，扭头看小姨，小姨低头不响。一个男医生便嬉皮笑脸地说，潘素素，外面都在传说，你十七岁进医院实习时，曾经备过五百个皮，长短红黑，什么都见过，创我们医院有史以来的最高记录。

这时，小姨就抓起手边的一个东西朝他砸了过去，没砸中。随后，小姨用力将门咣的一下关上了。那个男医生便跑到旁边的玻璃窗外，得意地冲着我和小姨做鬼脸。小姨青着脸，胸脯一起一伏的。听了男医生的话，我觉得很好奇，备皮是什么，为什么小姨听了会那么的生气？

说实话，也难怪小姨，换作我，我也不喜欢这些男医生。我总觉得医生嘛，应该穿着干净的白大褂，带着金丝边眼镜，说话轻轻的。可眼前的这些男医生，一个个神情萎靡、面带菜色。还有些刚值完夜班的，眼角糊着眼屎，都不会去擦一下，别提多邋遢了。

我想，要是我以后找对象，肯定不会找这样邋遢的人。

三

在医院里，小姨最好的朋友就是朱护士长。朱护士长嗓门大，脸扁扁的，笑起来像尊菩萨，路上遇见小姨，就会停下脚步，拉住小姨喊喊喳喳地说话。她住在后面的家属院里，条件比这边的集体宿舍要好许多，有客厅、厨房、卫生间，还有种满了花草的阳台。房间打扮得也好看，贴着墙纸，看上去很高级。每次来小姨这里，她总会拉我去她家吃饭。

有一次，吃饭的时候，朱护士长就说起了她刚回掉的那个保姆。朱护士长说，我怀疑她想勾引我丈夫，你不知道，她洗了澡后不戴胸罩的，隔着睡裙，都能看见乳晕。

小姨嚼着饭，只是听，不说话。听了半天，突然想起了什么，抬头瞪着我，你去给我倒杯水。朱护士长一愣，突然扑哧一声笑起来，瞧我，把你外甥女给忘了。不过，看着样子，也是大姑娘了，也没什么关系的，我们那个年纪，在卫校里什么没见过？小姨脸一红，不再说话。

我拿着水杯，满肚子不高兴。小姨总是这样，老把我当成小孩。把我当小孩有什么好，显得她更老吗？

后来，朱护士长的老公就回来了。他姓罗，是骨科的医生。罗医生显然跟医院里其他的那些男医生不一样。个子高高的，头发有点长，还有点卷曲，像烫过的，向后捋着，很洋气。让我觉得奇怪的是，护士长的老公回来后，小姨的话突然少了。再坐一会，就带着我起身告辞了。

晚上，我跟小姨并排躺在大床上，我怕热，一躺到床上，就像条鱼一样左右翻动。小姨却好像有什么心事，躺在那里，一动不动，手上的蒲扇冲我扇着。躺着躺着，我就想起了小姨书架上的那套书。

小姨，那套《射雕英雄传》怎么缺了一本？小姨说，被人借走了。我说，赶紧去要回来吧，看不到结尾吊在那里，多难受啊。小姨不响。躺了一会，我又问道，小姨，《射雕英雄传》里你最喜欢谁？小姨扭过头看我，那你最喜欢谁？我说，我喜欢黄药师。小姨说，为什么？我说，你看，他妻子死了，他就把她冷冻在地下室里，每天跟她说话，多痴情啊。小姨却哼了一声，他一天到晚只知练武，他不是情痴，是武痴。我想了想，觉得小姨说得好像也有点道理，便又问，那你最喜欢谁？小姨怔了一下，突然用力摇几下蒲扇，你这么小，问这些干吗？

不知道为什么，这天晚上好像特别的热。我摇着蒲扇，却依旧没有睡意，这让我觉着有些烦躁。也不知什么时候，楼下盥洗台那里突然响起了脚步声，随后，伴随着哗哗的自来水声，竟传来唱歌的声音。辨别了一阵，是那首《你知道我在等你吗》。这个人唱得真好，声音不响亮，却很动情。听了一会，我突然有了个念头，我很想看看这个唱歌的人长什么样子。

我扭头看了小姨一眼，她的蒲扇倒在胸前，似乎已经睡熟了。我悄悄地起床，出门上厕所。正好下夜班的人回来了，三三两两地走过走廊。借着灯光，我看见台子边站着一个人，看不清楚，好像很瘦，像个少年。我蹲在厕所里，继续听那个人唱歌。厕所里有蚊子，将我腿上咬了好多包，但我仍舍不得离开。不知道为什么，此时，听着这歌声，我的心里竟有些难过起来。

四

早晨的时候，我靠在栏杆边，看着那些吃完饭的男医生从饭堂过来，走到盥洗台边洗饭盆。我突然想，昨晚那个唱歌的人会不会就在这人群里面呢？正想着，我看见集体宿舍旁边的那条狭窄的水泥路上，朱护士长正急匆匆地从路上经过，往急诊室的方向走去。我转过身，吓一跳，不知什么时候，小姨竟站到了我的身后，鬼魅一般。小姨说，进来，把核桃蛋汤喝了。我进了屋，喝了蛋汤。小姨做了许多，喝不完剩下的,她便盛到一个保温瓶里。小姨说,打太多了,我给朱护士长送些去。我说,我看见朱护士长走了。小姨却像没有听见,端着蛋汤下了楼。

喝完蛋汤,我无聊地靠在走廊栏杆上,楼下的人已经散了,周围一片寂静。院子里有棵大樟树,风吹过去,唰唰响。看着稠密的樟树叶子,我忽然想,这树叶里面会不会躲着一个武林高手,不知什么时候就从里面飞出,拿着把宝剑朝我刺过来。正无聊地想着,远远走过来一个人。这个人长得真好看,穿一件领子镶蓝边的白T恤,配黑西裤,干干净净的。看见他的脸,我突然想起《射雕英雄传》里说,一个人长得"鬓若刀裁,眉如墨画"。"鬓若刀裁,眉如墨画"是不是就是他这个样子?

我看着这个人走到了水槽边,垂着脑袋洗饭盆。他会是昨晚洗衣服唱歌的那个人吗?我灵机一动,赶紧跑回房间,拿了一串葡萄,放进盆里,往楼下走。我走到水槽边时,他好像看了我一眼,好像又没看。他的脸颊红红润润,嘴角弯弯地往上翘,像不比我大多少。我看见他腰间别了一串钥匙,钥匙上配着把小剪刀。我说,你能把剪刀借给我用一下吗?他愣了一下,抬头看了我一眼,随后,便将钥匙串解下来,递给我。我伸手接了,听见钥匙叮叮的碰撞声。

我用小剪子把葡萄一粒粒剪下来,放回盆子里。然后,我把钥匙还给他。我又想起了什么,跑回楼上,拿了些面粉下来。我把面粉均匀地撒在葡萄上,用手轻轻地揉搓。他在旁愣愣地看着我,你在做什么?我得意地说,这样才能把葡萄上的农药洗干净。这是我小姨教给我的。他嗯了一声,就不再说话,端着饭盆转身走了。

我将葡萄搓过一遍面粉,在水龙头下冲洗干净了,拿着上了楼。

我坐在栏杆边，拈起一粒塞进嘴里，咽下果肉，轻轻地吸吮着葡萄皮上的肉。我顶喜欢吃葡萄皮，葡萄皮上的肉最甜了。一会，小姨就回来了，我听见她走上楼梯的脚步声。看见我时，小姨微微一怔，她伸手顺了一下耳边的发丝，说，吃葡萄啊。我应了一声，嗯。我偷偷地看着小姨进了屋，觉得小姨的话有些不对劲，就好像两个陌生的人在路上遇见，一个人问另一个人，你吃饭了吗一样。

我坐在那里，又吮了一颗葡萄，心里想，昨晚会是他唱的歌吗？不过，他说话的声音好像没有唱歌来得好听。

五

晚饭又是在朱护士长家里吃的。朱护士长的老公罗医生不在家。吃饭的时候，我的脑子里突然浮现出了罗医生的样子。他的嘴边会不会还挂着一些蛋汤啊？我想笑，但不敢笑出来。我偷偷看了一眼小姨，生怕她猜到我心里的想法。不过，小姨显然没有注意到我，她正在跟朱护士长说话。

朱护士长说，你知道了吗？今天病房里出了个事故。

小姨说，什么事故？

朱护士长说，有根导尿管拔不出来，实习医生一紧张，把管子齐根剪断了，剩下的小半截就嗖地缩进了尿道，只能开刀了。

怎么会缩进去？我好奇地问。

小姨白了我一眼，你小孩子问那么多干吗？

我不说话，心里有些不高兴，我突然问朱护士长，朱阿姨，你喜欢喝核桃蛋汤吗？朱护士长愣了一下，什么核桃蛋汤？小姨赶紧打圆场，说，小乐带了些核桃和家鸡蛋来，改天打些给你，特别香。

晚上，从朱护士长家回来后，小姨一直没有说话。晚上睡觉时，也一直背对着我。我想主动说说话，但又有点拉不下面子。躺在床上，我有些后悔，我想我不该在朱护士长家说核桃蛋汤的事，我也不知道自己为什么要这么说，或许，我也成了一个怪人吧。

第二天下午，小姨下班回来时，突然说，赶紧吃饭，吃完了带你去游泳。我一愣，随即兴奋起来。医院旁有条大江，我喜欢游泳，几次眼馋想去，小姨都不肯。小姨又说，我跟朱护士长说好了。小姨顿了一顿，还有罗医生。吃罢晚饭，我换上了泳衣。小姨打量着，却皱了皱眉头，说，要垫些东西，都看出来了。我低头一看，看见泳衣上有两个很小的点。我说，这有什么，我在家都这样穿。小姨说，不行，这里不一样的。说完，她就翻出了一只胸罩，拆出两块薄薄的海绵，让我垫在泳衣里面。

我们出了医院，往江边走。江就绕着医院，走一两百米就到了。江畔出乎意料的热闹，到处都是人，有一家子来的，有情侣来的，也有单身男人结伴而来的。我们走过去时，那些男人就冲着我吹口哨，小姨帮我裹紧身上的大浴巾，脚下也走得快了些。我突然觉得有些紧张，在我家附近的河里游泳，河边天然分布了男区与女区，在女孩玩水的地方，从来没有男人。不想这里却混在一起。

终于走到了人少一些的地方，我听见有人在喊小姨的名字，好像是河里头传来的。随后，一个湿漉漉的身体便从河里走了上来。是罗医生。他只穿着一条游泳裤，身材匀称，皮肤很白，白得竟有些耀眼。我注意到，在看见我的时候，罗医生有些发愣，他的眼睛似乎看到了什么意料之外的东西。但他很快将眼神从我身上掠过去了，看着小姨。

朱护士长并没有来，罗医生说她临时有了事情。听了这话，我忽然猜测，会不会是他们根本就没有叫朱护士长一起？但我想不了那许多，我已经好多天没游泳了。我在河边弯下腰，用手舀起一些水，抹在身上。河水不是很凉，可能是白天日头晒了一天的缘故。我往远处看，在夕阳中，水是黄绿色的，水流好像有些急，水面上布满了一个个打着转的涡流。

我将浴巾放在一边，露出了那件淡绿色的游泳衣，泳衣里垫着那两块海绵垫子，显得有些紧，我往下拉了拉。随后，我便深吸一口气，下了水。

下了水，我才发现，这江水还是有些凉的，至少比家里池塘的水要凉。不过，浮力好像也更大一些，游起来并不那么费劲。在水中，我听见小姨在岸上喊，别游那么远。然后，我听见罗医生说，没事的，让她游吧，有我呢。他们似乎还说了些什么，但很快我就听不清了。我在江里谙熟地游着，很快便离岸边很远了。就这样，我用力地向对岸游去，我还数次回头看小姨，但她似乎已经顾不得我了，正扭头跟罗医生说着什么。我看见两个人的身影越来越小，最后，都小到一起去了。

游了好一会，我没了力气，也不知道游到哪里了，就仰躺在江面上顺水漂。江水在我的耳膜上拍出嗡嗡的响声，白云一朵朵向后挪动。

我就这么游游歇歇，手一直往前划，划不动了，就歇口气，最后，直到我的脚猛然间触到厚厚的淤泥时，我才发现自己已到了对岸。对岸的水比较浅，只有两个男人蹲在那里，他们看着我，说，从对面游过来的？我说，是。他们问，你多大？我想说十四岁，可不知道为什么，嘴巴里却说出了十八岁。两个男人对视了一眼，没再说话，嘴巴里发出了啧啧的声音。

六

我趴在栏杆上，看见那个人又来楼下洗衣服了。但他没有唱歌，不知道为什么。他看上去好像有些不大开心。

我趴在栏杆上，叫了他一声。

喂。

他抬起了头，瓮声瓮气地说，干吗？

你会游泳吗？

他摇了摇头。

我会，我教你啊。我很喜欢游泳的。

他却不再说话，低着头，好像不大愿意搭理我。我有些失望，我想我应该换个话题。这时，我突然想起一件事来。

哎，你知道什么叫备皮吗？

他惊异地看了我一眼，脸色瞬间变得通红，随后，他便端着盆，有些慌张地走了。我看着他的背影，觉得更好奇了，备皮到底是什么东西，为什么他听见了也会这么奇怪？小姨从房间里走出来，说，你跟那个人很熟悉吗？我说没有啊。小姨说，我好像听见你在跟他说话。我瞟了小姨一眼，说，没有。小姨也靠在栏杆上，像是说给自己听，又像是说给我听，这个人是医院的实习生，就是前几天把导尿管剪断的那个人。说完了，她就进房间去了。

一会，小姨又背着个很洋气的挎包出来了。她叮嘱我，晚上她要值夜班，让我不要出去，看会书就早些睡。小姨还说，晚上要上厕所，不要去外面，床下有个痰盂。叮嘱完了，小姨看了看手表，就急匆匆地走了。

她走了，我就躺在床上翻那几本《射雕英雄传》。书都快被我翻破了，可还不知道结局怎么样，真叫人难受。小姨不是答应了帮我要回那一本嘛，怎么还不拿来？会不会是拿来了，扔在办公室里了？脑子里想着那本书，我就再也躺不住了，我想去办公室找小姨拿书。

我去过小姨上班的地方，有个大铁门，门上爬满了藤条，救护车开进来，门就会吱呀呀地打开。铁门上有扇小门，去过几次，那个管门的老头认得我。老头口齿不大清晰，每次叫我小乐的时候，都会叫成小落。我进去时，他正垂着脑袋，呼呼地打瞌睡。在护士办公室、更衣室找了一遍，却没找到小姨。我想，小姨不会在手术区吧？那就糟糕了，那我可进不去。

正想着，朱护士长突然从大门那边匆匆进来，头发湿淋淋的，像刚洗过澡，怀里还抱着婴儿。听小姨说，罗医生去夜校的时候，朱护士长便得独自带女儿，这个时候，她的脾气总是不太好。她看见我，摇摇手里的奶瓶，小乐，你来干吗？

找小姨拿书。

你找小姨，怎么找到这里来了？

小姨在上夜班啊。

朱护士长愣了一愣，你小姨今天不上夜班，轮休啊。

我觉得有些诧异，小姨轮休，那她怎么跟我说是上夜班？她干吗要跟我说谎呢？

朱护士长正要问什么，旁边手术区的门突然开了，一个圆脸的护士满脸通红地走出来，甩着湿淋淋的双手，小声说：去个体毛，怎么就这样……

后面跟出来一个稍年长的护士，揽着她肩，嘻嘻哈哈地说，看见年轻姑娘，有生理反应也正常，就当是婚前实习嘛！

这时，一直和声和气的朱护士长突然对那个年长的护士发起了火，我跟你们说了多少次了，备皮这活别交给年轻姑娘干，尽偷懒！

又是备皮，不过，现在我好像有点明白备皮是怎么回事了，好像是跟男人的那个有关系的。

想到这里，我的脸突然一阵发烫。

唉，这小姨到底上哪去了呢？

七

我趴在栏杆上，看着楼下的那个盥洗台。这天气是越来越热了，楼下盥洗台上刚留下的水渍，没一会工夫就被太阳烤干了。那个实习生好久都没来了，听小姨说，他的实习期快满了，现在正在忙分配的事。想到这个，我竟然隐隐有些担心，他犯了这么大的一次错误，不知道会不会影响他分配的结果。

吃完晚饭，朱护士长来了，叫我们一起去游泳。她说上次没去成，今天一定要去补回来。

朱护士长说，前段时间，我们家老罗去上海出差，给我买了一件泳衣，说是眼下最时兴的。我得赶紧穿穿，等立了秋，江水凉了，就没机会穿了。

我们一行人便结伴去了江边，当朱护士长将身上裹着的浴巾打开时，我和小姨都诧异地合不拢嘴。她的泳衣的确和我们不一样，是一个胸罩，还有一条很窄的三角裤。小姨说，你还真敢穿。朱护士长说，这有什么呀，外国女人游泳，都这么穿。说完，她将头凑到小姨耳边说了些什么，我看见小姨的脸突然就红了。朱护士长咯咯咯笑一阵，突然低头看见自己微鼓的小肚子。她顿时显得有些沮丧，用手捏了捏赘肉，然后又看了看小姨平坦的小腹。

大家下了水。不知道为什么，罗医生今天似乎兴致不高。游了一会，就回到岸边抽烟。我游了一圈，回到岸上时，他朝我飞快地扫了我一眼，虽然他很快将头别过去了，但我知道，他的眼神是从我胸上扫过去的。我偷偷看了一眼自己的胸脯，那两块鼓鼓的海绵垫的确让我的身材有点怪异。

我闻到了飘过来的香烟味，问他，罗叔叔，抽烟是什么感觉？罗医生一愣，这个，我还真说不上来。我想了想，说，我知道，就是柴油的味道。罗医生吃惊地看着我，突然大声笑了起来，他耸着肩膀，似乎眼泪都要笑出来了。好容易止住了，罗医生便朝河上看，河里头的小姨和朱护士长此时正往远的地方游去。罗医生突然将头转过来，低声说，你要不要尝一口？我扬了一下头，好啊。随后，罗医生便又重新点了一根烟，递给我，我用力吸了一口，只觉着一股烟往喉咙口冲，随后我便用力咳了起来，烟也被我随手扔到了地上。罗医生忍住笑问，是柴油的味道吗？

我还没来得及回答，就听到江里传来一阵叫喊声，远远望过去，小姨抱着朱护士长，朱护士长的救生圈像抽了气的鱼泡泡，慢慢瘪了下去。罗医生赶忙跳下水，哗哗地游过去。我紧张地站在岸边，我有点害怕,不知道是不是有谁脚抽筋了,我在水里抽过一次脚筋,那真可怕。

罗医生托着朱护士长的肩膀游回来,上岸后,朱护士长有些嗔怪地对小姨说,素素,你分明知道我水性不好,还逗我玩,拔掉救生圈的气门芯。

小姨一愣,我没有啊。

朱护士长笑笑,我知道你开玩笑的,不过下次可不许这么玩了,吓死我了。

小姨一脸严肃地说,我真没拔气门芯。

朱护士长甩了下手,哦哟,素素你也真是的,我就随口说一句嘛,拔就拔,没拔就没拔,你那么认真做什么?

我站在一旁,觉得朱护士长有些怪异,但又说不出怪在哪。回去的路上,小姨和罗医生都一声不吭,唯独朱护士长一个人嘻嘻哈哈地说个没完。以往,我们会跟朱护士长去冲澡,她家的浴室大,还有热水。可这回,朱护士长一直往前面走,好像忘了喊我们,于是,到了岔路口,我们就分开了。罗医生也跟着朱护士长走了。

我偷偷看小姨,发现她的脸色很难看,白得就像一张纸。

八

这几天,小姨突然变得很忙,总是匆匆忙忙回地宿舍,又匆匆忙忙地走了。有好几回,都拖到天黑才下班,听隔壁的医生说,小姨调到了腔镜组,上台时间变长了。有一天回来,小姨终于把那本《射雕英雄传》带回来了。不过,让我觉得怪异的是,这本书看上去特别新,不像是那一套的。

小姨放下书就走了,我一个人躺在床上,无聊地翻着那本《射雕英雄传》。让我觉得奇怪的是,之前天天盼着看这结局,可这书拿到手里,却没了兴趣。翻了一会,我就没再看了。我躺在床上,想起已经好几天没游泳了,觉着有些难受。虽然小姨叮嘱过,让我不要独自出去,可我十四岁了,不是小孩了,又有什么关系?再说了,小姨那么忙,我出去游个泳,她也不会知道。

想到这里,我便起床将泳衣翻了出来。可找来找去,却找不到那两块海绵。算了,不用海绵了,藏在里面,吸了水,坠坠的,挺难受。我穿好了泳衣,又在外面套了条裙子。就这样,我偷偷地溜出医院,去了那条江边。

我沿着江岸走,江边依旧很多人。我有些紧张,似乎生怕小姨突然会从旁边走出来。又走了一会,我突然看见旁边有一个男人在换裤子,他的浴巾松散,白色的身体下似乎有黑黑的什么东西。我的心顿时一阵阵扑通扑通地跳。我后悔,我今天或许真不该出来。但现在,我又不好回去了。我只能硬着头皮往前走。

就这样,好容易走到一个人少些的地方,我长长地松一口气,脱去了外面的裙子,将它折叠起来,用石头压住。然后,我就走到水边,用江水抹了抹身子,然后下了水,开始往对岸游去。

快到对岸时,我看见水边有两个男人坐着抽烟。一个男的看见我,便打招呼,喂。我皱眉看了看他,不认识,便没理他。那个男的就站起来,叼着烟说,你不认识我了吗?我说,我怎么会认识你?他说,你前几天不是也从对岸游过来吗?我还问你年纪呢。我想了想,想起来是有这么回事。男人说,你到岸上来坐坐吧。我说,不用了。男人说，我看你游得还不错，怎么样，要不我们来比比？我没作声。怎么了，不敢啊？他挑衅般地问道。我将头一扬，谁不敢？那好，男的用手往前面一指，我们就往那个桥墩那里游，看谁先游到，谁就赢。我说，行啊。这时，他身旁的另一个男的就笑了起来，低声跟这个男人说着什么，还看了我几眼。

男人下了水，我们两个便开始游起来。我一直都觉得自己游得不错，可和他一比赛，我就知道自己游不过他了。他身体舒展，显得很轻松。一边游，还一边跟我说话。喂，你还游得动吗？我说，当然。就这样，男人在我身边游一阵，停一阵，等我追上来了，又游一阵，就像存心在逗我。但最终，我们还是都到了桥墩那里。桥下很幽暗，到处结满了暗色的浮苔，看上去就像一个与世隔绝的山谷。外面的江水因为夕阳的余晖，显得浅，也显得亮。而桥下，却显得很浓，很深，就像一块无比厚重的墨绿玻璃。

我忽然有些害怕起来，将身体停在外面，不肯再往桥下去。男人站在水里，吹了个口哨，语气轻佻地说，想不到你还挺厉害。我白了他一眼，便往四处看了看。我也游得有些累了，想找个地方先休息下。就在这时，男人突然啊了一声，随后便往水里迅速沉了下去。我被吓了一跳，赶紧叫他。可他扑腾几下，很快便消失在了水里。没一会，水面便变得很平静，悄无声息。怎么回事？我有些发蒙，硬着头皮往男人消失的地方慢慢地游过去。

游到桥下，四周的光线似乎一下子暗了下来。就在这时，我感觉身后有声音，紧接着，一双手猛地从我的腋下插过来，伸进我泳衣里头。我猝不及防，觉得胸被什么重物压住了，便立刻拼命挣扎起来。男人似乎被我吓到了，迅速将手抽了回去。他压着声音说，你别叫，

你别叫，跟你开个玩笑。我从他手里挣脱出来，便想往岸边游去。可这时，我的身体一点力气都没有了，整个人突然往水下沉。那个男人赶紧将我抱住，我无力地挣扎几下，任由他拖着我到岸边。

我坐在岸上，用力咳着，嘴巴里又苦又涩，鼻孔里有一道很酸的东西涌上来，让我一阵阵地干呕。男人想拍我的肩，我迅速躲开，坐在那里用力地喘气。他有些尴尬地在我身边坐了一会，忽然跳进了水里，他踩着水，大声对我说，以后不要骗人了，你哪有十八岁。说完，他就往岸那边游回去了。

我在岸边又坐了一会，脑子慢慢地清醒了过来。这时，我才看见我的腿不知什么时候擦破了皮，一条血痕蜿蜒而下，就像一条难看的蚯蚓。

九

快到中午的时候，小姨匆匆回来过一次。她显得很疲惫。她交代手术室里很忙，将食堂的饭卡给我，转身回去了。

我拿着饭卡去食堂打饭。路上，我遇见了那个实习生。不知道为什么，今天我不想理他，于是，看见他的时候，我的眼光便冷冷地滑了过去。打完菜，我又看见了他，我依旧没理睬他，径自走了过去。我找了个地方吃饭。可过了一会，他自己凑了过来，坐在我的对面。他看看我饭盒里的菜，哦，你喜欢吃长豇豆啊。他显然是在没话找话，我还是不想理睬他。他愣了一会，说，什么时候，一起去游泳吧？我冷冷地说，我不喜欢游泳。他说，你上次不是说喜欢吗？我说，我没说过。他还想说什么，我就拿起饭盆走开了。

回到小姨的宿舍里，我突然无缘由地觉着委屈，一下子趴在床上，用力地哭了起来。哭了一阵，我突然又觉得这样哭很可笑。于是，我便坐起来，发了一会呆。后来，我听见楼下有洗饭盆的声音，心中一动，便推门出去。我靠在栏杆上，看见他在楼下洗饭盆。哎，我叫了他一声，我说，这附近哪里有好玩的吗？你带我去玩玩吧。他愣了一下，说，行。

我们在医院门口拦了一辆铁皮旧车，我坐在车上，没问他去哪里。车摇摇晃晃的，就像在水里飘荡。我闻着车里的柴油味，真想就这样一直坐下去。

下了车，这才发现他带我来的是江下游的一块湿地。这块地不大，几乎被水包围。地陷在水中央，就像个蓬着头的秀丽姑娘。和热闹的上游相比，这里显得安静无比，四下里一些长着青苔的石头在水底下微微抖动。我扭回头，你叫什么名字？郭真。我一愣，你姓郭？他说是啊。我又问了一遍，你真姓郭？他一脸困惑，是啊，怎么了？我摇摇头，没什么。

我们两个在岸边坐下，不再说话。过了一会，他便将鞋脱了，踩入水中。这时，他突然哎呀一声。我吓了一跳，说你怎么了？他慢悠悠地将一只脚抬起来，只见他的脚趾间夹着一只个头很大的石螺，又黑又圆。他冲着我笑，我也笑。他说，我再给你捉些来，让你当下饭菜。我说，谁要吃，有脚臭味。他笑笑，说，那我就不用脚捉。说完，他就在岸边脱了衣服，往水里走去。走到水深处，便一个猛子扎进水里，过了会，就抓上来三四只螺来，放在岸边。

看着他，我突然也想下水。以前，我也喜欢到河里摸螺蛳。老家的池塘边有好多大石块，石块间布满形状各异的小洞隙，可以伸手进去摸小螺小虾。

我看了看远处的桥墩，最终还是没有下水。

最后，天色转暗，岸上的树影也渐渐深了。我说，够了，我们该回了。他望着岸上那一大堆螺蛳，重新往水里游，游到水中立住，手在水下动，不知在做什么。不一会，他将一个什么东西扔到了岸上。我一看，竟然是一条游泳裤。我顿时明白了，他是让我用这游泳裤装螺蛳。我背过身，慢慢地将螺蛳往游泳裤里装。

等我装好了，他也穿上了衣裤。可我不敢看他，我看着黑乎乎的江面，突然感觉那水是烫的，烫得吓人。

快到宿舍时，远远地，我便看见了一个黑影站在那里。是小姨。小姨看了看我，又看了看他，说，怎么这么晚？我说，我们去江边玩了。小姨不说话，转身往回走。我扭头看他，他朝我吐了吐舌头，往自己的宿舍走去了。回到宿舍，我有些讨好地跟小姨说，小姨，我今天给你奉上一盘菜。说完，我就将手里的螺蛳递给她。递出去的时候，我就后悔了，我突然想起来，包螺蛳的是他的泳裤。小姨看着我手里黑乎乎的一包东西，狐疑地打开，突然她像受了惊吓一样，将裤子和螺蛳扔在了地上。

小乐，你怎么回事，这是什么东西，你怎么好拿这样的东西回来？

我看着被小姨扔得满地都是的螺蛳，也有些不高兴，应道，你干吗把我的螺扔掉？

小姨涨红了脸，我明天就给你妈妈打电话，让你回去。我管不住你了。

我大声说，你打吧，你打吧，你全部告诉我妈妈好了，反正你是个怪人，我也当个怪人好了。

听了我的话，小姨突然愣住了。她站了一会，突然泄了气一般，转身走进了卧室。此时，我也后悔了，我靠在门框上，看着那些螺蛳一个个地在水泥地面上慢慢爬着，拖出长长的水渍。

十

早上起来的时候，我发现外间厨房里已经放好了早饭，旁边还搁着一杯热气腾腾的麦乳精。麦乳精下，压着食堂的饭卡。地上，还有个脸盆，那些螺蛳都浸在脸盆里，脸盆中间插着一把菜刀，菜刀上爬满了密密麻麻的螺蛳。盆底沉着一层螺吐出来的泥巴，再吐个大半天，这螺蛳的肚子也便干净了。我又想起了昨天晚上的情形，我觉得很后悔，小姨对我那么好，我不该那样对小姨的。

上午，我就在家里看《射雕英雄传》。中午，我拿着饭卡去食堂吃饭。我没有在食堂里遇见郭真，却遇见了罗医生，让我觉得奇怪的是，罗医生看见我，却装作没看见，像不认识一样地走过去了。我觉得有些莫名其妙，我隐约觉得，罗医生的表现是不是跟那天游泳有关。

快到吃晚饭的时候，小姨回来了。她显得很憔悴，满脸倦意。回家后，她便开始做晚饭，我在旁边帮她洗菜，还把螺蛳的屁股一点一点地剪掉了。吃饭的时候，我跟小姨说起中午遇见罗医生的事。小姨手里的筷颤了下，怔了好一会，突然低低地念了一句，男人啊，都是可怜的东西。

夜里，我躺在床上，小姨坐在一旁折衣服，我能望见她细弱的脊背，还有微微发黄的发丝。我说，小姨，你知道《射雕英雄传》里面谁最痴情吗？小姨说，你不是说黄药师吗？我摇了摇头，我觉得最痴情的是杨康。小姨问，为什么？我说，因为杨康是坏人。小姨疑惑道，坏人还痴情？我说，这么坏的人，却能对穆念慈那么好，最后还为她丢了性命，这才是真痴情呢。小姨看着我，好一会没说话，然后伸手摸摸我的头，说，小乐，睡吧。

那天晚上，我一直搂着小姨睡，我睡得很沉，就好像好多年没有睡过觉一样。我还做了个梦，梦见自己回到了老家。我躺在老家的池塘上看天，那个天又高又阔，悬着朵朵白云，那白云看着很近，像可以伸手扯下来吃。

我躺在水里看了会天，然后就翻过身，往水中潜了进去。我看见水底有好多的石头，石头上遍布着螺蛳。我伸手去摸，触到了螺，可马上，它又极油滑地从我手上溜了过去，钻进石头缝里。我便伸手往石头缝里摸，可是，我没捉到螺蛳，我的手卡在了里面，我用力挣脱，却始终挣脱不出来。我感觉我已经憋不住气了，忍不住呼吸，顿时，大口大口的池水往我口鼻呛了进来。我努力把另一只手往水面伸，可是，水无穷无尽，我怎么也够不着。

我在梦里被吓坏了，我很想睁开眼睛，让自己醒来，可是，我的眼皮那么沉，就像两扇上了锁的门，怎么推也推不开了。

彭罗斯传说

一

姐姐抱着敌敌畏瓶子，像抱着个婴孩，呜呜地哭。父亲扛起锄头出门，母亲拎着猪食走过，谁也没有理她。只有我，端着小凳坐在她面前。我闻过敌敌畏的味道，很臭，有一年，里村小黄胖的爷爷喝了敌敌畏，屋里臭极了，老鼠翻了肚白，凤尾、芭蕉枯了，小黄胖的爷爷肚子鼓了起来，一动不动。

母亲拎着空瓦罐走回来，作吧，你就作吧。

姐姐抖着手捏住瓶盖，下不了勇气打开。

母亲说，省点喝，明天你爹还要下田打药。

姐姐哇地哭出声，把瓶子扔到了地上。我赶忙捡起瓶子，跑到院子里，把它藏到柴垛里。

母亲过来，拎起我的手，搽了肥皂，叫我去埠头把手洗干净。别玩水啊，她在后面喊道。

塘边有一块黄色的大石头，石头两边有两个对称的石条，左边的石条上蹲个瘦女人在剖鸡，鸡心、鸡肝、鸡肫摊了一地，显摆似的。瘦女人是村口小店的老板娘，看见男人就眉开眼笑。以前看见我总是板起脸，但今天看见我，居然问，你姐姐好吗？

我说，姐姐想喝敌敌畏。

她像听了什么有趣的事，眼睛都亮了起来，问，喝了没？喝了就死一对了。

我说，没喝成。

我问她死一对是什么意思。可她板下了脸，不再理我，扭着腰走了。好像对我姐姐没死挺失望。

我在塘边捡了一支破水枪，玩了会。小店里卖的这种塑料水枪，一点也不好，很快就破了，还漏水。东旺哥做的可比这好多了。东旺哥是村里的木匠，长着漆黑的眼睛，浓密的卷发，皮肤怎么也晒不黑，每天脸上都笑嘻嘻的。他给我做过一把水枪和一把真正的木头手枪，里面可以装上木头子弹，站在塘边开枪，能把荷叶射破。可母亲把枪藏了起来，说会把别人的眼睛射瞎。

正无聊的时候，小黄胖慢吞吞从台门那边走了过来。小黄胖比我大两岁，生出来后，得了半年黄疸，差点死了，所以大家都叫他小黄胖。

他有点无精打采的，走到我旁边，没看我，蹲下来捡起一块石头，向塘里扔过去，石头丢在一张荷叶上，滚进了水里。

我说，我们玩水漂？

他摇头。

捉黄鳝？

他还是摇头。

我说，打水枪，东旺哥给我做的。

他垂头丧气地说，婶婶叫我不要理你。

他说的婶婶就是东旺哥的妈，我叫她林婶婶，以前跟我母亲顶好。她做了好吃的，会端一碗给我妈，我妈踏了缝纫机，会给她做一副袖套，给她家人裁衣服，母亲不收钱的。她最后一次来我家，拎了一只母鸡、一篮鸡蛋、一挂猪肉。她与母亲坐在堂屋里，两个人不言不语地坐了好久，以前她们两个人在一起，总是说东家长、西家短，说到村里哪个不安耽的女人就捂着嘴巴笑。

但那天她们俩半天没说话，后来林婶说，屋里头的冤家，我是劝了他好久，兰兰是多好的姑娘，懂知识、讲道理，就是戴了副眼镜，那又怎么了，不妨碍生娃，可他就是不听……我这是代他来赔礼道歉，姐你不看佛面看僧面，原谅他这回吧！

母亲气得笑了，现在嫌戴眼镜了，当初做下那不要脸的事，怎么不嫌她戴眼镜？这自己做下的事，还能赖不成？你道个歉就完了，可我家这大姑娘还怎么嫁人？倒不如做成这门亲事，免了亲朋成冤家！

林婶谦谦地笑着，话却半步没让：说句话姐您别气，听我家东旺说，倒是你们兰兰主动些，他是不大情愿的……定亲他是死也不肯，我拿他没办法啊！

母亲把桌上的茶杯重重蹾了一下，这就是你家的态度？好！那就走着看吧！这些东西拿回去，我家不卖女儿！

那天林婶到底是把东西拿了回去。过了几天，就发生了一件大事。村里来了几个公安，把东旺哥扭走了，那天我正在午睡，听见外头传来杂沓的脚步声，涌过的气流把屋里的家什都震得颠了起来。我想跟着往外跑，可母亲把门锁上了。后来，林婶在外面哭喊，呼天抢地，嗵嗵捶着门。母亲没开门，她坐在锅灶口，狠狠地瞪着姐姐。姐姐耸着肩膀哭，可不敢有声音。我觉得，这个时候，但凡她说半句话，母亲就敢把她剁了。

母亲把她揪进里屋问话。我隐约听到姐姐说“裤腰带”“扯破的衣服”，母亲的声音扯高了，你连这也当证据交了，苍天啊，你这书是真不该读。姐姐声音也响了起来，谁叫他没有原则，陈慧伶一摇尾巴就屁颠跟上去，明明她是见我俩好才插一脚的，以前一直嫌他穷不是？我知道陈慧伶，外半村三姐妹的老大，眉眼画似的，下巴抬很高，从村里一走，吊起一排眼珠子。

我问姐姐为什么东旺哥会被抓走，姐姐说恶人有恶报，我再问，她就不理我了。这下正好可以问问小黄胖。

小黄胖说，东旺哥睡了你姐。

我说，我也跟姐姐睡了。

小黄胖严肃地说，睡和睡不一样。

怎么不一样？

我妈说，你姐被东旺哥“睡掉了”，以后没人要了。

我不明白“睡掉了”是什么意思，听上去好像挺严重的。我的心情一下沉重起来，姐姐是病了吗？怪不得她要喝敌敌畏呢。

二

林婶又来了，这回来时，带了村里的媒婆云嬷嬷，后边还跟了一担挑子，左边挑子上是两条鱼、三挂猪肉、一只公鸡、一只母鸡、两只鸭；右边是香烟、白酒、桂圆、红枣、花生、莲子，满满一挑搁在了屋里，喜气洋洋的。

见到这些礼，母亲脸色缓和了许多，便请她们二人坐下。

林婶说，姐，事呢已经做下，如今你肚里有气，我肚里也有气，可大家都得咽了这口气，我呢，只能把这只苍蝇吞落肚，应了这个亲事，也烦您家高抬贵手，撤了诉状，放我家东旺出来。

母亲本是笑眯眯给二人倒茶，听得面色沉下来，坐下来缓缓道，谢您家看得起我女儿，只是前几日刚有人来提亲，地方是远了些，可家里条件着实不错，又住在湖畈田边，不像我们山里头交通不便，倒是在议着的。

林婶急了，正待说什么，边上云嬷嬷开口了，十年修得同船渡，百年修得共枕眠，既做了真夫妻，姻缘簿上早记下了。两个娃都是好孩子，两位嫂嫂就不要置气了，一头议议亲事，一头想想放人，以后都是一家人了。

两人走了以后，我想去拿挑子上的花生吃，那花生沾了洋红洋绿，煞是好看。母亲打落了我的手，说不许吃，一颗也不能动。第二天，母亲便带我们去了乡上。舅舅在乡政府管收发，认识人武部烧锅炉的郭大伯，郭大伯跟派出所传达室的老刘头是亲眷，便托老刘头问案子的情况。

姐姐说，既是她报的案，她去派出所撤案便是。

母亲不理她，将她留在舅妈家里，领着我去了派出所。

派出所是排土色的矮房子，旁边有个月洞门厕所，厕所边有个独眼佬摆摊套圈，我等得无聊，便套圈玩。这游戏东旺哥玩得特别好，百发百中，赶集会的时候，我和小黄胖跟在东旺哥身后，东旺哥投中一个，往后丢一个，我跟小黄胖便乐滋滋地接在怀里。六七排白石膏做的物件，近的小，远的大，圈是竹圈，有点小，我选了只小兔，手先朝前面比画几下，再用力一甩。竹圈弹了回来。再扔了几次，连小兔边也没挨上。独眼佬拱着手，和气地说，给你优惠点，三分钱六次，再试试？

我卖了两只鸡肫皮，兜里才有五分钱，这就花了三分，正肉疼着，没理他。

好一会，老刘头才出来，舅舅和郭大伯迎了上去。舅舅忙递上一支烟，问情况，老刘头抽了一口烟，摆摆手说，找个地方说去。附近也没地方可去，大家便走到了月洞门里头，一边忍着臭气，一边说话。

他说，这案怕是翻不了，案子已经交上去了，上级很重视，现在污辱女青年的事情比较多，上面要抓典型。

母亲说，可……两人都要成亲了。

老刘头说，眼窝就是浅，苦主给你家好处了是不是？你们晓不晓得，要是翻案，你家女儿就是诬告罪，要坐牢的！

母亲倒吸口冷气，吓得不敢说话。

老刘头说，不是我吓你，白纸黑字写在书上，刚才所长翻给我看了。缓一缓又道，再说也不是想翻就能翻，这案子有重要物证，那根裤腰带，是刀子割断的，就是男方裤腰上挂的小刀，刀虽然小，可也是凶器不是！

母亲脸色煞白，问，那……会判几年？

十年打底。老刘头说。

回去的路上，大家都沉默着不说话。我使劲吸着卡车的柴油味，路面有些震，我跟边上的姐姐一撞一撞的。到王家井的时候，对面的中年夫妇下车了。母亲说，回去就把礼退了。在突突的柴油机声中，她的声音有些低。姐姐说，不退，他判十年我等十年，判二十年我就等二十年。他在里面，我还放心呢，不会被狐狸精勾了去。母亲说，胡说，一年你都等不了！

回去后，一担满满的挑子，原封不动还了回去。我很聪明地对母亲说，吃一颗花生没关系，看不出来的。母亲板着脸拍掉了我的手，她的脸从来没有这样阴沉过。

三

裤腰带的事不知怎的在村里传开了。有人说，裤腰带其实是姐姐自己剪的，两人正要做好事时，裤腰带的活结成了死结，她一急之下，扯过东旺哥裤腰上的小刀割断了裤腰带。

我的棉裤上，也有过一根裤腰带，母亲教我怎么打抽拉结，讲了好几回。可有回我屎急，裤带怎么也解不开，差点拉在裤子上。我想姐姐肯定遇到了比拉屎还要急的事情。我问姐姐，什么事急成这样。姐姐瞪着眼睛看我。姐姐的脸鹅蛋形，两颊鼓鼓的，不难看，就是眼睛近视了，常常要眯着眼看人，人家就叫她眯缝眼。姐姐看不起那些取外号的人，不跟他们一般见识，可还是配了眼镜，把眼睛睁得大大的，像瞪着眼看人。

谁说是我剪的？

村里的人都这么说。

姐姐有些气急败坏，出门的时候，她抬着头，昂首挺胸走路，不看路也不理人。我喜欢姐姐这个样子，不管什么时候，她看上去都很骄傲，我也跟着挺起小胸膛。我们去外半村的山上拔“青”，那边的山比较低,“青”比较多。“青”是一种绿色的边缘柔和的草,下水焯后,与面粉揉在一起,可以做成青团、青果,很好吃。在山坡边,我们遇到了陈慧伶三姐妹。陈慧伶戴着一顶草帽,草帽上圈着紫色的缎带,弯着腰,腰身很苗条。

看见姐姐,陈慧伶直起腰。

她对她两个妹妹说,稀奇事情年年有,今年特别多。见过不要脸的,没见过这么不要脸的。你们知道,那个不要脸的为什么自己剪裤腰带?

两个妹妹齐声问,为什么?

陈慧伶尖起嗓子:发痒啊!

妹妹们哄地笑得前仰后合。

姐姐脸色一下煞白。

陈慧伶继续笑眯眯地说,说男人强奸她,笑话吧,谁要啊!

姐姐冲上去抓陈慧伶的头发。这一仗一敌三,即便我在边上使劲拉陈慧伶,咬了她一口,姐姐还是战输了。头发被生生扯了两把,衣服撕破了,脸上被陈慧伶的小妹抓了四五道红痕。姐姐吃了大亏,回到家,气得整个人发抖。她叫母亲去找陈慧伶母亲说话,讨个公道。母亲没理她,母亲说,要去自己去,带上敌敌畏。正闹着,村里的书记来了。书记说派出所来电话,让姐姐去确认下供词,有什么变动的话,这是最后一次机会。书记的意思是,如果姐姐能把话往回扳一扳,他会出面谈两家的亲事,若是不想嫁,林婶也会有交代的,好好的不要弄成仇人。

书记是迁来户,跟村里每个家族都不沾亲,不偏不倚,平常人缘挺好。可还没等他说完,姐姐就粗着嗓门吼,就是他剪的,杀了我,也是他剪的！她噔噔上了楼，把楼梯门关上，惊天动地哭起来。母亲深深地叹了口气，上楼去敲楼梯门。姐姐擂着床板说，再敲我就从后窗跳出去。后窗下是水塘，只要会水就淹不死。母亲却不再敲门，抬头望着楼板，一脸愁容。书记在我家坐了半晌，最终只能叹着气走了。

村里安静了一段时间，林婶一家在一个早晨悄摸摸出了村，过了八月，他们家的地还没有种下去。

他们家的地在我家隔壁，以前种地的时候，两家是约在一起的，割稻子，合租一台打稻机，两个男人踩稻机，女人们递稻把。田歇时，两家人一起吃点心，林婶做的芝麻京团滚红糖，又甜又糯，是我最爱吃的。可现在，快过了农时，他们家的地还水汪汪地漾着，母亲去看了几趟，回来跟父亲嘀咕了几句，父亲闷闷地低着头，什么话也不说，他脸上的皱纹好像更深了。

那天夜里，母亲让我打着三节手电筒，给她和父亲照亮。到了地头，才发现那是林婶家的田，母亲与父亲下了田，我一边打手电，一边噼里啪啦拍蚊子，后来我把手电筒挂在脖子上，不知什么时候，睡着了。第二天，才发现全身发满了蚊子饼，痒得抓出一条条血痕，母亲担心是毒蚊子，带我去赤脚医生戴路那里看。戴路边给我涂药膏，边讲林婶的闲话。林婶一家找到镇里，可案子已经交到了县里，跑到县里，案子又递到了省里，现在他们一家住在省城的一家招待所，成天像无头苍蝇般乱撞，不知道该找谁。母亲听了，一声不吭领着我回家了。

蚊子饼一天天瘪下去，我又到外面欢窜，不知为什么，村里的人都不大理睬我，不像以前那么爱拉着我问新鲜事，有回在塘边遇到小店老板娘，她白我两眼就走开了。那天我回家，母亲父亲与姐姐已经在吃夜饭了。桌上有一碟蚕豆、一盘土豆、一碗蒸蛋。我去盛饭，锅里只剩下了锅巴。母亲说，你大了，以后自己回家吃饭，过了时间，饭就没了。

以前吃晚饭，母亲会满村子唤我，悠悠长长的呼唤在暮色间回来荡去，林婶倚着门笑她，就怕人家不知道自己生了个幺儿，显摆。可现在，她们早就不说话了，村里人也好久没见林婶了。

吃了夜饭，母亲踏缝纫机，父亲在院子里切番薯藤，姐姐有一搭没一搭翻《山海经》，我做暑假作业。睡前，母亲端来热水脚盆，先给父亲洗脚，父亲泡脚时，照例要用一把钩刀刮脚底的脚皮，待洗好了，盆底就铺了一层薄薄的皮屑。母亲去洗了盆，重新舀了一盆水，我跟姐姐脱了鞋，把脚放进去，过了会母亲也把脚放进来。水还有点烫，我把脚拎起来，搁在盆边，母亲把我的脚捞回去踩住，像摁住一条不安分的鱼。过了会，姐姐的脚也慢慢地游过来，钻到母亲的脚底下，母亲不理她，可是姐姐钻啊钻，母亲终于把她的脚也摁住了。

门砰地开了。带进来夜晚的凉气和尘土。舅舅灰扑扑地进来，看着我们，嘴巴张了张。正要上楼的父亲停下来看着他。母亲在给我擦脚，手一抖，毛巾掉在了水盆里。

舅舅说，打了钩了，刚听说还不相信，去看了，真的打钩了。

父亲与母亲相互看了一眼，脸立刻刷白。

父亲说，怎么会?！不可能啊……还有办法吗? 这年轻的，怎么会?！

舅舅一跺脚，我们能有什么办法?！我今天来，是叫你们躲一躲，明天消息就传过来了，怕是他们家不肯罢休。

母亲冷静下来，说，他爸明天本就要去黄家巷做工，你把兰兰和小宇带走，我管家。

舅舅说，你在家，也不安全！

母亲说，这地里田里一堆事，得留个人。我一个女人家，不会有事。趁早，赶紧收拾，两个娃现在就跟你走。他爸，明天一早走。

我跟姐姐出门前，母亲忽然叫住了我。我一脚踏在门槛上，门里和门外像两个世界，门里灯光晕黄温暖，门外夜色乌黑晦暗，母亲的脸背着光，看不清楚。她摸了摸我的头，说，宇宇，你看牢姐姐，照顾好她。她的眼睛在夜色中显得很深，像两口井。

我想起来问，读书怎么办？

舅舅一跺脚，现在还管什么读书，快走吧小祖宗！

母亲说，老刘头的弟弟在镇小食堂帮厨，让他想想办法。她的声音冷冷的，很平静。

就这么，我和姐姐跟着舅舅，在浓黑的夜色里深一脚浅一脚地走着，四周延绵的大山像黑压压的巨兽，我不敢说话，怕惊醒了它们。

四

住在舅舅家里，姐姐往出跑过两回，一回跑到离家不远的地方，被舅舅追回去了，另一回跑到县里，在政府家门口坐着，被公家人看护起来，叫接回去。天渐渐凉快些了，那天舅舅没开铺子，关了门面，跟舅妈一起坐在屋里，相互你一眼我一眼地望着。姐姐躺在床上，一声声地喊着，声嘶力竭的，像疯子一样。听不清在喊什么，哭腔哭调的，好像有东旺哥的名字。屋里黑黑的，门板缝里透过来外面的光，有路人经过我们家,指指点点的。我有些害怕。姐姐不会疯了吧?

过了好几天舅舅才重新支了摊子，请人抬着红坐轿接来了外婆,外婆一下轿就说:接我来做什么,我忙着哩。看见我和姐姐,她的瘪嘴咧开了,唱起了小曲,小倌人呀小姑娘,好花引得蜜蜂采,清潭起浪引鱼采,几多后生采相拜,泥塑菩萨口不开……

舅母送上一碗甜汤圆堵了外婆的嘴。外婆看见甜食,喜滋滋地说,儿囡孝顺,天下太平。

外婆说话有些古怪,四个字四个字对仗,一套套的,我听不太懂。夜里她睡在我和姐姐对面的百子床上,每天早上我醒来,就看见她在桌前梳头发,一头花白发长长地垂在肩上,一面梳一面嘴里念念有词。不过几下,她就把头发绾成了个发髻。

吃完了早饭,我们帮外婆一起修剪麦秸秆,把它们剪成一模一样的长条。做这个事,外婆非常地隆重,让我们先沐了手,把脸、鼻涕都涤净了。在菩萨前点了香,坐得端端正正,才开始做。

麦秆要选笔直、两端一样粗的,歪歪扭扭、特别细的都不能要。外婆把它们用黄色的纸裹起来,贴上红色小纸片,再用麻绳绑起来,放在菩萨面前,每天都要念上十遍经。

外婆,这里面有多少钱?我知道这是给死人用的钱。

一包一千万。

死人都很有钱?

土地山神敬一点,小鬼阎君分一点,祖宗菩萨孝一点,哪能都自己花了。

姐姐问,这些东西,那边的人真的能收到吗?

人有人道,鬼有鬼途,自然是收得到的。

那边……是什么样子的？

阎王堂前算算账、排排命，一支红笔批一批，滚到六轮里投胎，命好的，做男人，命歹的，做女人……

我说，为什么命歹做女人？

外婆哼哼地唱起女儿苦来，腊月寒天塘边洗衣，烟火郎当灶头烧柴，十八嫁人，二十生囡，半只脚在棺材门口荡。她说起日本佬来时邻村被强奸的姑娘。日本佬将姑娘剥光衣服，绑在门轴上，门打开时，姑娘的腿便张开了。许多个日本人提着裤子排队等。我不是很听得懂，但姐姐的脸涨得通红。姐姐问，那个姑娘后来怎么了？

外婆悠悠唱，嫁了燕岭村白铁匠，领个胖儿子，儿孙一大群，活到八十八。

为什么领孩子？

外婆说，生不出来了啊。

跟外婆一起，日子过得挺快，姐姐的胃口也慢慢地好起来。只是人还是有些恹恹的。

有一日，舅舅家来了个客人。三十多岁，高高大大，头发剃得短短的，贴着头皮，有几块突起的紫疤。

他有些腼腆地坐下来，跟我们说话。

我问他，你是住在湖畈的吗？

我住小居黄岩。

我得意地说，小居黄岩头，有天没日头。

他有些尴尬地笑了，现在好多了。他笑起来还好看，牙齿白白。我们那日子好过的，女人不用下地干活，想看电视，也有信号的。

他带来了一些油漆，把家里的八仙桌和太师椅重新刷了一遍，看上去红彤彤的。活干完了，在屋里转来转去，到后门的屋檐下，垒了个燕子窝，说燕子飞来的家里，运道好。傍晚，还带我去江里游水，在芦苇丛里换衣服，很壮实。

晚上，他睡在阁楼里。阁楼在廊部，两边的窗子对穿着弄堂风，特别凉快。半夜，我发现睡在我身边的姐姐不见了。我有点担心，抬起身，看见对床的奶奶，轻轻摇着扇子。我放心地睡了回去。

男人在舅舅家住了三天，第四天头上，姐姐就跟着这个男人走了。我在屋后头看见一大摊烧焦的纸灰，几缕余烟袅袅飞向天空，黑色纸片蝴蝶似的飞了会，便被隐在空中的手取走了。我跑到厢屋里，这些天外婆念的经钱已经在丁香柜上面堆了座小山。没了，姐姐把它们全烧光了。

这得多少钱哇。我问外婆。

外婆却什么也没说，念了句阿弥陀佛，摸摸我的脑袋。过了几天，外婆也坐着红座轿回去了。

五

在镇上住的这段日子，我见到过两个村里来的人。一个是小黄胖，另一个是林婶。

小黄胖是赶集那天来的，他手里捏着长长的甘蔗，一口一口啃，看得我直咽口水。他站在舅家的摊子前，跟我说话。

他说那天，村里给东旺哥做道场。林婶家的院子里，搭了个高台，一张八仙桌上垒了四张凳子，凳子上摆了张官帽椅。东旺哥生前穿的衣服，竖起来摆在椅子上，头部的位置，放了东旺哥的照片，好吓人，像真的人坐在椅子上似的。

那天夜里，他抬头看了一眼。东旺哥的照片在阴影里，正对着他笑，吓出他一身冷汗。好几个晚上，他从梦里醒来，毯子都像水浇过一样。

他指指天上的太阳，要不是大天白日，都不敢说。

他问我还不回去念书吗？

在镇小里插班呢。

说起来，我有些得意，舅舅有个朋友在镇小做帮厨，正好镇小今年缺柴火，舅舅让父亲拉了两车刨花来，送给了镇小。学校里就同意我去跟读两个月。

这样，我每天就去镇小学念书，那里的老师说普通话，跟电视里的人说得一模一样，特别好听。

我见到的另一个村里人是林婶。那天我放了学，看见林婶站在门口。

林婶的脸好像变胖了，水光浮亮的。头发蓬乱，眼睛像被蜂子蜇过，肿着。她拎个篮子，手放在篮子里。

她看见我，从菜篮子里拿出一块冰砖，给你吃光明冰砖。

我最喜欢吃光明冰砖。可是我知道不能随便拿别人的东西吃，我咽咽口水，摇了摇头。

林婶说，看快化了，赶紧拿着，化成水了，多浪费。

很久以前，林婶也是这么跟我说话的，她常给我东西吃。我想起了东旺哥，但我觉得，这个时候最好不要提东旺哥。

我接过来，剥开纸皮，慢慢地含着吃。光明冰砖，有股奶油味，香香的，真好吃。

林婶带着我往前面走,踏上了一座桥。两块桥板中间,看得见湍急的江水,看久了头有点晕。我不明白林婶为什么要走老桥,明明有宽大的新桥,水泥桥面,还有栏杆。我专心地舔着冰砖,没有多说,跟着她走。在桥上,我们遇到了一个挑着粪担的老头。我侧过身,让他走过去,不知怎么的,林婶的脸色有点白。

我转过头,看见她的两只手在发抖。我拉住她,林婶你看,那边有条鱼跳起来,是条大鱼,很大很大。

她看着我,没有说话。

那个老头挑的粪太臭了,我下了桥,走回去。跟林婶摇摇手,林婶是来赶集的吧。

几天后,母亲送东西来,我告诉她遇到了小黄胖,又告诉她遇到了林婶,她一下子面孔雪白,叫我细细地说,在我讲的时候,母亲的手一直紧紧攥着胸前的衣服,我一说完,她就把我抱在怀里,说,回家,我们回家。

六

走进家,我咦了声,院子变大了。其实不是变大,是院子变空了。圈里的两头乌不见了。养的鸡鸭也没了。院角堆着些断木条,我仔细一看,原来是断掉的门框窗框。

村里人倒是挺热情,好些人上门来看我,有不少人问起我姐。不知怎么,村里的人都知道姐姐嫁给小居黄岩的老男人了。还听说那个男人会打人。姐姐被打了好几顿了。大家说姐姐还不如当初喝了敌敌畏。

他们说得绘声绘色的。说，第一夜没见红，姐夫把她吊了起来，姐夫打的地方都是看不见的，屁股上腿上手臂上。他们就在门口议论这些事。声音响得谁都能听见。母亲不像以前那样，冲到门口去跟人争论。她安安静静切菜，做饭。脸上很安详。她这个样子，我也就不生气了。我趴在地上，看蚂蚁爬来爬去。一阵子不见，家里的虫子又多了。

母亲叫我遇到林婶家的人，远远避开。

可是有一天，有人来找林婶了。我跟小黄胖在塘埂上扇烟壳子的时候，从塘下的大路上，走来了两个穿公服的人，他们牵着自行车，抽着烟，一路向着林婶家的台门走去了。我跟小黄胖跟了上去，不一会，林婶家门口就围了一大群人。母亲也来了，拉紧我的手，叫我站得靠后些。

那两个人进去了，许多村人围在门口，远一些的就问近一些的，里面在说啥？

近些的说，别吵，公家人把帽子拿下来，放在桌上了。腰上有枪，有枪！

听见这句话，大家都往后退了些。

好一会，前头又有话传过来，来收子弹费的！

收子弹费的！

这话一波波往后传，像十五的潮水，一浪高过一浪，传到母亲和我这里时，拍得母亲晃了两晃。

母亲拉着我，小心地拨开人群往里走。

前头又有话递下来，行刑的时候，东旺动了动，头枪没打准，又补了一枪，本来要算两颗子弹费，公家优惠照顾，仍只算一颗。两毛五分。

我跟母亲挤到了最前头。

两个公家人,一个年纪大些,一个年纪轻些,年纪大的肃着脸,年纪轻的笑嘻嘻的,望着林叔林婶。

林叔坐在椅子沿,躬身不断点头。

林婶哆嗦地站起来,走到碗柜前,手伸进碗柜够着,够了好一会,才拿出一只灰布钱包,她的手抖得厉害,钱包的扣襻怎么也解不开。

大家都等着她。屋里屋外特别安静,哪里的雄鸡忽然啼了一声,吓了大家一跳。

年纪轻的公家人忍不住催了声,还要走两家呢。

林婶忽然滑溜到了地上,几个女人上前去扶她,可林婶像得了软骨病,怎么也站不起来。

母亲走过去。她从林婶手里拿过灰布钱包,干脆利落地从里头抽出两张一角的,再拿出一枚五分的硬币,递给那个穿着公服的人。

公家人写了张收条,母亲接了。

不送了。母亲说。

两个公家人歪歪扭扭跨上了自行车,年轻的那个仍抽着烟。单放手!有人说。

院子里的人慢慢地散了。

屋子里很暗。

母亲说,家里拿肉菜来。我愣了愣,母亲是跟我说话吧,便飞快地跑到家里,到碗柜里拿了一块白肉和一把豆荚,我往林婶家走回去时,有人拿给我几个蛋,走几步,又有人递给我一只丝瓜。我都拿不下了。

母亲炒了一桌菜，香油炒鸡蛋，虾皮滚葫芦，丝瓜蒸肉松，大蒜煸豆荚，香得我鼻子都要掉了。

林叔林婶两个人一个坐在墙边，一个坐在桌边，一动也不动，桌上的菜冒着热气。母亲跟我说，我们回吧。她关上门的时候，我听见门后头林婶哇的一声号了出来。

母亲松口气，把我的手捏得很紧。

我看见，山那边有一个通红的太阳，缓缓地往山谷里掉。再过会，天就要黑啦。

总统套房

一

那年夏天我爹被刀砍了。砍的位置在脑袋正中,据说正好砍成两瓣,不多不少,红的瓤绿的籽滚出来铺了一地。那天两个汉子拎着刀怒冲冲闯进财税所,保安们都躲远了。但老爹迎了上去。老爹迎上去是因为上头通知他下个月就解聘,他爱喝小酒,脾气又暴烈,一年的门卫职业生涯就快到头了。所以老爹是想好好表现一下的。他冲上前去,大吼一声。汉子就把明晃晃的刀举了起来,砍西瓜似的,干脆利落,一会工夫瓤儿汁儿就都涌了出来。

母亲接到信时非常冷静,她托人打电话到五十里外的福利工厂,让我马上赶到现场。搁下手里的机器时,我以为不久还要回来,托了边上的老张照看。我负责打塑料纽孔,每天重复一组机械动作,在纽扣上压四个小孔,粗摸估计下,我一天大约要打一万两千个孔,我的眼前是一个大圆与四个小圆,看久了,这五个圆就一直黏在我的视网膜上,天、地、人都带着这五个圆,所以我看事物就有些跟人家不一样，人家就以为我有些呆。实际上我并不呆，只是腿脚有点毛病，并不妨碍干活。在福利工厂，我是残疾人比率里一个重要的百分点，我离开了，残疾人就不够数了，就不能免税了。我走到厂门时，东兴对我打了个呼哨，怪声怪气地说，你不要影响了我们的生存啊。东兴的腿也有毛病，但他看上去就是比我潇洒，一头自来卷一甩一甩，挺招姑娘喜欢。这真是让人很无奈的事。到了县城后，母亲甚至没让我去殡仪馆看一眼老爹，给我头上绑了块白布，一起跪在财税所门口。起先我不想跪在那里，财税所边上就是汽车站，汽车站旁有一个花园广场，那一带人来人往，我一个大男人跪在那里太不像话。但母亲把我死摁在了地上。她的上牙死死地咬着下唇，视线拉得笔直。这是母亲要下大决心的神情，那年她就是这么把姐嫁到江西去的，我记得很清楚。母亲考虑得很周全，甚至事先在我的膝盖上裹了毛巾，还打了两瓷缸水，是做好打持久战准备的。哭，也是有选择地哭上一阵。譬如围观人群比较多时，又譬如所长路过时。我认识那个胖胖的所长，他只远远瞄了我们一眼，就低头溜进了大门。母亲也不上去拦，她只是忽然大声地哭喊了起来："老头啊，你走得太惨，头都成几瓣，阎王爷也要认不出你了啊……你留下我和瘸儿孤苦伶仃怎么过啊……"那哭声真瘆人，弄得我起了一手臂鸡皮疙瘩。所长一拐入大楼，母亲的哭像打了急刹车，戛然而止。她擤了把鼻涕，侧头往财税所右边的一幢灰色旧楼瞥了瞥，那目光冷静极了。

谈判结束后，我才明白了这道目光的含义。赔偿金给得并不高，但母亲以极低廉的价格谈下了那幢旧楼房的租用权，二十年。差不多就是白送给我们用了。老爹的后事一办完，母亲就迅速安排了旧楼的装修，她计划开一个小旅馆，一楼门面间顺带开家面条店，这一带紧邻客运中心，流动人口多，不怕没有顾客。旧楼房不大，只有三层，进门的店面房约十五六平方米，二三楼各有三个房间，上到三楼，我发现还有一道小木梯，搬开杂物往上走，见有间阁楼，铺着松木地板，空荡荡的，面积竟也不小，有三十多平方米，因是斜顶的缘故，显得中间高，两边低，但也别有一种味道。屋顶上镶两只斜斜的天窗，从天窗往外看，能看见人来人往的花园广场，人声传到这边，就不嘈杂了，有些邈远。站在那里，我忽然想起了小时候趴在窗口往外看的情景，那时我的腿刚开始患病，我就是那么从楼上的窗口往外看，看许多孩子在天井里自由地奔跑。那时，我是多么羡慕他们啊。我跟母亲说，这间阁楼我要自己装修，自己住。母亲同意了，她说，以后这里的事都交给你了，我只给你打打下手。这么一桩大事办下来，她整个人瘦了一圈，现在，才看出了她的悲伤。没客人的时候，她就一个人坐在旅馆门口，窝在一把从老家搬来的旧藤椅上，白发苍苍，看起来又孤苦又寂寞。

事实证明，我决定自己装修阁楼的想法是明智的。表哥装修好的房间，我一间间视察了，粗劣不说，每个卫生间里都自作主张嵌了一张裸女照，那图画是镶在瓷砖上的，想取也取不下来，这使得整个旅馆有了一种恶俗的格调。表哥说，这你就不懂了，这张照片一贴，你的生意会更好。他说还替我订了一批裸女画，要挂在各个房间里。他拍拍我的肩说，你啊，等尝过女人的味道，再来跟我争吧。我二十八岁了，确实还没有尝过女人的滋味。在福利工厂里，我喜欢过一个叫阿美的聋姑娘，但好了不到半年，她就移情别恋，看上了一个健全人。那段日子，我天天躲在她宿舍对面的小树林里，看她挽着那家伙进进出出，脑子里闪过无数乱七八糟的念头。

我的第一个女人是表哥帮我找的。那是开业的前一天，表哥说要找个女人给我冲冲喜。我不敢问他，我想，找个女人哪是这么容易的事。但是，从表哥走出门到领回一个姑娘，也就七八分钟的时间。那姑娘上面穿了件吊带衣，下边是一条很短的红裙子，两条大白腿一晃一晃。见了那雪白的大腿，我马上就不行了。我把姑娘带到303，那里离一楼母亲的小房间最远。在楼道上我一高一低迈得飞快，感觉已经来不及了，尿憋不住似的。那姑娘却蹬着高跟鞋，慢悠悠地一间间屋子"哇"过去，说这里好好哦。进了房间，她的专业素质就显现出来了，又奔放，又热情，完全不因我是残疾人而歧视我。我战战兢兢在她波浪般的身体上起伏，那感觉火热轰烈，惊心动魄。我记得东兴第一回带我坐动车，我打了个盹，醒来时已到了灯火辉煌的都市。火车像一只匣子把我运到了远方。这姑娘就是只匣子，把我运到了另一个地方。

后来我知道这些姑娘都生活在广场边的那排小矮屋里，从我这边走到那边，选上一个，再走回来，不过七八分钟时间。但我后来很少去那边，有时远远看一眼，就踅回来了。后来不管什么时候，我都没带姑娘上过我的阁楼。甚至连我自己也不太上去休息，我在母亲床脚边搭了张临时铺，一直睡在那里。我把阁楼的松木地板擦洗得一尘不染，地上摆了一只落地台灯，挂了田园风的碎花窗帘。挑阁楼的床费了我很多时间，我几乎把县城所有的家具店走遍了，才买了一张洗白漆的大木床，那白色很干净，是亚光的，不炫目，只让人觉得纯洁。床脚摆拖鞋的地方，我买了块羊毛垫毯铺在那里，又选了一双漂亮的女式绒拖鞋搁在毯上。几乎过一阵子，我就要上街走走，找一样适合屋子的物事，然后把它收回来。有时仅仅是一个相框、一把木梳，有时只需一眼，我就觉得它属于我的阁楼，不管多贵，我都要占有它，把它买回来。这么一来，这个房间就越来越漂亮了。在天窗的阳光下，它散发着松软的气息，美得有些失真。我叫它总统套房。虽然有点俗气，但在一个小旅馆里面，总统套房就代表了一个最高级的梦想吧。

二

小旅馆的生意比想象中更好。有两个做五金生意的外地佬租了常包房，每个月结一次账，这笔收入就很稳定。散客生意也好，一些客人出了客运站就奔着招牌过来，顺带着还消费一碗面条。开钟点房的也不少，有许多是带着广场那边的姑娘过来的，这些男人常常成为我们的回头客。到月底算算，营业额很可观，除去低廉的成本，净利润让我咂舌。我不得不佩服母亲的眼光，旅馆的地理位置太优越了。唯一让人犯愁的是，店里时常有老鼠出没，菜橱的纱门没安几天就破了洞，母亲四处放了些鼠夹，也没见效。

矮屋的姑娘知道了我有一间总统套房，来店里吃面时，就纠缠着要上套房去。她们对着我发嗲，这个掐我手臂，那个摁我大腿，以前我很怕这个，提什么要求都会很快妥协，但现在我已经有免疫力了。我想，还是得好好找一个姑娘，心爱的姑娘，才是人间最幸福的事。

可上哪去找心爱的姑娘呢？其实，本地的姑娘也不是没有，自从我开了这家店，也有些做介绍的络绎上了门。但那是些什么女人呀？一个眼珠是斜的，我跟她说话时，都不知道她在看我还是在看街边的一个路人，弄得我一点谈话的兴致也没有。为什么瘸子就该搭配斜眼呢？这是我非常不认同的。另一位是寡妇，三十多岁了，还带了个男孩，这也没什么，但她不该长着一口龅牙，看着这口牙时，我的想法就游离了，我不免想到，与她之间，是没法进行亲密动作的，要不牙齿容易打架。

想想这样的女人要住进我的阁楼，我还不如立即站在楼顶往下跳呢。但母亲不这么想。那天母亲在阁楼门口站了会，走进去摸了摸床垫，又蹲下来抚了抚脚垫上的羊毛，那是真的绵羊毛，密匝匝地卷曲着，摸上去暖和又舒服。摸完了，母亲忽然打了个响亮的喷嚏。她往四周看了看，说："这还缺一面镜子。"被母亲一说，我还真发现套房里少一面穿衣镜，我什么都想到了，甚至配了茶具和首饰匣，却忘了女人最需要的物事。见我搓着手一脸兴奋，母亲转身走出房间，甩下一句话："我的意思是，你该照一照镜子了。"泼冷水也没有用，我还是去淘了一面穿衣镜，长方形、白边框，立在地上，很像一个油画框。我试着搁了几个位置，都觉得不妥，光线不尽如人意，不是有些逆光，就是有些偏光，显像不那么好。后来，我干脆把它放在了天窗下，天窗就像只天然射灯，打在脸上，使得脸似乎洇出层光晕。当然那不是我的脸，是我想象中的姑娘的脸。我望着镜子时，忽然觉得这想象中的脸是有一个原型的，它影影绰绰地看不清楚，似乎近在眼前，却又不可捉摸。它掩藏在无数面镜子的背后，那么温柔，却又那么遥远。我心里忽然涨满了酸涩的东西，几乎使我落下泪来。

我在门廊贴了张招工启事，见天蹲在门口看行人往往来来，有时看到一个差不多的姑娘，我就会盯着她的脸，盼着目光里有根线把她牵过来，但这么一来，姑娘只会噔噔噔走得更快。蹲了三天，母亲把表哥搬过来了。表哥在附近工地上承包了水电，每天从天蒙亮忙到天擦黑，人晒得乌黑抹亮。他比我大两岁，据说小时候最喜欢看我拉屎，母亲把着我的时候，他瞪大眼睛蹲在一边："一橛出来了，又一橛出来了。"我腿瘸了后，他觉得不可思议，仍一次次拉我去玩打仗，直到有一天，我重重甩上门，夹断了他的半片大拇指甲。

表哥蹲在我身边，他的身体散发着浓重的汗味，这汗味像有固定形体，就算他每天洗两个澡，还是附着在身上。他把手机递给我。屏幕上有个推独轮车的姑娘，低着头，弓着腰，看不到脸，背景是一片支满脚手架的楼房。手机屏幕的色彩特别艳，楼房上方的天空看上去比平常蓝得多。我问："这是谁？"表哥说："往下看。"我把屏往右一刷，第二张照片让我的心狠狠抽了下。她戴着连口罩的碎花遮阳帽，看不到整张脸，但那双眼睛，那双又黑又亮的眼睛像穿过了屏幕，含笑望着我！我紧着刷下一张，却又吓了一跳。姑娘在午睡，她躺在顶楼的楼道上，楼道还没有装栏杆，一面是墙，另一面悬空，像悬崖峭壁，只消一翻身就会掉下楼层，摔个粉身碎骨。

表哥说："姑娘怎么样？"

我说："……好。"

表哥说姑娘叫巴妹，刚来工地时不开口说话，大家都以为她是哑巴。那阵子工地里大量的建筑垃圾需要搬运，人手紧，见她活利索，也没人细细盘问。老板叫她帮着验收货，她点货入库账本记得清清楚楚，有时帮会计盘账，电脑也能打得噼啪响。什么活拿到手，都能做上一做。跟工地上臭汉子不同的是，她爱干净，天热后，简易房没处洗澡，正好新楼的卫生间装好了，她便晚上偷偷去那里洗澡，新楼里还没安窗框，就在窗上挂个布帘。有天晚上，大家听到新楼传来尖锐清亮的“救命”,声音从巴妹洗澡的浴室传来。几十个人从床上跳起来,随手抓着榔头、瓦刀赶过去,却在现场看到了老板的侄子,人称小石老板。小石老板皱皮巴脸捂着下体,一副强忍疼痛的模样。

“怎么了?”

表哥笑道:“这巴妹厉害,小石老板是偷不着鸡蚀把米啊!不过,工地是待不下去了。我问她来不来饭店,她倒说要来。”

见我有点紧张,表哥狡黠地笑了笑:“我让她看了你的照片,她同意了,哈哈。”那张照片是离开福利厂那天拍的,我穿着白衬衫、藏蓝工作裤,倚在树旁笑着,咧出一口白牙。那天虽然没有阳光,看上去却像有阳光洒在我身上。

我的心像被什么撑了开来,胀成了两个那么大。紧跟着我低下头长叹了口气。几乎同时,表哥与我都将目光扫向了我的病腿。麻秆似的细瘦,与另一条完全不对称,走路时,圆规般画半个圈才能往前跨,人们都说我走路像划船。表哥低着头抽烟,夜色已经降临,不知为何,这座小城的夜空竟是紫蓝色的,看上去像是被街上的灯光染成的霓光,但没有星星,没有福利厂那种镶满天空的寒冷星点。表哥猛地把烟头丢到地上,用脚趾踝了踝:“明天去给你的腿上个石膏!”

“为什么?”

“傻瓜,这样就看不出你腿瘸了!”

三

十六岁那年,有人介绍我去了福利工厂。我清楚记得那是个黄昏,暮色正从四面合拢来,我抱着包裹站在福利厂门口,不知道该不该跨进去。四周极其荒凉，两排厂房倚山而立，目之所及均是田野与荒地，没有什么人烟。送我的机动三轮已掉头驶走，在土黄色的山道上渐行渐远，终于消失不见。这时，我看见厂区里飞快地驶出来一辆自行车，一个英俊少年穿着白衬衣跨骑在上面，他潇洒地一掐龙头，咔地停在传达室门口。这么小的厂区，怎么还要骑车？我想。但接着我就明白了。少年很不情愿地从自行车上下来，跨上两级台阶，取了一封邮件。我盯着他的腿。是的，也是瘸子，也是右腿。跨上车时，他回头剜了我一眼，目光有些凶狠。就在那个瞬间，我决定留在福利工厂了。

少年就是东兴。我们分到了一间宿舍里，一开始我们没怎么说话，我发现他不喜欢跟我一起行动，如果要出门，不是先我一刻，就是慢我几分。起先我以为他讨厌我，后来才知道他只是不喜欢两个瘸子走在一起，我俩的步幅与身体的高低晃动大致雷同，如果一前一后走在路上，简直像正常人在恶意模仿瘸子走路。厂内凡是平整的地方他都骑车代步，有些低矮的台阶他也能提提龙头一冲而上，所以说，大家不太有机会看到他的瘸腿。但正因如此，东兴偶尔瘸着腿出现在众人视野中时，大家就更盯着他看。一边看，一边还要惋叹一番。东兴静立时如希腊男神般俊美，一动步，却左肩高右肩低地耸将起来，这不能不令人叹息。

我们宿舍有四张床位，住了三人。另一位是推销员老黄，但老黄不常来住，说这种荒郊野岭哪是人待的地方。这确实太荒凉了，尤其在晚上，机器都停了，四周静得可怕，天空与大地连为一体，像一口巨大的黑锅罩着我们，星星又远又冷，我都不敢往天上看，往天上一看我就觉得自己像在荒坟地里，是只孤魂野鬼。晚上我们没什么消遣，除了打牌就是睡觉。有一天，老黄拿来了一盘毛片。那时我们还没有见过毛片，围过去看他一层层剥开报纸，露出一张斑驳的光碟，那上面的一个胸脯像木瓜那么大的裸女已足以使我们震惊了。我们封了门，遮了窗，一起坐在电视机前。大约看了二十分钟后，老黄站了起来，走了。他在厂里有一个相好，他找相好去了。我俩继续坚持看了下去。看到又一段时，光碟卡住了，重复按了好几次播放键，东兴上去敲电视，屏上出现一条条红蓝条纹，接着黑了。关了电视，我们才发现已是深夜，我和东兴相跟着去了厕所，站在小便槽前，却半天解不出来。也不知是谁先抓住了对方，就动作了。一开始有点干疼，但很快就好了。我们闭了眼睛，感觉对方的手在那儿搓动。那感觉太尖锐了，直逼到头顶，使头发一根根竖立起来，又冲到脚底，每一只脚趾都舒张开来，全身通透战栗，让人想哭，也想大声吼叫出来。但一直到结束，谁都没有发出声音。只有浊重的呼吸。最后，我们红着脸洗完各自的手，回去睡觉。往回走的路上，谁都没看对方一眼。

我怀疑跟东兴的交情就此完结了。好长一阵，我们彼此都不说话，即便非说句什么，也是望着一把凳子或一把水壶说的。我心事沉重，开始怀疑自己。这个担忧简直把我的魂也打掉了。后来东兴打破了我们间的沉默，告诉我，他有女朋友了。这句话，对于我们的关系来说，是一种解脱。但仍然没有解除我的忧虑。东兴有了女朋友，只能说明东兴没有问题，而我究竟有没有问题，我不知道。东兴的女朋友就是厂长的女儿，是个极丑的姑娘，肿眼泡厚嘴唇，皮肤黝黑粗糙。东兴为什么会找她做对象，很简单，因为厂长女儿是厂里唯一没有残疾的姑娘。就像瞎子要找亮眼人一样，瘸子最想找的就是四肢健全的姑娘。全身没有一点毛病的姑娘,对于我们来说,简直就像天上的仙女一样不可得。所以丑不丑,已经不属于考虑的范畴。可是就连这样丑的姑娘,也有人捷足先登了,跟东兴好了几回后,厂长女儿羞涩地告诉他,自己有个未婚夫在部队里,等他复员就要结婚了。东兴一句话也没说,一脚将厂长女儿踹到了床下,说,滚!丑姑娘就哭着滚了。

跟厂长女儿分手后,他陆续与几个女人有了关系,后来不知怎的跟漂亮的义乌女老板好上了。义乌女老板是我们的大客户,她来考察时,提醒厂长不要把所有生产都放到纽扣上,建议将一部分机器改装做窗帘扣,她说窗帘扣其实有很大的市场。五金车间工人们很愤怒,认为她贬低了他们的技术,东兴甚至把一口烟喷到了女老板的脸上。女老板很平静,她从包里拿出来一包纽扣。看到那些晶莹剔透,镶着水钻、字母,熠熠生辉的五金扣,我们都哑巴了。我们的设备无论如何做不出这样的扣子,那是第一次,我们透过几粒纽扣看到了外面的世界,我们已经落得太远。所以说,其实女老板在某种意义上拯救了这个工厂。女老板与东兴好上了,这不但是大家希望看到的,甚至是舆论鼓励的。当听说女老板要出资帮东兴做手术治腿时,大家纷纷向东兴祝贺。但东兴终究没有做成手术。女老板终究也来得少了,取货的换成一个满脸横肉的男人,据说是女老板老公的弟弟,一个黑社会的混混。这件事唯一的后果是,东兴扔下文艺书不看了,开始看骨科杂志,光看他扔在床上的一堆书籍,准以为他是个医大学生。

那些年,我的心情一直很低落,我无法从对自己的猜疑中解脱出来。证据是我对东兴的那些女人一个也不感兴趣,只对东兴有好感，我不与姑娘说话，更不跟她们来往，我认为自己完了，有好几次，我想到自杀，想结束自己的生命。直到聋姑娘阿美出现。阿美是厂长女儿带来的，厂长女儿经常厚着脸皮来我们宿舍，甚至结了婚也照样来，东兴不理她，她就跟我说话。有时，还带来另外的姑娘。阿美就是她带来的。她们一进来，我俩就咧了咧嘴。阿美走在厂长女儿的身边，好像存心要给她难看，把厂长女儿衬得又矮又胖，丑得愈加登峰造极。我们一笑，阿美的脸腾地红了，聋哑人对别人的表情特别敏感，她低头看了看自己的身体。我跟着注意了她的身体，鼓的胸，瘦的腰肢以及修长的腿。她左右看看，坐在了我的床上，丰满的臀部像个饱满的葫芦，就在我的手边。我的手张了张，摸了摸她身边的空气，全身就热了起来。我一阵狂喜。我明白了，我只是没有遇到喜爱的姑娘。

后来有事没事我都会去阿美宿舍坐坐，她爱干净，每晚躲在房里沐浴，我就替她提开水。阿美没拒绝我的好意，但也没表现得多热情，东兴说，这是默许，有希望。渐渐地，厂里把我俩看成了一对，发个券领个水果什么的，阿美这份常让我捎带。很快年底到了，我做了件让我后悔至今的事：春节一个人回了家。福利厂的工人都盼过年，在这样鬼都待不住的地方住了一年，大家都想回去见见亲人。就连东兴，家里有个厉害后母，过年也还是拾掇拾掇回去了，他说两害相权取其轻，与其在坟堆里过年，不如回去看后母的脸色。这么一来，厂里就还剩四个人：管门的醉糊涂老头、质检员周瞎子、聋姑娘阿美，还有就是主动留班的五金车间主任姜矬子。我对阿美留在厂里很不放心，我俩的关系才刚有点眉目，但母亲在电话里一听我不回去就哭号起来，说我心里怨恨她，她说一定想尽办法给我找个好去处，哪怕拼了这条老命，也会让我离开这里，最后求我千万回家去过年，要不然她没法活过这个年。

母亲是活下来了，但阿美死了半个。其实不是阿美死了，是我死了。一回来我就知道不妙，阿美不再理我，不再让我为她做任何事。她仍然每晚洗澡，但水再也不是我打的了，她自己从水房里打水，来回跑三趟才打完我一次拎的水，洗完了澡，就披着湿答答的头发去了姜矬子房里。姜矬子刚离婚不久，是个四十来岁的中年人，矮壮、说话粗声粗气。很快，房间里就传出来她不分平仄的叫声，她自己却听不见。

四

医生举起我的腿在眼前瞄了一会，像瞄着杆猎枪，这枪杆子细不麻溜，还不及成年男人的胳膊粗，关节鼓起像个发育过度的树结，脚掌外翻，青筋团成坨老树根。瞄完后胖医生又小心地把它搁回到膝盖上，将水盆里刚浸的绷带哗地拎出来，一层层往腿上敷。他没问我为什么要弄个没用的石膏，好像这件事根本不值一提。他边敷边说，门后面还有一副旧铝合金拐杖，可以便宜点卖给我们。

我拄着拐从小诊所出来时，想象着自己是个受伤的汉子，这感觉我从没体验过，还真有点新奇。表哥却在后面喊住我："你这走得不对。怎么还能画着圈走呢？直线，得走直线。"表哥接过我的拐杖，拄在腋下走了几步，刹那间我觉得表哥非常有表演天赋，看上去真像个刚从战场上下来的伤兵。表哥说，左腿先往前迈一步，右腿慢慢跟上去，右腿上去时必须是条直线。我想说你跟我换条腿试试，如果你的膝盖骨也是外翻的,看你怎么走直线? 不过我没吱声,我一声不吭地试着在小巷里来回走了几趟,摸索出了一套正确的符合我身体现状切实可行的走法,左腿踏下时,把右腿拎起来,双臂擎住拐杖整个人往前移,用的全是腋部的力量。这么练了没多久,我就出了一身透汗。表哥却挺满意,抱着双臂说:“像,很像刚摔断腿的样子,就这么走。”我忽然想到一件事,问表哥:“街坊呢? 大家都知道我瘸。”

“都说好了。” 表哥说,“你只要记住一件事, 石膏只能打三个月!”

表哥的话我想了一会才明白, 他是让我在三个月内拿下巴妹。这怎么可能,我又不是东兴。在福利厂里我总觉得自己跟东兴不一样,我是个地道的瘸子,而东兴只是有时候瘸,他骑着车一阵风地经过时,没人认为他是瘸子,大家只觉得他英俊得不像话,脸像希腊雕像一样立体,自来卷黑发又浓又密,气质高贵逼人。他追过不少姑娘。最牛的是,不管他甩了几个姑娘,也没人敢找他算账。我追求阿美失败后,东兴拉我去厂后的小山抽烟。平常我不抽烟,但那天跟着闷头抽了半包。东兴沉默良久后说爱情其实是一种叠置,叠置就是把一种东西当成另一种东西, 比如说农民把稻草人立在田里赶麻雀,就是一种叠置,什么时候,人家把你看成一个王子,或者你把灰姑娘看成个公主,爱情就来了,爱情说白了,就是一种幻相。东兴说话一向都很玄,我不太听得懂,只感到那天他这么说时,身上有一种深刻的忧伤,他一定也有没能得到的东西。最后东兴扔下烟蒂,告诉我:“记住,只要你别把自己当瘸子,没有人把你当瘸子。”

我觉得这话要反过来说,只有人人都不当我是瘸子了,我才不会把自己当瘸子。怎么样才能使人家不再认为我是瘸子,我不知道。

我没想到的是，这个艰深的问题一下子就被表哥解开了。只要我的坏腿上了石膏，那个叫巴妹的姑娘就不会把我当作瘸子。只要她不认为我是瘸子，全世界当我是瘸子也没有关系。这是不是一种欺骗，我不知道。但我很想试上一试。至少，我要体验在姑娘眼里是个健全人的那种感觉。我不知道这是种什么感觉。正因为不知道，所以我才向往。我太向往了。

那天回家，巴妹已经等在门口。很久以后，我还记得当时的情景，她抱着包裹蹲在门口，抬眼望着夕阳的方向，微微眯起眼，脸被阳光映得红亮亮的。我从表哥的摩托车下来时，她转过头看了我一眼，就一眼，可我的心像被什么扯了下似的慌慌地跳了起来。当时我们说了些什么，我一点也不记得了。我只记得脑袋里乱成一团，结结巴巴说不清话，急切间我想不起来表哥给腿伤安的缘由是什么了，表哥想了好多借口，有勇斗歹徒、英雄救美，我都觉得不妥。但最后说好的那段我完全想不起来了，究竟是打断的摔断的或是撞断的，如果巴妹开口问我，我根本答不出来。

好在巴妹什么也没问。她把旅行包轻轻往门槛里面一搁，两只手反剪背后，就跨进店铺里四处走动。我跟在后面，望着她细长的脖颈，结结巴巴介绍店铺的情况。巴妹像没听见似的，不时伸食指在这里那里抹一下，取一个碗盘端详一番，甚至在下水道前蹲下来细细察看，厨房的下水道是沿墙根凿的一条水沟，水沟通向小天井，尽头有一个米字形的下水盖，那积着些食物残渣。她蹲在那看了好一会。我跟在后面，既有些紧张，又觉得好奇，不知她准备做啥。走完了，她找张小方桌坐下来，拿茶壶给自己倒了杯水，喝了一大口，说："这店是你的？"

“是的。”

她端详了我一番,她的眼睛很大,被一圈细密的睫毛裹着,看得我脸都红了。她似乎也有点不好意思,低下头喝口茶,清清嗓子说:“店里有几个问题,你知道吗?”

“什么问题?”

“卫生太差。你瞧这桌上一抹都是油,柜面都是灰,床单上尽是污渍。”不得不承认她说的都是实情,面店加上旅馆的工作量,我们娘儿俩根本就忙不过来,我只能负责烧烧煮煮,买菜搞卫生这摊全交给了母亲,母亲毕竟年纪大了,眼神也不好使,洗块抹布都洗不干净,眼下看来,店面里真的是脏乱差。我也正想着该不该采取一些办法。

我问她还有什么问题,她叹口气,慢慢张开一只手掌,给我看掌上的一颗绿豆那么大的黑粒,我认不出那是什么。她说:“老鼠屎,有普通老鼠屎三倍那么大,所以这一定有一个老鼠窝。你们没见过吗?”

五金客老张有次起夜方便,开灯的瞬间,看见床头柜上蹲着只乌黑发亮猫那么大的肥鼠,两只眼睛乌溜溜地瞪着他,吓得他魂飞魄散,但才眨眨眼工夫,大鼠就消失不见了,他也不知道是不是自己在做梦。后来他搬到了街对面新开的吉祥旅社,尽管我赌咒发誓说店里没有他说的那种庞然大鼠。

听巴妹这么一说,我一下紧张起来:“那怎么办?”

她嘟嘟嘴:“……先停业两天,搞搞卫生吧!”

我以为母亲不会同意歇业两天搞大扫除,没想到母亲很爽快地答应了。母亲走过来摸了摸巴妹的手臂,又使劲盯着她的脸看,像是要在她脸上找出什么毛病似的，最后母亲失望地叹口气说，店里的事你俩做主，就不用问我了。那两日里，我们清洗了所有的床单，给每个房间喷了杀虫剂，地面都用清洁液刷洗了一遍。巴妹在门口放了块一闪一闪的荧光黑板，一面写房价，一面写面价，没花多少钱，但看上去热闹了许多。巴妹还让我多笑笑，什么叫宾至如归，就是要让客人觉得舒适，你得笑，别整天苦着张脸，客人忙累了一天，为什么还要看一张苦瓜脸？

五

巴妹来了以后，日子咂起来像有了鲜味。一大早我起来时，她已经把不锈钢灶面擦得锃亮，葱花、开洋、肉丝、蒜泥一碟碟切细摆在台面，我从从容容放调料，煮汤料，料放得足，面条的味道就鲜，有时候味能从屋子里拐个弯香到街上去。每当她走进厨房，我便将手里的菜勺舞得眼花缭乱，这阵子我把衬衣领子刷得白白净净的，尽管外头系着油腻腻的牛仔布围裙，也觉得自己挺整洁——东兴说过，只要衬衫领子够白，哪怕披张麻袋皮都会好看。

巴妹喜欢吃我做的面条，头回见她吃面条，把我看愣了。她把面条一坨坨卷在筷子上，呼啦一口吸嘴里，腮帮子鼓突几下，就咽了下去。一碗面没几筷就落肚了。听表哥说这是在工地上养成的习惯，一群汗臭熏天的大老爷们围着桌子吃，巴妹不爱跟他们凑堆，就挟几筷菜蹲墙角吃，狼吞虎咽惯了。巴妹来了后，表哥常过来转悠，借着吃面条的工夫不动声色替我圆谎。他说工地边的空场本是堆建筑辅材的，却不知从哪来了群老太婆跳排舞，占了地，老板便叫人去赶，

“当时场上还剩下五个又矮又丑的老太婆，老板说，无论如何也要把她们赶跑，他出双倍报酬。我这弟弟啊，就去了。”表哥喝一口啤酒便信口开河，说我骑着摩托捣乱时，有个胖老太竟然不躲不闪，叉腰迎着走过来，眼看就要撞上了，我只得眼一闭一撇龙头，将自己掼在硬邦邦的水泥地面上，前轮扎扎实实地轧在了我的腿上。我躺在地上时，那五个老太太竟俯身向我哈哈地笑。表哥唾沫飞溅地说，那腿当即肿得水桶那么粗，稍稍搬动一下我就像杀猪般惨叫。

巴妹瞅瞅我说：“这叫恶有恶报。”

表哥说：“这话你说偏了，这是我弟心眼实，哪个姑娘跟了我弟，算她福气。”

巴妹话虽这么说，我做菜的时候，还是搬来一只小凳摆在灶前，给我搁脚，有时候还会蹲下来摁摁我的脚背，看有没有浮肿。弄得我心里头暖乎乎的。我也有了个打算。母亲平常节俭，不逢年过节的，我们午饭就吃碗阳春面，菜花上漂几根肉丝，没什么好的佐料，即便火候再好，手法再娴熟，也做不出特别鲜的味道。我便琢磨着，怎样不动声色地把这碗阳春面做得好吃些。

刚开店那阵，母亲想请个厨师，但表哥说本就是小本经营，再请个厨师利润全跑了，让我自己学，反正做碗面条再加俩家常菜，难度不大。那会我常窝在母亲的小房间里，将煤气灶架在小方桌上，按着菜谱的食料份量制作工序学做面。有时候我在里头做菜，外头装修工人的刨子锯子阵阵鸣响，老有人探进头来问，是不是电路着火了，一股焦煳味。但渐渐地，我的菜做出了香味，表哥夸我一根筋也有好处——我学东西时很少有杂念。我既然能每天打一万个纽孔，也能够背下来油盐几克糖醋几勺。我做好面后，先盛了我跟母亲的份，再在锅里头余下的面条里加半勺鸡汤、一筷鸡胸肉丝、一调羹鲍鱼油，又放了早已泡发的羊肚菌，这种菌菇放在面里特别发鲜，又有营养。母亲吃了面下桌，我才把面盛出来，跟巴妹两个人面对面坐着吃。巴妹才吃一筷，眉头就挑了一下，舌头咂咂味道，笑盈盈看我。我装作若无其事地吃面。她瞧瞧我，低下头，开始小口小口地吃，像是舍不得把面一下子吃完。

连续好几天，我都这么给她开小灶，母亲一点也没发现，因为这碗面看上去跟我们俩的并没有什么两样。那天午后，母亲休息了，我盛了两碗面，一碗是我吃的普通阳春面，另一碗是她的加料阳春面，我把那碗加料的推到她面前。巴妹却没有马上吃，而是拿起筷子，划拉下她那碗面，又拨了拨我的面碗，她那碗比我多了开洋、贝柱和羊肚菌，面汤泛着鸡汤特有的金黄色泽。她看看我，我的脸慢慢地有点红，不过她什么也没说，端着面就开吃了。吃完面，她叫我把身上那件油迹斑斑的围裙脱下来，说有什么要洗的，趁这会得空，一并洗了。

我乐滋滋地踅到房间，拿了几件衣服，放到小天井的水槽里。小天井四四方方的，席面般大，却能望见邻家深黑的瓦檐和一棵歪脖槐树，挨着墙角有条引水沟，洗洗涮涮很是方便。巴妹常夸这地方好，绞衣服的水可以直接洒在石板地上，像她家乡的埠头。她很少说老家的事，有时候母亲问起，她只说家里没什么人了。

巴妹立在槽边搓洗，腰上扎着条细细的围裙带，围裙角一抖一抖的，像两只翅膀。我递了肥皂粉给她。

她举起湿湿的手捋了下额发说，你蛮会讨姑娘欢心的。

我摸摸脑袋，不知道该怎么回答，从来就没有人这么跟我说过。

她又说，看上你的姑娘一定不少吧。

这下我乐了，我一笑，巴妹却显得很不高兴，甩了甩手上的水珠，瞟我一眼。我赶紧说，没有，真没有。

她把衣服一件件拎起来，绞干，晾在竿子上，我边帮她晾挂衣服，边冲她笑。

她问，楼上那个房间为什么不给客人住？

她说的便是总统套房，套房平常都上了锁，只有我去搞卫生时才打开，连巴妹都没有进去过，只知道有这么个房间。

我说，那个房间是给仙女住的。

哪个仙女？

我忽地来劲了，上前拉住她的手，说，带你去看看。

我一瘸一拐领着她上楼，她在后边慢吞吞跟着，我心里嗵嗵地跳个不停。到了楼上，我镇静了下，摸出腰间的钥匙，打开房门，俯下身，冲巴妹做了个邀请的姿势。

套房刚打扫过，看上去很整洁，白色窗纱轻轻拂动着，花架上的一盘水仙散发着清幽的香味。巴妹睁大眼睛看着屋里，见我点头，才脱下鞋踏进去，慢慢转着，左瞧右看。她弯下腰摸了摸羊毛垫上的绒拖鞋，鞋面上有两只飘然欲飞的蝴蝶，翅上镶了晶亮的水钻。她问，这双鞋多少钱，我说一百八十八元。她惊叹了一声。接下来我一样样告诉她，这些什物都是在哪买的，买的时候是一种什么样的情形，价钱是怎么还下来的，这些都记在我心里的账本上。说起这些我很来劲，巴妹也听得很入神。

她在床边坐下来，说你没吹牛，这还真是个仙女住的地方。天窗的光淌在她脸上，很莹润。我想起表哥说的话，表哥说只要巴妹愿意住到总统套房里，一切就都好办了。

我凑过去。洁白的大床上铺着浅蓝滚缎绣花床单，边沿有圈白色滚边，像公主的睡床。我摸了摸床，说，如果你愿意，就住这吧。

她看着我，脸慢慢地红了起来，什么意思？

我说，这个房间给你住。

她看着我不说话。

我又说，你可以上这来洗澡。

巴妹住在楼下的贮藏间里，那里没法洗澡，只能去客房里洗，客房住满的时候，就不方便了。可是巴妹的眼神却慢慢警惕起来，她站起身来，咳了声说楼下的卫生还没搞完，推门走了出去。我愣了会，忽然想起巴妹以前在工地上发生的那件事，拍了下自己的脑门，我真是太傻了。

六

好几天巴妹都冷冷淡淡的，不吃小灶面，就吃那碗白汤寡水的雪菜面。我心里很懊恼，可又不知该怎么办。母亲像也看出了我们的异样，让我俩一起出趟门，去城郊的农贸市场走走，买些便宜的菜蔬回来。

巴妹踏着三轮车，我坐在车斗上，腿往前伸着，像棵巨大的白蒜。巴妹不说话，我也闷闷地不吭声，两人一路沉默地到了农贸市场。我跟着巴妹，她买什么，我便拎什么，到卖干货的地方，巴妹要了些香菇和木耳，转头见一只袋里装着些羊肚菌，排得很整齐，像一把把小黑伞，随口问了声价钱。店主热情洋溢地说，正宗云南产的，八百元一斤。巴妹吓一跳，脱口问这么贵！店主笑眯眯说，羊肚菌是菜，也是滋补品，补肠胃的，姑娘你这么瘦，每天煮点在汤里，对身体特别好。巴妹没答话，看我一眼，想说什么又没说，随我一起把菜搬到三轮车上。她让我等在车上，自己又去买了些应季蔬菜。

回去的时候，三轮车上的货物装得有些多了，我说我就不坐了，太沉。巴妹不理，一把拽住我，将我扶到了车上。

车行了一会，巴妹忽然说，以后别买那么贵的东西了，费钱。

我心里一暖，说其实也不贵，体轻。

巴妹笑了下，以前妈也这样，给我碗里埋许多好吃的，我每次吃饭的时候都会想，碗底藏着什么，是一个蛋，还是一块肉？等我吃到那块肉，妈那神情，高兴得什么似的。

以后把你妈请来，我给她做好吃的。

巴妹摇头，我妈……已经走啦。

有好一会，巴妹都没说话，从后面看过去，她踩车的腿很轻快，随着踏车的动作，瘦细的腰左右摆动着。下坡的时候，她忽然举起了双手，放空了车龙头，“啊——”尖叫着往下冲，吓得我揪着车沿的钢条，一动不敢动。到了坡底，她转头冲我笑，我板着脸：“打算把我另一条腿也摔断？”说完也就笑了。

回店后，巴妹拿了些衣服，主动去了总统套房，她眨巴眼睛对我说，只上那里洗澡，不住。我很想问她什么时候同意住总统套房，可又觉得，还没到问的时候。

她到了浴室里，我磨磨蹭蹭在外间转，倒是没什么别的念头，是担心她不会用卫浴器。挑卫生间的卫浴器时很纠结，买好了，怕房子租来的，以后拆不走，不合算；装得不好又怕坏，都说卫浴器是顶要紧的东西。后来还是咬咬牙装了个进口的牌子，据说用一百年也不会坏，为这事母亲还说了我一顿。但这东西操作起来有些麻烦，我也是看着说明书才学会的。果然过了一会，她在里面喊水龙头怎么开？我说："把杆子往下拉。"过会儿，她又问："热水怎么弄？"我说："按那颗红色的钮。"再过会，她又喊了："洗发水在哪？"我说："抬头，左上方那个，往下按，左边是洗发水，右边是沐浴露。"过了一会，水声终于哗哗响了，像瀑布，也有些像暴雨，像是要把什么冲刷掉似的。

我带上了门，候在了门口的楼梯上。天窗的光柔和地漫在我的腿上，绷带的边微微卷了起来，脚指头缝里黑黝黝的。我想起来，很久以前，我也曾这样守在阿美的门口，等着她披着湿漉漉的头发打开房门，把空热水瓶递给我。那个时候，闻着她身上散发的热腾腾的香气，就是我最幸福的时刻。我慢慢地想着，这才发现，想起阿美，我已经不像以前那样难受了。

不知什么时候起，天淅沥沥飘起了小雨，我想起店门口还晾着刚买来的菌菇，便拐下去收。到了门口，却见一个老头正跟修皮鞋的老刘比画着打听"一个小伙子开的面馆"，竟是福利厂的老会计！他居然没问"一个瘸子开的面馆"，我心头刹那涌起股暖流，也没及得多想，便冲着他又招手又喊叫。老会计见了我，眼前一亮，奔过来抱住我，松开手推远些又看，说，好，长壮了，长俊了，再看到我脚上裹的绷带，吃了一惊，说，你也动手术了？东兴一直说动手术来着。

我脸涨得通红，转头一看，巴妹正抹着湿头发从楼上下来，忙冲老会计摆手。

老会计是聪明人，闭嘴进了门，天还没冷，他却已穿上了我送的羽绒衣，热得直抹汗。他从包里掏出几本险金证书，又递过来只网兜,说是东兴帮我整理的,里面是些我用过的生活物品,当时走得急,都没有带,我打开来看,有一只随身听,一只闹钟,还有一把三节长的手电筒。福利厂里路灯少,仅有的几盏还大都坏了,夜里出门打牌的时候,我们便带了手电筒,一推按钮,光芒像两柄利剑刺穿了深黑的夜,它们在天空与地面交叉,像在交战,又像并肩面对一个深藏不露的敌人。我问老会计:“东兴好吗?”老会计说:“你一走,东兴就隐居了。天天关着宿舍门,不出来。”刚来城里不久,我给东兴打过一次电话,他问我:“你还回来吗?”那是他第一次对我表现出依恋。我鼻子一酸,差点就要说“回来”,想一想,还是回答他:“不回来了。”我跟他说了店里的情况、生意以及收入,不知说到哪里的时候,对头传来嘟嘟的声音,他已经挂机了,后来再拨过几次,他都没有接。

这让我心里非常难受。在福利厂时,东兴从来没对我说过什么中听的话,可我心里想什么,他像装了显微镜似的看个一清二楚。阿美跟姜矬子好后,东兴曾问我,要不要报复。我说怎么报复。他说上牌桌,让姜矬子输个屁滚尿流。我说那太便宜他了。我在偷偷磨一把牛角尖刀,我不知道自己要干什么,只知道胸里窝着一团火,泄不出来。但东兴还是拉着我出门,把我推上了牌桌,牌桌其实是个挺解气的地方。黄矬子态度也好,输了该干吗干吗,该做乌龟做乌龟,让我找不到由头跟他打架。我每天带了牛角刀去打牌,但都没找到拔刀的理由。后来周瞎子也坐上了牌桌。周瞎子是厂里的质检员。瞎子怎么能做质检员?是的。我亲眼见过他检查纽扣,一大片纽扣光灿灿地铺在台面上,他侧头用手掌慢慢抚过去,五指弹琴般上下颤动,忽然一顿,兰花指一撮,挑出枚次品,扔到一边,然后再不慌不忙摸过去,效率奇高。经他检查过的基本就是放心产品了。在牌桌上,他总能拿一手好牌，即便我们取消了他掷骰、坐庄的权力，也不行。东兴说这人长着第三只眼，小看不得。后来我们跟他在一起玩，就赌纽扣。赌纽扣当然不好玩。但不玩点什么，我怕压不住胸中的那团火，闯出祸来。

那晚结束牌局后，我与周瞎子落在了后面。他停下脚步，咳嗽两声，待前面的人都走远了，说："春节里，醉糊涂老头忘了阿美在宿舍里，把楼下的铁门反锁了。阿美被关在里头两天两夜，还是姜矬子记起来，去给她开门，当时，阿美就扑他怀里哭了。"

说完这句话，他就走了。这个周瞎子走路比我平稳多了。

我承认，我胸中的那股气一下就泄了，一滴不剩。大过年的，是我把阿美独自扔在了厂里。阿美有错吗？阿美半点错也没有。再说，姜矬子是健全人，有家有业，我有啥?！我不再出门打牌，见天躺在床上发愣。我不打牌，东兴也不打了。他买了张人体骨骼图，用放大镜对着研究，一面看，一面对应着在我的腿上按来按去，分析是哪块骨头出了问题，有没有矫治的可能。说真的，我对这个半点兴趣也没有。如果要说我有什么愿望，就是让阿美快点嫁给姜矬子做老婆，离开福利厂，那她就不用在我眼前晃了。但命运跟阿美开了个玩笑，姜的前妻使了狠招，大冬天把女儿送了过来。那天下大雪，地面积着厚厚一层雪，我们看见一个穿红棉袄的丫头深一脚浅一脚地走进厂门，眼眉上挂满雪霜，像已跋涉了很久。她站在雪地里一动不动，任谁去叫也不进屋。直到姜矬子出现，她才晃了一晃，轻声说："爸爸，你回家吧。"说完，就倒在了雪地上。姜矬子抱起女儿的时候，整张脸都青了，像是整个世界塌了下来。他粗鲁地推开凑上前去的阿美，拔腿往房里跑，嘴里语无伦次地喊："热水，快，热水！"

后来姜矬子悄无声息地走了。阿美呢,还是那个阿美。

老会计抽了几支烟后,说末班车快到了,我问你个事。我说,您问。老会计说,阿美想出来做事,你店里要不要人?我顿时蒙了,半天说不出话。这时,巴妹端着碗热腾腾的面条出来,搁在老会计面前,笑眯眯说,趁热吃,又转头看看我。今天巴妹穿了湖蓝的绒线衣,下边是条紧绷的牛仔裤,外头套件橙色的外套,看上去像个清清爽爽的写字间小妹。老会计盯着巴妹看了会,再低头看我腿上的绷带,像是明白了啥。他不再说什么,只埋头呼哧呼哧吃面。

我送老会计到客运中心,老会计临上车前,迟疑了下,转头说,阿美的事,你能就帮一帮,不能也荐荐别的地方,今年的……寿材板又多了一块。

七

福利厂有一个关于寿材板的离奇传说。早年,有个无亲无眷的老瞎子,在一个冬夜上吊自杀了。厂里跟民政局备了案,草草办理了他的后事。棺材是厂里的木匠自己打的,打完后发现多了一块顶材,大家也没在意,将之随处一丢。但一年后的冬天,又有个聋哑小伙失恋喝药自杀,打棺材时,竟然又多了一块底材,大家心里便有了层疙瘩,棺材在我们这叫"十大块",顶盖三块,底部三块,帮边两块,前后档的木材小些,说是两大块,实际上由十来块小木组成,顶与底都是大材,一般不会有多。又过了一年,打纽孔的老郑忽然发疯,将脑袋扎在了水缸里。这回打棺材时,队长画了图纸,挨块标上数字,精筹细算,然而棺材打成后,大家齐刷刷看着脚底下,竟仍多了一块档材。第二年冬天大雪纷飞之际，大家心里七上八下，老会计每晚在厂里巡视，那日走到食堂时，见门上荡着一段黑黑的物事，近看时，挂在门楣上的竟是做菜的小刘姑娘，小刘姑娘并没有残疾，只是右脸上有很大一块胎记，像是被熊掴了一掌，黑了半边脸，没承想，就这么去了。

这回周瞎子亲自坐镇了打板材的整个过程，每一块木头，都伸出瑟瑟发抖的手指摸一遍，嘴里念念有词。他不点头，木工绝不能动手解木材。这么一块一块打好，装楔时，半个厂子的人都围拢了来，大家默默看着棺材一点点成型，庆幸的是，棺材打好后，板一块没多一块没少，正好。大家都松了口气。果然第二年冬天厂里平安无事，一年年过去，福利厂再没出过人命。直到今年，厂长的老姨过世，借了厂里的场子打棺材，板材竟莫名其妙又多了一块。

老会计的话让我心里添了桩事，我担心阿美出事，在福利厂这样的地方，一个人做出什么样的举动都不奇怪。那天表哥来吃饭，我问表哥能不能给阿美找个工作，表哥搁了面碗说，如今健全人都找不到事做，我们不是救世主，还是过自己的吧。表哥问我，阿美与巴妹，到底喜欢哪个？我说那还用问吗。表哥说，赶紧把老家的房子收拾收拾，讨媳妇总不能三间草房。我说八字还没一撇呢。表哥说，你不懂，夜长梦多，下手一定要快，你看石膏都成什么样了。

腿上的绷带已经转成灰黑色，卷着边，下边的脚指头黑乎乎的。我去胖医生那换了一次石膏，他打开后皱了皱眉，指着腿上的湿疹问，你就不痒？我说不痒。他摇摇头，给我涂了层药膏。其实我也不是不痒，但我能忍，我觉得能过现在这样的日子，不付出一点代价怎么行。胖医生拿来两爿半圆的毛竹，两边往腿上一合，缠上绷带，天衣无缝地做出个石膏的模样来。我左右看看,问,这能行? 他耸耸肩说,这样晚上能打开来透气,要不然,这骨头没事,皮该烂了。我走的时候,胖医生欲言又止地说,差不多,就拆了吧,会穿帮的。我觉得他的话里好像有别的意思,难道腿的事走漏了风声?

想想不会,在这,巴妹没什么熟人,左邻右舍表哥都嘱咐过,应该没人告诉她。正想着,手机响了,我拿起来看,手哆嗦了下,是东兴的电话! 从我离开福利厂,这是他头回跟我打电话,我已经好久没有听到过他的声音了,激动得差点把接听按成了拒接。

东兴说话还是那么懒洋洋的,有些拖腔拖调,问,是你吗? 我说,是我。过了好一会,他才说,想动个手术,可手头缺钱。说完就没声了。我不傻,我能听出来,东兴在跟我借钱,东兴从来不求人,这已经是他说过的最低三下四的话了。我很想马上答应他的请求,可我不敢接口,店里的钱都捏在母亲手里,母亲说这些钱是爹拿命换来的,除了娶媳妇一文也不能动,我没有把握从她手里把钱讵出来,就不敢提前给东兴希望。我只能装作没听懂他的话,只跟他扯些福利厂的事。东兴大概是抱着很大的期望,照他的脾气,应该早把电话挂了,可他还是跟我东拉西扯了会,甚至问了店里的生意,后来,他终于把电话挂了,那个时候,我好像听到了一声很轻的叹息。

回了店里,我急着找母亲问存折的事。巴妹笑眯眯地拦住我,让我看她今天买回来的菜,我检查了下,菜色鲜绿,掐一掐崩脆,问她在哪家买的,她说萍萍家,萍萍的男人在乡下有块地,好多蔬菜都是自己种的,特别新鲜。人也热情,爱找人唠嗑,一到她摊里,就拉人叽呱说个不停。我往天井走时,巴妹似乎往我腿上扫了一眼,我没顾上细想,凑近去跟母亲说话。

母亲在天井阴沟边放剩饭,这是巴妹嘱咐的,说这样能引老鼠出来,过几天就可以下笼捕鼠。我在母亲身边磨蹭了会,装作随意地问,店里存了多少钱?

你想做什么?

就想知道,如果结婚够不够花。

母亲往我头上拍了一记,不都留给你的吗?急什么!

那天客人多,忙好快下午两点了。母亲去午休,巴妹拎了篮豆子到桌子上剥,我把灶台上的餐具都归置好了——我习惯每样物品都摆放在固定的地方,菜勺挂右边的钩子上,菜刀与砧板摆在左手边,料摆成一排搁在铁锅前——便跟巴妹一起剥豆。剥了会,巴妹忽然站起来,从厨房里端来一盆水,放在我脚边,又拿热水壶添了热水,试试水说,来,我帮你洗个脚。

我心里咯噔一下,说不用,我自己洗。

客气啥。

她端小凳坐在我面前,不由分说抓起我的腿,往木盆子里摁。绑了一段时间石膏,脚板的色泽很苍白,脚指头却很脏,她低着手,帮我搓洗脚背,手指却往上移了移,我的心嗵嗵地跳起来。我不知道她有没有摸到那细瘦而畸形的关节。我紧张得面孔通红。她抬头见了,问我,是不是水烫了?

我说,不烫,行了。把脚拎了出来。

她笑笑,拿来毛巾要帮我擦脚,我抢过来,自己胡乱抹了两下。

倒了水回来,她仍然低着头跟我一起剥豆,什么话也没说。

我心里忐忑,也没说话,屋里只有电视机里传来的声音,我眼睛盯着屏幕,却什么也没看见,脑子里乱糟糟一片。巴妹拿起遥控器把音量调轻了,我转头看她,她也正若有所思地看着我。我想她大概会问我腿的事了。不知道,如果她问的话,我该怎么说。

她说,你能做一种拌面吗。手一把把抓着刚剥出来的青豆。

我愣了愣,拌面有很多种,你说的是哪种?

巴妹说,是小时候她妈妈做过的一种面,特别好吃,后来妈妈没了,就再也没有吃过那种面……该是炒了肉丁和各种菜丁放在面里,又甜又咸又香,特别好吃。我说又甜又咸,那是放了甜面酱,别的还记得什么?她说记不清了,那是很久以前的事了,她只记得面条的味道,特别鲜,后来再也没吃到过那样的味道,妈妈走之前,她最后一次做了一碗那样的面,吃完面,巴妹就流了泪,那面里好像有种特别的味道。

巴妹说,妈妈……不是很聪明,做菜总是忘东忘西,把糖当作盐,醋当作酱……但奇怪的是,这碗面妈妈总是做得很好,因为我爱吃。

听巴妹的口气,好像她妈妈也不是很健全的人,这让我心里松了口气。我平常从来不说大话,但那天,我心头一鼓劲,说,这个面,我肯定能做出来。

那就看看你的本事。

如果我把面做成,有什么奖励?

巴妹脸一红,一把豆扔了过来,别闹!

我呵呵地笑,我也没说奖励是什么,她脸红什么呢。我心里放松了,便去想她说的这碗面。我有种本事,一碗菜只要尝过一口,就能把配料猜个八九不离十。可是这回,不要说吃,就连看也没看过这道面,我只能凭着想象去猜想这道面。我想,她妈妈做面的时候是秋天，那么炒丁里面就有肉丁、豆丁、土豆丁，巴妹说，酱料可以均匀地拌在面条里，入口即酥，那么用的就不是青豆，而可能是四季豆切的丁。店里空些的时候，我就开始列这碗拌面的菜谱，有时，我就会炒一碗肉丁试试口味，调过几次，酱料的味道越来越鲜美，有时，连店堂里的客人也问，锅里在炒的是什么菜，怎么这么香。可是，我总觉得面里还差点什么，我老想着巴妹说的那句话，她一吃面就流了眼泪，她为什么吃了面就流泪呢？

八

我喜欢小旅馆的夜晚，即便夜半，还能听到汽车驶过街面的声音，小孩的哭声，清脆的狗吠。我常常在巴妹洗刷的伴奏中，进入梦乡。有回，我梦见了东兴，东兴在梦里穿着崭新的白衬衫，健步如飞，边走边回头冲我笑，背景是一片我从来没见过的碧绿的林荫道。我听见他对我说了句话，声音在绿色的田野上传得很远，很清晰，然后他用力对我挥了挥手，消失在一片薄雾中。

醒来后，我回想东兴跟我说了句什么，却怎么也想不起来。我明明记得那个时候，我听得很清楚，也牢牢地记住了，可醒来后，这句话像风吹过一样消失了。

趁附近羽绒厂甩卖，我买了几件羽绒衣，打算寄回福利厂。哪的冬天都不像福利厂那么萧索，每天晚上，北风呜呜地在窗外奔窜，用报纸糊了窗缝，可还是有风漏进来。我给东兴买了件军绿的大衣，领口镶棕黄兔毛，是今年最流行的款式，可以想象，东兴穿着它好看的模样；给老会计和周瞎子买了加厚款的棉衣，我试穿了下，像裹了床温暖的棉被。有件红色的羽绒衣，特别适合阿美，我拿起又放下，最后还是买了。不就买件衣服吗，也不代表啥。我给每件羽绒衣的口袋里留了纸条，上面写了姓名和尺码，东兴，XL；阿美，M；老会计，XXL……

巴妹过来帮忙装箱，寄哪的？

我想说福利厂，想想不对，只说寄给以前朋友的。

巴妹拎起那件红色的，还有个女朋友？

我连忙说，是个小妹……人挺可怜的。

她没继续问，只瞟我一眼，看得我心里一抖。

母亲从屋里出来，问巴妹，店里的老鼠都喂肥了，该下笼了吧。

养了段时间，老鼠还真猖獗了起来，有回我炒菜，一只老鼠立在面前的菜架上，灰眼珠骨碌碌地望着我，我瞪它时，它竟然把两只前爪往前拱了拱，像个老到的食客。

这就去买捕鼠板，最大号的。

你俩守一夜，把事情办了。母亲说，过会又补充，后半夜就蹲总统套房里吧，免得上上下下地吵了别人。

我心里一跳，母亲这是故意把我俩往一起撮吧。夜里，我和衣小睡了会，十二点，巴妹喊我去厨房喝碗汤面热胃，准备熬通宵。我站在小天井里，咕嘟嘟几口喝完了汤面，顺带打了个痛快的饱嗝。天气已经转凉，尽管披了件薄袄，还是觉得有凉意侵身，抬头望天，夜空像层厚薄不匀的黑纱，缀着几颗零零落落的星星。我已经很久没看到过星星了。也许是城里的天空太亮，星星的光芒被掩在后面，突围不出来。在福利厂里，一到晚上，天上就缀满筛子眼般的星星，可是满天的繁星，看上去却那么清冷，害得我不敢往天上看。

巴妹领着我蹑手蹑脚爬上楼梯，将捕鼠板一只只放在角落里。捕鼠板黑黝黝的，巴妹把它与一些杂物堆在一起，不仔细看，连我都找不到那些黏性极强的胶板。她带我上了阁楼，轻声说，轻点，等着收网。我们摸黑进了套房，一起坐在羊毛垫上，背靠着床沿。我抬头望着天窗。从天窗望出去，星星只有小小的一粒，它忽明忽暗地闪烁着，像随时会躲回暗夜里。我疑心它是颗跛星星，正独自在宇宙里蹒跚行走，在我看它的同时，它也通过重重云霭看到了我。它真能看到我吗？如果它能看到我，就能看到东兴，看到巴妹，甚至能看到阿美。想到东兴和阿美，我心里一阵难过。

跛星最后闪了一下消失了。套房里似乎更暗了。巴妹坐在我身边，我闻到从她身上飘来的洗发水气味，很好闻，她呼出的气息，有股姑娘的清香。她在黑暗里低着头，我想跟她说话，刚喊了名字，她就转头凑到我耳边，轻点，别吵着它们。她嘴里的热气呼在我耳郭上，我忍不住抖了抖肩，有道热流从肩窝流遍全身。

我学着她，把脸凑过去，靠近她的耳朵说，那我们干什么？也故意把热气吐到她颈窝里，看到她缩了缩肩。

可以说悄悄话。

说什么？姑娘热烘烘的气息在我身边流动，我心里拱上来股抑制不住的劲，嘴唇趁机贴向她的耳朵。

说实话，你有话要对我说吗？她把脸转过来对着我。

我来不及去想她话的意思，我的脑袋像被团热气裹着，她的脸她的嘴唇对着我，离我只一点点距离，我抓住了她的肩膀，不管不顾将嘴唇贴了上去。她往后一缩，垫子一滑，仰面倒在了地上，我跟着跌落，俯在她身上。她紧张起来，脑袋向两边晃着，像条扑腾的鱼。我紧紧抱住她，压住了她的嘴唇。她挣扎了下，手往外推我的脸，但不是很用力，就像托在那一样，牙齿生疏地磕碰着我。我感到全身都像被点燃了，喉咙里涌上来灼热的气流，伸手去摸她的衣裳……忽然楼下传来遥远的耗子尖叫。她用力推开我："快起来，抓到一只了！"我不理会，还是紧紧地抱住她，七手八脚找她的身体，她无奈地在我耳边说："妈会醒的……"鼠叫声越发刺耳了，我跟她僵持了好一会，才松开手。到二楼时，却见母亲蹲在拐角，用一只夹钳把老鼠放入黑袋里，她看看衣衫零乱的我们，面上很镇定，说："这办法还真灵，楼下厨房里也捉了一只。"

那晚我们抓了一大筐老鼠，里头有只特别大的，差点从鼠板上跑了，得亏巴妹跑得快，捉了放进笼里。母亲很高兴，特意去理发店吹了头发，买了身新衣。吃完中饭母亲打了个包裹，说她回老家修整房子，年里就不回来了，她把一本红色的存折递给我，叫我每天下午四点把店里的流水存到信用社，钱她只取了一小部分，剩下的都是结婚用的，千万别乱花。母亲这么说的时候，还笑眯眯地瞟了巴妹一眼。巴妹低着头抹桌子，从昨晚开始，她就没跟我说过话，不知道害羞还是生气。我接了存折，想到，这下终于可以给东兴捎钱了。表哥带我去上海的大医院看过，那里的医生说，像我们这样瘸了多年的，肌腱早就萎缩了，动手术没有意义。东兴遇到的医生很可能是骗子，可即便如此，我也不愿意让他失望。

我兴冲冲拿着存折到了信用社，窗口穿白衬衫的姑娘叫我输密码，我想起来，妈是给过这么一张小纸条，我在衣裤兜里摸了一遍，没摸到，只能返回店里找。巴妹问我在找啥，我说找一张有数字的小纸条，巴妹指着吧台上一张皱巴巴的台历纸问，是不是这张。我拿过来，看着，纸条就在我的手里抖动起来。巴妹问，怎么了，好好地哭啥。我跟她说，这是我爹的忌日，我爹在去年这个日子，叫人砍死了，给我留了这个店。巴妹过来拍拍我，没说话。我把脸埋进她的臂弯里，这么久，我没有为我的爹流过一滴泪，看着这串数字，我却没有忍住。

我忽然明白爹是存心为我死的，他本来用不着死，他还可以好好地活着，喝着二两小酒，看着门前车来车往。可他死了，用他的死换我从福利厂出来。他死的日子就是存折的密码，我把存折捂在了口袋里，再也没能拿出来。

九

那些年，父亲带着我去看过很多草头郎中，也跑了很多医院，可都没有用。我记得有一次他领着我去了兰州，从医院出来时，他的脸色很灰暗，步子重得拖不动，打开布包里的两只馒头时，手一直在抖。最后一次见他，是他来福利厂看我。他没有进来，就在厂门口等着，递给我一个包裹，我走了好一会，回头看看，他还站在厂门口。

母亲一定早就明白了，所以她在处理赔偿的时候才会那么冷静。他们只是瞒着我，不想我一生都背着这样一个包袱。

这两天我除了做菜，都没有开口说过一句话。巴妹总是小心翼翼地看看我，也不多说什么，忙完了，她便坐在我脚边的小凳上。不知为什么，我跟她都特别喜欢厨房，虽然店堂里更宽敞。厨房里比较暖和，空间也小，像小时候坐在灶间里。巴妹说她妈也是突然走的，那时她还在念小学，谁也没告诉她，为什么一个好端端的人就这么走了，她最后看见妈的时候，妈躺在双轮车的草堆上，脸颊还红扑扑的。唯一的预兆是，那天早上，妈给她做了一碗特别好吃的拌面，以前上学前，她总是拿个冷饭团，或是喝点稀粥。但那天妈特意早起，给她做了拌面。她吃完后，不知怎么就流泪了。

她去隔壁借了辆三轮车，要去城郊买些菜来，过几天花园广场那边要开交流会，住店的客人会多一些。

巴妹走后，我一个人待在店里。那天吃面的客人不多，摆水果摊的老刘进来说喝碗面汤，他说这天冷的，都冻出鼻涕了，叫多加点洋葱，辣辣喉咙。天确实阴冷，又下起了雨，有几滴雨水从檐角滚下来，孤零零落在地上。老刘吃了几筷面，打了两个喷嚏，老眼里淌出两道泪，说痛快。我递给他一包餐巾纸，忽然之间，我想到了巴妹妈妈做的拌面，我顿然明白里面放了什么。那是洋葱，洋葱放在菜里，不仅能去腥提鲜，还辛辣刺激，惹人落泪。巴妹的妈妈离开孩子时，心里一定是流着泪的，所以她就放了洋葱，让眼泪痛痛快快地流下来。

我想着，趁着巴妹不在家，我要抓紧把这碗面做出来。我从冰箱里把食材一样样取出来，洗净，切成小丁，再将一颗洋葱剖开。蓝盈盈的灶火一点燃，我心里就静了下来，翠绿的豆荚雪白的茭丁在锅里翻滚，煎炸中染上一层金黄的色泽，香味缓缓地升起。我想起那时候跟东兴在厂子里并辔而行，厂房和人群在我们眼中一闪而过，世界只是些模糊的线条和色彩，那时我们好像跟真实的世界隔开了，有什么东西把我们安全地裹了起来。亲手做的食物也是这样，它会让我觉得温暖。拌料做好后，我尝了尝，眼里慢慢沁出一层泪花，我想，这一定就是那种味道，离别的味道。我把拌料热在锅里，打算等巴妹来了后，再下面。

陆陆续续来了不少客人,大都是来花园广场摆摊的,一会工夫,柜台旁就堆满了他们带来的货物包。北方的老客也来了,商量着问我去年的帆布篷还在不在,我跟他们一起去储藏间里找,这些东西,都堆在巴妹的床底下,拖出来时,才发现巴妹把它们洗干净了,叠得整整齐齐,乐得老客直道谢。可我想着,不能再让巴妹睡在这个地方了。堆东西的地方,空气不好。没人照顾她,得由我来照顾她了。

我泡了一杯茶,捧在手里,蹲在店门口。许是快下雪了,街上的行人稀稀拉拉,有几个人来问有没有面条,我都摇摇头。太阳慢慢从街东移向街西,我手里的茶渐渐地冷了。不知什么时候,我感到身边蹲了一个人。他像块木桩一样在我身边一动不动。我转过头去看,竟是老会计。他脸上纵横的皱纹里泪水枝枝杈杈地漫流着,身体瑟瑟发抖。我吓了一跳,把他扶进屋里,给他泡了杯热茶,问他出什么事了。

他摇摇头,在口袋里窸窸窣窣地摸着什么,然而什么也没摸出来。

"东兴……死了。"

我愣了愣,抓住他的肩膀:"你在胡说什么?"

老会计张了几次口,才说出来:"是前天早上的事,血腥味是周瞎子先闻到的,一大早,天还没亮,他就嚷着说出大事了出大事了,所有的人都被吵醒了。他扶着我的手臂走,就走到了你们宿舍的门口。到了那,连我都闻出来了。我的鼻炎已经有三十年了。"

我松开他的肩膀,声音抖颤地问:"东兴,为什么要自杀?"

老会计说:"上身整整齐齐穿着新羽绒衣,啥也看不出来,一掀开被子,全是血……他的腿骨断了,自己敲的。边上有把榔头。"

我说不出话来。晃了晃。跌坐在凳上。

老会计说："全厂人都哭,你想不到那种哭。所有男人都哭,女人也哭。想不到哭得最伤心的,是周瞎子。周瞎子说,这下他真的瞎了,他心里的最后一点亮头,灭了。周瞎子走了,我们都不知道他上哪去了。"

老会计抹了把脸，又说："东兴走的时候，手里还捏着张纸条，喏,就是这张。"

他终于从口袋里摸出了那张纸条,递给我。我哆嗦地展开,是张正方形便纸,上面是我的笔迹:东兴,XL。

老会计又说："这回来,除了跟你报个信,还有件事……把阿美留下吧。"

十

我不知道老会计是什么时候走的。好一会,我才发现自己摇摇晃晃地走在街上。我很少独自走在路上,我不喜欢别人看我的目光,他们的目光像坚硬的石块,掷得我的身体隐隐作痛。我默默地走着,我盼望着,有一个人,他与我相向而行,他的步子、摇摆的幅度与我一模一样,甚至脸上的神情都与我相似。我们相互对视片刻,然后错肩而过,继续走失在茫茫人海。

那回父亲来看我,在福利厂的食堂吃了顿饭。东兴就像自己的父亲来似的那么高兴,他自告奋勇去买大排,大排的数量有限,每次都被腿脚利索的哄抢一光,但任何难做的事情,到东兴这里都不算什么,很快就有女工从他手里接过了菜盘。我去买了麻婆豆腐和青菜，走回来，父亲远远地坐在桌边，周围明明有许多人，哄哄闹闹的人声，他却孤零零地漂在人群里，默默盯着我。我在他旁边坐下来，回头看见人堆里，东兴一高一低挤出来，有谁撞了他一下，他歪了歪，手高高举起护着菜盆，笑容灿烂地冲我们走过来。我望着他，恍惚觉得是自己一摇一晃地走过来，我与他，不知从什么时候合二为一了。

不知道什么时候，我才走回到花园广场，天色已暗了下来，小旅馆里漾着一团温暖的光芒，里头热热闹闹的，坐着些吃面的客人。我走进去，巴妹正在厨房里忙乎，油浇在锅里发出滋滋的声音，锅铲在锅底上摩擦，还有浓烈的香味，她抬头对我笑笑，说，阿美来了。阿美从桌旁站起来，挥舞着手，“啊啊”地跟我打招呼，她的面色还是那么红润，脸上笑嘻嘻的，像世上的一切打击都不会落在她身上。她身边放着个红蓝相间的大帆布袋。我看看巴妹，又看看阿美，我模糊地觉得要下一个决定，但我不知道是什么，也懒得去想。

晚饭的时候，巴妹做了几碗小菜。我默默在吃着面，三个人里，阿美是最兴奋的，她不时停下来跟我们说什么话，让我意外的是，巴妹竟然懂手语，像是跟人说过许多年，连我都没看懂她俩在说什么。阿美一直咻咻地笑着。今晚花园广场那有台嘉年华，彩灯闪得半个夜空都漫着红光，阿美虽然听不到音乐，却能看见灯光与熙熙攘攘的人流，她跃跃欲试地一趟趟跑到店门口，伸长脖子往那边看。我想起来，她这些年住在福利厂，连半点热闹的场景都没见过，便叫巴妹看着店，带她去了。

花园广场很热闹，很多人围在中间的台子边，看上边的演员甩头晃脑表演打鼓，阿美兴趣盎然地看了会，就拉着我去坐小火车。小火车那边排队的都是小孩，不过我还是买了票，陪着阿美排队。坐上车子的时候，我看见一对中年男女上了前面的车厢，中年男子矮矮胖胖，耐心扶着一个瘦瘦的女人上车。车子飞快地启动，阿美一把抓住我的胳膊，“啊啊”地叫起来。前面的男人也紧紧地揽着身边的女人。接着，我们又去玩了碰碰车、摇船……我们玩的项目，那对中年男女几乎都玩了一遍。

回去时，马路上驰过一辆货车，店门口道路开阔，夜间车开得特别快，她听不见声，仍往前迈步，我一把拉住了她，两个人相互搀扶着过了马路。抬头一看，巴妹正站在店门口看着我们，背着光，看不清她脸上的神情。

店里一团乱，堆满了房客带来的货物，阿美先睡了，我跟巴妹一起整理，巴妹把袋子一堆堆分开，写了标识。她边整理，边说，你做的拌面很好吃。

我停下手，吃过了？

刚回店我就吃了，流的泪比吃我妈那碗还多呢。她说着笑了笑。

我坐下来，按按腿，今天走的路多，腿有些疼。

巴妹也跟着坐过来，她摸了摸我那条残腿，手在腿上一圈圈地摩挲，像是犹豫了会，忽地蹲下来解绷带上的结头。

我想制止她，可又觉得没有必要。

绷带结已经很松了，轻轻一扯就能拉开，走廊的灯光映进来，照着里头的病腿，漾着不健康的青白，像根细不棱登的麻秆。她瞧了会，手伸上去轻轻摸了摸，我全身颤了一下。

我想问她是什么时候发现的，可又不想问。一切都好像不再重要了。

我们静静地坐着。店里的电视在放遥远的新闻,有地方在打仗,有地方在欢庆。吸顶灯乳白色的灯光洒下来,让我想起了吃汤面的那个晚上,那好像是很久以前的事了。

有人从店门外进来,一个中年男人扶着个瘦瘦的女人,就是我在花园广场见到的那对男女,女人紧紧拉着男人的手臂。男人问,还有房间吗?

我说,没了。

巴妹说,有。总统套房。

我看看巴妹,巴妹也正回头看着我,在乳白的灯光下,她的脸瓦亮瓦亮的,像是流着道道水光。

瘦女人说,总统套房,很贵吧?

巴妹说,不贵,跟我来。她取了钥匙,带着中年夫妻往楼上走,我跟在后面。巴妹打开门,按亮了灯。房屋角的白色花架上,立着一只硕大的老鼠,一对乌溜溜的眼珠直瞪着我们。在吊灯绽放的刹那间,老鼠迅速溜下花架,沿落水管飞速掩入地板,只见到一弯黑色尾巴在白色管道上一闪,就不见了。

我们谁也没作声,因为瘦女人在问男人,房间好吗?

男人说,很好。他看见了床边的那双拖鞋,拉着盲女人过去,让她抚摸那双有两只蝴蝶的绒拖鞋,你瞧,连拖鞋都这么漂亮。女人笑了。

巴妹说,满意的话,先去办下手续。男人带着女人下楼了。

我俩好一会都没说话,巴妹抬头看看天窗,说,下雪了。

我抬头看着天窗。在那个四方的框里,飞舞着纷乱的雪花,一朵朵冲着我的脸落下来,无穷无尽,像是要把我埋在雪里。

幸福链

一、朱妮妮

请先记住故事的三个人物：万小东、朱妮妮、我；对，三角关系。场景安放在田田——我与万小东的女儿的学校门前一条拥挤的道路上，除了回忆，漫长而痛苦的回忆，关键的情节都将在这发生，当然会出现一些无关紧要的人物，他们跟故事毫无关系，所以不必记住他们，主要人物是：万小东、朱妮妮、我；请原谅我又重复了一遍，因为我是全职太太，有点啰唆。这会我正被堵在路上，动弹不得，我的前头是一辆奔驰，车牌号浙 DK2424；在我左前方约十几米的路边停着一辆本田飞度，车牌号浙 DJ3347，现在我还看不到它，它的形貌还很完整，司机正坐在车厢里抽烟，但再过十五分钟，它与奔驰一起，将无一幸免地被我撞上。我必须说一声，我开的是别克君威，德系车，重量与力度惊人，如果交给新手，那就是一匹最凶悍的马路杀手。可是我为什么会开老别克，难道我不是一直开宝马迷你的吗？去年买的那辆白色迷你，朋友们都还有深刻的印象，多么漂亮拉风，为什么不开了呢？答案是，万小东把它送给了朱妮妮。

还是先说说朱妮妮。朱妮妮二十二岁，波波头，浓睫毛，爱穿吊带衣、热裤，裸露两条长腿。她以前卖过保险，现在酒店做大堂副经理，五官挺漂亮，但似乎动过刀。我观察过她的眼睛，两个眼珠有点内视，好像开过眼角，朋友的女儿为了增大眼睛做了手术，后来也是这么个情况，当然不细看是看不出来的。她于去年三月跟万小东结识，性关系持续到十月，朱妮妮发现自己怀孕，经过一番利益权衡后，她决定把孩子生下来。问题就出在这里，如果她不打算把孩子生下来，她与我就没有很大关系，我甚至不必知道她的存在，即便知道也会努力装作不知道；但如果她打算把孩子生下来，这件事就与我有了天大的关系，它成为我与万小东共同的难题，我们必须齐心协力解决它。我在短信里向她发出作为妻子的警告，惨无收效。她叫我"欧巴桑"，因为她比我年轻十来岁，这当然是致命的。我意识到打一开始，与她互发短信，就犯了严重错误。我的"激烈言辞"在她只是小儿科，而她回给我的那些话语，像是射进身体后爆炸的子弹，轰得我五脏六腑翻江倒海。

万小东是我生命中的一只小鸟，他就在我身边，梳头，打开翅膀，跳跳，偶尔飞走，但总会归来。如果朱妮妮想要筑另一个鸟巢，恐怕我也不会容许。我们请来了一位熊大师。此人长相猥琐，穿件皱巴巴的黑西装，系一条油亮红领带，接过信封后，一口喝光杯子里的茶水，提出跟朱妮妮见一次面。他拿乌黑的手指在桌子上划拨了会，点破朱妮妮父兄命薄，父亲早逝，就算有兄长也一定在十六岁前夭亡。朱妮妮确有个哥哥幼时溺水死亡，我便一下子瞪大眼睛信服不已。接着熊大师目注万小东，沉吟良久，眉头深锁，又问生辰，又观手相，说："今年老板流年不利，有牢狱之灾，要小心避祸。"叮嘱注意家宅平安，有可能祸起内室。万小东闻言垂下头说，小孩生下来，他就犯重婚罪了，牢狱之灾可能指的这个吧。说完两只手捂住脸，大拇指在两侧太阳穴上使劲按揉，看上去似乎痛苦不堪。万小东的脸天生有种让人心疼的力量。果然朱妮妮受不了了，她抽抽搭搭哭起来，说不能害了哥，她这就去做手术。

但在去做手术的路上，朱妮妮变了卦。一路上，我问朱妮妮要不要喝水，身体感觉还好吗？她都摇摇头，顾自嘟着嘴听音乐，脚打着拍子，一副悠闲模样。她盯着控台上的仪表盘，手在空调出风口试了试风，宝马迷你的这些部位都设计得圆圆的，很可爱。她问："听说开迷你压过一枚硬币都知道正反面，是真的吗？"我扑哧笑出来，她的嘴一下嘟得老高。我说："哪有这种事，操控灵便罢了。"这之后，她一直没有说话，转而望着后视镜上挂的香水瓶，眼珠跟着香水瓶的晃动左右位移，橙花的气息从瓶子里飘散出来，她把鼻子凑到自己的肩膀上，像一只小狗那样闻了闻气味。我告诉她："是香奈儿。"她鼻子里"哼"一声，没有回应，后来一路上都安静得要命。

我们根据朋友的指示找到了那户小院：加油站旁、门口有一棵大槐树、三底两楼。走进院门，一个二十七八岁的少妇正在晾衣服。我问："是楼医生家吗？"少妇狐疑地看看我，没有回答。我说了介绍人的名字，她才"嗯"一声，示意我们往三扇门靠右的一扇走进去。经过正中屋门时，我看见了一户普通住家的景象：八仙桌、沙发、案几，一台电视机正在播放球赛。推开右边的那扇门，眼前才有点像医院：两排药柜，一张写字桌，桌前坐着位穿白大褂的严厉老太，墙上的一只镜框里镶着老太的证件，是从某医院退休的妇科大夫。在我的要求下，老太掀开了隔在房间中间的脏布帘，给我们看布帘后摆着的一张手术床。朱妮妮不愿在医院堕胎，万小东就托人找了这么个地方，现在看来，安全太没有保障，我劝朱妮妮还是去正规医院。在这件事上，我与万小东都不想横生枝节。朱妮妮一声不吭地在房间里巡视了一番，用手在狭窄的手术床上试了试，冻结的表情慢慢融化开来。她问老太："这么说，这里也可以接生喽。"她这么一问，我顿时感到一股寒气从背部升了上来。晾衣服的少妇走了进来，她已经披上了一件白大褂，正一粒粒地把衣纽扣起来，接口说："刮宫二千，接生一万。"朱妮妮忽然笑了，她说："我不流产了，以后来你们这儿生小孩！"

就这么的，一个麻烦进入了我们的生活。或许对于万小东来说，并不算是真正的麻烦。他就像一只真正的鸟，从来不会为一件事犯愁，他对朱妮妮说："是你自己做的决定，以后别后悔。"这么说了，他就把这事放下了。一件事既然注定要发生，那就让它发生吧，他这么觉得。更何况，那还是个男孩，我们不是还没有男孩儿吗？他给孩子取名万小刀，小刀还没出世，就进入了我们的生活。但老校长与校长夫人不认可这件事，老校长说："我们不会认这个孙子。"从邮电局退休的校长夫人，以前与我关系不是特别好，我们常为田田零食的事闹矛盾，我责备她不该给田田喝碳酸饮料、吃膨化食品，可她说："现在有条件了，孩子这么点小愿望还能不满足吗？"但这次她坚定地对万小东说："这孩子要不得，你甩不掉那个女人了。"她对我的摇摆很不满，责备我不该事事依着万小东。可我从来不反对万小东坚持的事，这么多年，我还不了解万小东吗？于是，二比二，这件事在我们家，就算模糊地通过了。万小东给朱妮妮租了房子，按朱妮妮的要求，把宝马迷你、香奈儿，所有他能给的，都给了她。

二、万小东

或许大家已经看出来，万小东才是关键人物，拿主意的人。万小东，男，三十三岁，瘦高个，平常喜穿艺术范T恤、牛仔裤或浅色便裤，像二十世纪的摇滚愤青；偶尔也着低调简洁名牌，翻出两只衬衫尖领，做成功人士装扮。他天资过人，学什么精什么，但往往浅尝辄止，不愿深入。现从事互联网行业，专事网游开发，但主要收入来源于与朋友合伙开的蓝荷酒吧，其收入基本上可以保障我们全家有中等以上生活水平。他最主要的特质是有女人缘，女人很容易爱上他，这跟他的长相、晃晃悠悠的气质以及身上散发的一种无法言说的东西有关系。他与女人的罗曼史可以追溯到中学时代。

那年他十四岁，我比他大一岁，也就十五岁。他听闻了我的名字，便带一群初二男生呼啦拥到我们教室外，趴在窗口往里面搜寻，找到第三排扎马尾辫皮肤雪白鼻子高挺神情高傲的女生后，没有久留，又呼啸一声离开。但第二天，风声就传遍了全校。我们班的差生小胖满面红光地通知我这个消息："校长的儿子看上你了！"接着，陆续有各个班级的学生到窗口来看"校长儿子看上的女生"，甚至还有女生三两一群挨在门口，探头找我，并小声尖酸地说："不过如此嘛！"但他本人一直没有露面，像武学大宗师，由徒子徒孙先上场表演一番，最后关口才现出真身。我早就听说过他的名头，他是学校里的风云人物，创帮派、打群架，全校无人敢惹；语文极差，数学、物理竞赛却在各级比赛频频拿奖，一项小发明已在申请专利。他的名声与校长父亲并无多大关系，他的两位哥哥（分别参军、念大学）均寂寂无名。一段时间的风声后，他没有采取任何举动，我有些奇怪起来。

一个傍晚，我穿过教学楼与行政楼间的长廊，廊上很静，我将手指弹竖琴般在栏杆上掠过，触手处微微震颤，似乎音符正从木质栏杆间无声流出。我心里一派宁静。抬起眼，看见万小东正从前方走来，目光直扫过来，躲避已来不及，我只能微侧脸目不旁视地前行。我们相向而行，越走越近，周围的空气随之加快了流速。靠近时，我瞟了眼他的脸。非常好看。很冷，但很好看。椭圆形的脸，眼皮有些厚，眼睛睁不开似的，淡淡地瞅着人。在擦身而过的一刹那，他的肩膀轻轻撞了我一下，像是无意，又像是有意。我的脸腾地烧了起来，心脏嘭嘭跳动，好像有石块猛地投进了内心的湖面。我走完剩下的一段走廊，回到教室，发现自己紧张得喘不过气，像是刚跑完八百米。

几天后的晚自修，小胖通知我："校长的儿子让你去小操场。"

"我不去。"我说。

小胖瞪大眼睛看着我："你不去，我会被弄死的。"见我不信，他伸手让我看手臂上被烟头烫出的疤，"你就当救命吧。"

他背朝我站在斜坡上，一只脚在泥地上踢来踢去。小操场在教学楼的侧面，三角状，被一片樟树林遮挡着，有些幽暗。我想质问他为什么对同学做那种事，但现场有种特别的气氛，让我说不出话。他转过身来。黑暗中，能看见他的眼睛闪着光。他说："你跟周杰在写信？"周杰是我初二的同桌，去年寒假曾给我写过一封信，信里夹了一张他在照相馆拍的五寸彩照，穿着流行的夹克衫，绷得很紧的牛仔裤，头发梳得笔挺，也是个长得挺俊气的男生。这件事，不知怎么被同学们知道了，传得沸沸扬扬。我说：“没有。是他写的，我没回。”我不明白，自己为什么要跟他解释。真窝囊。

他走下斜坡，站在我面前。我俩离得很近，能清晰地听到彼此的呼吸。我的心脏紧张得差点跳出腔口。他说：“以后不准跟别的男生说话！”说完，转身走了。啪啪的脚步声迈出好远后，我才想起来小声咒一句：“你管不着！”

这件事之后，他好像又把我遗忘了，再没叫人来找过我。他越不来找我，我却越是想看到他。集会，上食堂打饭，开运动会，任何集体活动，我都不自主地搜寻他的身影。他一般被一群男生围拥着，一阵风似的快速来去，很少有独自一人待着的时候。男生堆里，更显得他与别人不一样，他穿得很干净，条纹衬衫，浅色西裤，黑色皮凉鞋里的脚穿着白丝袜，袜边镶有彩色丝线织的品牌标志，全校只有他一个人在夏天还穿白丝袜，连女生都不穿。校长夫人把他打扮得像个小王子。那时还没有“酷”这个词，但他就是拥有这种气质的男生。怎么说呢，他简直光芒四射，让我自卑，并且受宠若惊。但不久，一个很糟糕的消息传来。有人说，他喜欢上了自己班的转学女生，一个短头发、黑眼睛、活泼又俏丽的女生。听说这事，我嫉妒得要命，我拼命对自己说，这只是谣传，他不可能这么快变心。又无数次想象，他怎么回到我面前，甚至单膝下跪求我原谅。十五岁女生的嫉妒一定是世界上最强大的嫉妒，我这一生都再没有那样嫉妒过。

我想了很多办法，但没有一个能真正实施，在路上看到他，我还会远远避开他，没有想到，我的烦恼竟以一种特别的方式解决了。那晚睡前，上铺的同学忽然腿疼，哭着要回家。班里只有在学校边租房子住的王俊有自行车，我扶着女生到他门外，敲门叫王俊出来，一起送同学回去。到家后，同学父亲感激地请我们吃了夜宵，拿手电一直把我们送回校门口。此时有十一点多，校门已关得严严实实。我们在门口犹豫，按照校规，这会回去一定会挨批，搞不好得算夜不归宿。王俊开玩笑叫我睡他那算了，免得被人知道。他挑挑眉毛说："放心，我一定不碰你。"王俊是城里来的男生，身材高大，两道眉毛连成一条直线，长得很滑稽。我当然不肯去，但对敲大门又有些发怵，在树下犹豫不决。忽然间，一道手电从二楼窗口向我们照射过来。有人大声冲我们喊："不要动，你们两个不要动！"王俊轻声喊："快跑！"我不辨方向拔腿就跑，绕学校跑了半圈，竟然见后门开着半扇，里面黑咕隆咚一团，便慢下脚步，蹑手蹑脚往内走。刚进门，手臂就被人抓住了，是值日老师。

第二天全校集会，我与王俊被点名通报，公布了我们夜不归宿的罪状，重点描述深夜被值日教师"现场捉拿"并逃窜的过程（没有提起送同学回家的事）。最好笑的是，安给我们的罪名是"乱搞男女关系"。我半点没有夸张，老师就是这么说的，透过包着红布的话筒，把这六个字清晰地传向整个操场，送进一千余双懵懂的耳朵。这几个字如此新鲜，弄得我都忘了羞耻，它们太别致了，悬在空中，让我有些好奇，也有些莫名的快意。这快意从何而来？万小东！我朝他那个班的方向看过去，发现队列中以他为圆心空出一小块地方来，好像被一团杀气隔离出来似的。他抱着手臂站在圆中间，两腿叉立，目注远方，脸色像深夜的大海一样阴沉。

这件事直接引发了两个后果。第一个后果是王俊在小操场被揍，眉间、嘴角处都肿了，不过他是个很乐天的人，似乎不以为意，也没有向老师告发，只在经过我课桌时，笑眯眯地望着远处说："红颜祸水，红颜祸水啊。"第二个后果……比这个严重得多。万小东又一次把我叫出去，这回是到他父亲的宿舍里。我到门口时，见他一只脚踩在凳上，正俯身研究圆桌上摊的一本厚书。他抬眼看一看我，说："关门。"我依言把门关上，听见司必灵锁舌"嗒"一声进入了锁匣。我问他："校长呢？"他仍低头看那本书，说："出差了。"校长宿舍由一个大房间隔成内外两间，两间相通，我朝里面半间望望，摆着床、柜、箱子与衣帽架，外间里有一些待客用的桌椅沙发，屋子里有些零乱。

我凑过去看他的书，是一本《生理卫生》，摊开的那一页，印着状似花萼的剖面图，锥形图案上布满一条条直线，直线末端有注解，我仔细一看，脸一下子火烧似的红起来，竟然是女性外生殖器结构图！我们初三《生理卫生》才有这一页，他念初二，还没有这本书，定然是从别人那里借来的。我们虽然知道这一页，但从来不去看它，老师也从来不讲，我们连《生理卫生》这本书都很少打开，反正不考试，跟中考更是半点关系也没有，谁会去看这个呀！我红着脸，轻声说："不要脸。"他一掌击在书上，说："你才不要脸！你的处女膜一定破了！"我说："才没有！"他说："你都乱搞了，还能不破吗？"我们面对面地站着，呼哧哧地闻着对方的气息。他的脸又英俊又孩子气，眼睛有些发红，紧绷的身体发出股烫人的味道。我的心又扑通直跳。

我说："不信……你自己检查！"

他的脸也霎时红了，外强中干地说："检查就检查！"

我蹬蹬走到沙发前，坐下来，抬起下巴："你查呀。你来查呀。"

他走过来，犹豫了会，好像不知拿我怎么办。但一会工夫，那股领袖气质占了上风。他命令道："闭眼！"我瞪了他一下，不过还是听话地闭上了眼睛。我感到他的手捉住我的小腿，捏着小腿肚，把它们搬到了沙发上，接着球鞋脱了下来，然后……裙子被掀了起来。凉凉的书籍被摆在我的右手边，沉重地压在那里。

三、我

那一年，我十五岁，像株春天的小杨柳，正抽出芽，我拿过校舞蹈比赛金奖、当过校宣传册封面人物，做过校礼仪队副队长，当然最重要的，是成了校长儿子钟情的对象。后来，我升入本地一所普高，而万小东在一年后考入省重点高中，之后我们都在不同学校念书，所以一直没有见面。万小东看着教科书天才般做成功的那件事，并没有与我施行第二遍。念大学时，我在元旦收到过他的明信片，上书四个字：新年快乐；或三个字：新年好。收到明信片后，我总是把帐幔放下来，在密封的床铺里待上半天，不说话也不出来。后来室友们都知道了，这个写明信片的人不同寻常。我听说他在大学里完全忙不过来，一个老同学形容他“前仆后继”。这一点不奇怪，成人之后，他越长越好看了，尤其他的笑容，太有杀伤力了。重逢之时，最让我迷惑的是他的笑容。我完全不记得少年时他有这么笑过，笑起来时嘴唇往两边上弯成弧形，鼻端微微皱起，忽然有了一种小孩般的羞涩，荡人心魄。

我以为，我们的一切都已逝去，各自的人生将迈入不同岔道，不会再有交集。但在工作第二年的夏天，他毫无预兆地出现了。他就那么晃进了我的宿舍，看上去像饭后散步随意晃进来的，又高又瘦，微耸着肩膀，穿件黑 T 恤、灰便裤，趿一双人字拖。我对象正在房间里替我整理书柜，他在机关工作，是个非常老实的人。他扶扶眼镜问万小东找谁。万小东说："找我老婆。"对象一下愣住了，看看他，又看看我，一时不知该如何接口。我站起来给他倒水，但手抖得厉害，差点把玻璃杯砸了。万小东接过水，一饮而尽。我对象试图再搭话，清清嗓子说："请问你……"万小东摆摆手："你们聊，我先睡会儿。"他坐到我的单人床沿，甩掉两只拖鞋，倒头就睡，不一会，鼾声就响起来。对象停下手头的事，看着我，用目光提醒我做个解释，但我不知该怎么解释。正是初夏，天气还有点凉，我从柜子里取出一条薄毯给万小东盖在身上。躺下后，他的鼻子愈显得高隆，两颊瘦削，睫毛又浓又密，跟少年时比，他瘦了许多，脸看上去有些疲惫，腮上的胡楂抚上去刷子似的戳人。我不知道自己注视了他多久，抬起眼时，只见对象两手哆嗦，惊痛地望着我。他勉强说："要不，我送你朋友去宾馆？"我说："不用。"他问："那，我先走？"我说："好。"他放下手头的两本书，拎起一把雨伞（一定是昏了头，因为外面根本没下雨），夺门而出。

我关上门，脱掉外衣，掀起毯子，躺在他的身边。已经十年，我们没有这样睡在一起。他很快就醒了（可能先前一直在装睡），向我侧过身，手指从锁骨间的胸窝开始往下摸索，滑过肋骨，像是数有多少根……除他之外，我没有跟任何男人有过，就连处了两年的对象，也坚持着没有发生，我对象一直认为我是要留到新婚之夜的那类古董女孩。万小东呼吸急促起来，说："你要嫁给我了。明白？"我点点头，面容平静。但心底的那个我，已经放声大哭，哭得全世界都跟着我一起伤心，一起快乐。

那年十月，万小东与我完婚。酒店迎宾处挤满冲我们拍照的路人，我俩站在那里就像一幅完美的图画。我感觉一切如梦似幻，人生完好无缺。不久，我生下女儿田田。一年后，我检查出甲减(甲状腺机能减退)，连带着心脏有点不好。拿诊断单那天，医生对万小东说："病人不能生气。"万小东对我说："这病好，没人敢惹你了。"我一病六年，一直服用激素，身体里就像有个人在吹气球，迅速膨胀起来，体重直飚到六十多公斤。那段时间万小东出乎所有人意料地照顾我，无论多晚都到医院里陪夜，睡在平行着病床摆放的八十厘米宽的陪护床上，翻个身都困难。有一晚，已是凌晨一点，接班护士过来查床，问要不要把陪护床撤了，家属不会来了。我正迟疑，走廊上响起脚步声，每一步都从地上擦过去，像张砂纸磨着地面，自然是万小东了。他一进门就甩掉外衣蜷卧下来，两条长臂揽住棉被，一小会就睡着了。我俯看着他(陪护床比病床低一些)，他的面容安静满足，微带笑意，像个做梦的小孩。就在那个时候，我觉得他像只鸟，一只收拢翅膀归巢的漂亮的鸟。

就像凡人没法了解鸟的飞翔一样，我觉得自己并不了解他。我甚至不明白他为什么娶我。我问过他这个问题。他想了想，说："因为和你相处舒服吧。"我说："不是因为最爱我？"他说："也许是。"我说："以后还会爱上别人吗？"他说："可能啊，值得爱的人那么多。"我说："可是我只爱你。"他说："这是一种偏见。只要有机会，你有可能爱上一万个男人。"

那几年，万小东把精力投入在了新开的酒吧上。他的合作伙伴大乔是位健美先生，高大、满身肌肉，看上去没心没肺，被他外表所蒙蔽的人们很快就发现生意场上已被他狠赚了一笔。在开清吧与慢摇吧方面，两人起了争执，万小东想做静吧，大乔认为从赢利的角度考虑，必须有 DJ 师(调音师)、摇滚元素，这样才能刺激消费。万小东明智地让了步。果不其然，蓝荷慢摇开业后，吧厅日日爆满，万小东建议隔出来的小玻璃房里却几乎没什么人。那些青年人都爱待在热闹的吧厅。但我挺喜欢那间玻璃房，房里栽满绿色植物，剧烈轰响的音乐经隔音玻璃过滤后，轻柔了许多。大乔的妻子阿菲也常去，她是小学体育教师，凤眼、大嘴，笑起来眼角边扇似的一排鱼尾。我们很快就成了莫逆之交。阿菲爱喝酒吧的试管酒，五颜六色一支支插在冰盘里，看上去非常漂亮，老让人忘了那是酒，一不小心就喝过头。喝多了的阿菲就摇摇晃晃站起来，将手指戳向玻璃墙外的吧台，嘴里骂骂咧咧。我知道她在咒谁，风传大乔与女调酒师交好已有一段时日。阿菲来时，大乔一般都搬万小东和我救场。但有一天，他既没有联系到万小东，也没找到我，于是意外发生了。阿菲摔了两排酒瓶，一片飞溅的玻璃碴落入了女调酒师的左眼，据说虹膜当时就裂了。当晚女调酒师就进了医院，她提出平息事端的交换是，大乔陪她去法国留学，她考了法国的调酒专业研究生，苦于没有学费。后来调酒师的左眼并没有盲，眼球上留下一块红斑，不细看看不出来。

从此阿菲一个人生活在国内，不知为何，她与大乔一直没有离婚。大乔在世界各地转悠，后来停留在了澳门。放学时，阿菲帮我把田田从学校里带出来，我们就会一个车内一个车外地聊上几句。我问她："过得好吗？"她说："都五年没有男人了，能好得了？"我说："让他回来啊。""不可能了，"她眯眼望向校体馆上方的瓦蓝天空，"回不去了。"我们短暂的对话总是被刺耳的喇叭声打断，只能匆匆挥手告别。其实多年来我一直想问她一个问题，如果回到五年前，她还会不会那么冲动地举起酒瓶就砸。这个故事还有个部分，酒瓶飞过去的瞬间，大乔冲上前挡了一挡，要不是大乔挡了一挡，后果更难设想。

当然,大乔的肩膀因此缝了十几针,镊子一片片往外夹玻璃碴时,大乔咬着牙一声不吭,倒是阿菲,在一边哭得死去活来。

四、场景

老别克的方向盘又笨又迟缓,挡位滞重——我还是忍不住拿它跟迷你比,开惯了迷你,开着它就像驾着一艘大船,在拥挤的车阵里左奔右突,进退维艰。这会,路堵得就像是一条肠子得了肿瘤,十几辆车子相向而行地挤在单车道上,在汽车学会飞行之前,不可能再让道路畅通。有人把手、脑袋从驾驶室探出来咒骂,刺耳的喇叭声响成一片。一个胖保安跑前跑后做着调度,蓝色保安服已被汗液浸透。在他大声的吼叫下,对面的五六辆车子终于开始后退,车辆像皮筋一样慢慢地松开来,我随之缓慢往前面滚动车轮,一米一米地往前爬行。朱妮妮说我的体形就该开老别克,"小迷你还不被她压坏?"那天她乐滋滋爬进驾驶座,将车窗徐徐摇上,脸逐渐被深蓝色窗贴膜遮挡,那是我精心挑选的雷朋车膜,有阻挡紫外线的功能,整车贴下来花了两千多。车窗快关上了,她又把它往下摇,终于找到按键停下来,探出个笑脸对万小东喊:"我那里什么都有了,就缺你。"万小东回答她:"你什么都可以有,除了我。"朱妮妮启动了车子,大声说:"走着瞧!"就一溜烟把迷你开走了。

我竭力不表露出内心的不安。我只是不断地给万小东垒窝,给他建立一个回窝的习惯。我的优势是时间,是漫长时间堆叠起来的生活习惯,当一个人习惯了一种二十年的模式,就很难脱离它。譬如说,他吃饭的位置在餐桌的上首,女儿坐在她左边,我坐在他右边,人坐齐了开饭;夜里女儿来道过晚安,才睡觉;过生日吃蛋糕、唱生日歌,我与两位老人唱一遍中文,女儿唱一遍英文,吹蜡烛时,会有一两支没吹灭的,让他补吹一遍。温暖的定式对于一只不羁的鸟来说,或许真的很重要。晚上,我们并躺在枕上聊天,万小东喜欢把手抚在我的腹部,轻轻地拍着,微隆的肚腹像个水袋子发出梆梆的声音。我把他的手拉开,过会他又覆在了上面,或许这个声音让他觉得很好玩。

我问他:"一个晚上四五次,是真的吗?"

"也没那么多。"他说。

"跟我说说你俩的事吧。"我说。

他说起他们认识的经过,跟朋友一起吃饭的时候遇上,那晚朱妮妮刚好失恋,喝醉了酒,提出要跟座上的男人逐个热吻,男人们自然都举双手赞成,努着嘴等着。朱妮妮却径直走到笑个不停的万小东面前,抱住他的脖子,将小而柔软的舌尖探入了万小东的嘴唇,一边亲吻,一边流泪。那两道热泪触动了他。

我问万小东:"你爱她吗?"他说:"不知道。"我说:"那换种问法,我跟她哪个更重要?"万小东说:"你们不一样。"我说:"怎么不一样?"他说:"女人有很多种,你是像家一样的女人。"我说:"她是什么样的女人?"万小东说:"她是像旅店一样的女人,男人不会一辈子住在旅店里。"

朱妮妮的微信消息就在这个时候响了,好像她手握望远镜监控着我们似的。我不知道谁发明了微信这种东西,可以把一个人的语音贮存下来,反复地播放。我真的很烦它。

朱妮妮说:洞一,洞一,请快回话。

万小东说:什么事?

朱妮妮说:洞一,小刀害怕了。

万小东说:为什么害怕?

朱妮妮说:二十四楼的灯光太亮,小刀害怕了,他在踢我。

这么说朱妮妮又在乘观光电梯。朱妮妮一个人住在凤凰城小区的十六楼,每天有个钟点工定时给她买菜做饭,大部分时间,她都独居在公寓里。公寓楼有部观光电梯,闲得无聊时,朱妮妮就乘着电梯上上下下,这么做造成了其他住户的不便,被人投诉后她就改在深夜乘电梯。公寓最高一层是二十四楼,她经常把电梯停在那里往下看街景,从透明的观光梯看街上的灯光行人,会使人头晕目眩,这事不适合孕妇干,我与万小东都劝过,但她不听。我知道,她是想让万小东过去陪她。

手机持续不断地响着,万小东没有接听,但也没有关掉。

我说:"要不过去看看?我陪你去。"

万小东说:"我去吧,去去就回。"

万小东走了以后,我开亮了阳台的灯。阳台下面就是车道,万小东拐上车道前可以看到阳台上的灯光。那灯光黄融融的一团,在夜色中很醒目,也很冷寂。万小东知道这盏灯的含义,不管多晚,万小东都不在朱妮妮那里留宿,他知道这是我的底线,他从不逾越这条底线。但那晚,过了十二点他还没有回来。

直等到凌晨两点,我才确信他不会回来了。我起身在客厅与阳台间踱步,让燥热焦灼的身体慢慢冷却下来。夜很浓很黑,屋里黑漆漆的,什么也看不清,但我还是凭着白天的印象游走着,像一条梦游的鱼。我忽然想起多年以前,听了鬼故事不敢独睡的我,也是这么苦苦地等待着上夜班的母亲，直到十二点敲响，才知道母亲不会来了。我在沙发上坐下来，摸到茶几上的一包烟，一支接一支地抽起来，烟很呛口，但呛得我很舒坦。大约抽完第五支，我进了女儿田田的房间，将脸贴在她的小脸上，直至把她的脸也濡湿。然后我轻轻走进房间，整理了一些衣物，离开了家。

出走那晚，我只通知了阿菲，我让她帮忙在学校附近租个房子。第二天我就搬进春江花苑小区，从四楼望下去，可以看到校门口那条马路，这条路平常并不挤，空荡荡的，绿化道上摆着一溜石磨、石臼，石臼内积着水，长着些水生植物。路边有一排槭树，正值深秋，树叶都黄了。记得第一次来接田田时，我曾以为那是银杏，细看才知叶子不是扇形的，而是像手掌一样张开的。阿菲传来了家里的消息，说万小东急坏了，大家都忙着四处找我，差点报了警。“想不到你个肥婆娘在他心里还有这等分量”——这是阿菲的原话。事实上现在我已经不太胖了，我在吃一种叫纤体秀的流质，吃起来像水泥，以前我总咽不下去，一到喉咙口就呕出来，但现在我有了动力，能神色如常地吃掉大半碗。只是从来都吃不饱。阿菲告诉我，万小东那晚不回家是因为朱妮妮搞了小动作，她在万小东喝的果汁里放了点东西，万小东醒来后发现天已经大亮，也不多说话，开门就走了。万小东不爱跟人吵嘴，他生气的方式是冷漠，置之不理。他觉得朱妮妮不可理喻，说懒得管了，就让她自生自灭吧。说到这里时，我问阿菲：“万小东是这么说的，自生自灭？”阿菲肯定地点点头：“万小东还说，你就像拴他的一根链子，没有这根链子，他太自由了，太自由也不好，让人心里没底。”他让阿菲把这些话转告给我。阿菲很聪明地没有上当，说：“如果有一天我能遇到她，一定转告。”

每当放学时分，我就趴在窗台上往下看，从那些系着红领巾、穿着绿校服的孩子间找田田。我找不到田田，但我能找见校长与校长夫人，他俩一左一右地夹着田田出来，像夹着颗绿绿的小蚕豆。田田的手里总是握着包零食，边走边抓着吃，看来在这方面校长夫人是要一意孤行了。天下雨的时候就能看见万小东。我一般是先找着万小东的越野车，再看他从车上下来，他走入一群撑着伞的人群后，就不太找得到了。他在人群中穿梭得很快。他很少来，偶尔来的几次，还跟人打了架。那天，有位家长的车违规停在网格线上，使得本来就拥挤的门口更挤成一团，保安弯腰跟车窗里的人说着什么，那车却半天不挪一步，眼看孩子们就快放学了。万小东本来是跟围观人群站在一起的，他穿着我买给他的运动装，这套运动服藏蓝丝绒面料，袖口与衣领镶着黄边，极精练好看，这方面他一向很肯定我的审美。不知怎地，他忽然间就插了过去，唰地开了车门，将那司机拽了出来（那人猝不及防，踉跄几下摔在地上），自己坐进去，猛地一倒，把车冲上了绿化带，刚好抵在一个石臼边。这几下动作很干脆利落，赢得周围一阵喝彩声。那车主从地上一爬起来，就朝万小东冲过来，两人扭在一起。不过这架没持续多久，那黑胖车主不禁打，三两个回合就趴下了。他不知道，在这方面万小东是多么有天赋啊。

总的说来，他们看上去过得挺安乐，也没有哪个人变得憔悴，天并没塌下来。或者就像阿菲说的，这个世界谁离了谁都行。阿菲问我究竟如何打算，回不回去，要回去的话也算有台阶了，因为万小东在报上登了寻妻启事。我摇摇头说：“现在回去，问题并没有解决。”我心里有个打算，这个打算就算跟阿菲也不能全盘托出。我在等待一个时机，一个不是一就是二，不是你死就是我活的时机。然后由万小东来操起临门一刀。

五、事件

情况就是这样，我穿着白色针织连衣裙（已经不很胖了），一双家常的黑色皮拖，开着一条航船似的老别克，去接田田。我等待的时机已经降临，朱妮妮将在诊所里产下万家的孙子，如果万小东要做决断，就是这一天了。田田并没有显得很惊讶，只歪了下脑袋说："妈妈你变新了！"上车后，又叹口气，"以后没薯条吃啦。"我一语不发地从座上拿一包辣条给她——就是那种沾满添加剂，跟毒药差不多的零食，连校长夫人都不给田田吃。田田喜得差点跳起来，扯开袋子就往嘴里送，这时她的欣喜之情才咕嘟嘟往外冒，问我去哪了，去干吗了。我没回答，把平板电脑递给她，让她看动画片。

我已经好久没有开老别克了，油门往下踩的时候，好像总要往边上滑。我前头是辆崭新的奔驰轿车，车屁股浑圆、滚翘，让我联想起朱妮妮紧实的臀部，以及她即将出世的儿子。在我左前方约十几米的地方，停着一辆本田飞度，隐约可见里面打盹的司机。手机响了。手机是阿菲送给我的，戴着凯蒂猫的机套——很难想象她这样的女人竟会使用这样的手机套。手机响起来的时候，一种强烈的预感使我的手瑟瑟发抖，几乎握不住方向盘。是阿菲。阿菲的声音很激动，很兴奋，她说："朱妮妮生了，是儿子。万小东很开心。你还好吧？你过不过来——"没等她把话说完，我就挂掉了电话。不知为什么，在听到万小东的名字时，泪水就涌满了我的眼眶。眼前的景物一片模糊。猛然间，前面的奔驰停了下来。我应该跟着停下来，但脚下的拖鞋滑了一下，我脑袋里跟着空了一空，脚踩在了油门上，发动机“轰”地响了起来，车猛地加速撞到奔驰的屁股上，在反弹力作用下，又冲上了绿化带，撞到了停车位里的那辆本田飞度，只听得“砰砰”几声巨响。我的脚换了个方向踩下去，车终于停了。奔驰与本田飞度的车门几乎同时打开，各下来一个男人，一高一矮。

我的脑袋很疼（刚才撞在了前挡风玻璃上），耳边回荡着那几声巨响。在那个胆寒的瞬间，心里竟然很痛快，有种淋漓畅快的感觉，是的，是畅快。很想继续踩在油门上，狠狠地踏下去，让碰撞再猛烈一些，让一切在巨响中消失，眼前甚至闪过了自己血肉模糊躺在地上的情景。让万小东后悔去，让所有人痛哭流涕去吧。我在这样的想象中停留了会，蓦然想起一件最重要的事……田田！我猛地转回头，还好，田田被安全带绑在后座上，一动不动地望着我，毫发无伤。她微张着嘴，舌头上还沾着枚辣条，大气也不敢出。我伸手抚了抚她的脑袋，尽量柔和地对她说：“没事的，妈妈出去下。”

跨出车门，才感到左脚有些疼痛，不知何时脚趾上已拉开一道小口子，渗出一缕鲜血。矮个子与高个子均弯下腰察看着各自的汽车，臀部撅得老高。我跟着过去察看，奔驰的屁股看上去没有大碍，只擦掉点漆，保险杠略有凹陷。本田飞度就不那么走运了，车身凹进去很大一块，车左面的线条完全扭曲了，像一个被捏扁了的易拉罐。矮个子朝我转过来，他长着张饼脸，五官又扁又矬，举起两只手向我哀告：“怎么开车的？怎么开车的？我停在停车位上的啊。”

“对不起……”我说。除此之外，我好像也找不出别的话来。我瞥了眼老别克，在经过这么剧烈的碰撞后，它仅仅毁了一只车灯，车头稍有些擦伤，沉默地挨在我身旁。

才一小会，周围已经聚集了一大堆车与人，有几个人察看了事态之后（三辆车还呈三角形揳接在一起），很快认识到这条路不可能马上疏通，于是劝大家赶快掉头。两头有不少车辆纷纷发出刺耳的倒车声，一辆辆离去。但有不少人仍聚集在四周，饶有兴味地观望着我。一个穿白汗衫的男人拍拍矮个司机的肩膀说："以后看见女人开车就要躲远点。"

"我还能开到天上去吗？"矮个子苦着脸说。

开奔驰的高个子直起身来，他脸庞黝黑，看上去大约五十多岁："我刚才鸣了那么响的喇叭，你没听见？"

"我没听见，是我不对。"我又道了一次歉。我感到很累，头很疼，主要是胃，一直在抽痛。

"报警吧。"有人提醒。接着劝报警的声音此起彼伏，许多双眼睛热烈地望着我，似乎对于警察的到来，大家都充满了渴望。我取出手机（脑袋越来越胀），在万小东与警察间犹豫了一下，终于拨了警号。对方说："知道了，一会过来。"电话就挂掉了。

我打开后车盖，想从里面取出一瓶芹菜汁——是减肥食品的一种，粗纤维蔬菜汁，喝上去像池塘水，又腥又苦。我弯下腰，在手指离瓶子约半尺的时候，我的意识消失了，好像一个开关忽然关上了。我的画面感停顿在了此处。接下去是一段空白。当再次恢复意识的时候，我已经坐在马路边的一条石凳上。一群人围着我，白汗衫男子用一把折扇使劲替我扇着风，一个烫发女人用冷毛巾给我擦着汗，我的额头上竟然滚着许多汗水。我对刚才的那段空白毫无记忆，好像忽然间睡死了一样。人并不觉得难受，只是稍有点恶心。我想一定是饿晕了。

“醒了，醒了。”人们说。

“刚才你摔倒在后备厢那。”烫发女人说。

“给你的保险公司打了电话，他们说马上通知你家人。”白汗衫男子说。

“要不要送你去医院？”T恤男问。

我问：“什么时候打的电话？”

“大概五分钟前。”白汗衫男子说。

这么说，万小东已经知道我发生了车祸，阿菲也该告诉他我的号码了。我直起身，左右寻找手机（头一转动才感到很晕），有人帮我递过来。没有，没有未接来电。我盯着手机，机套上凯蒂猫的粉红结抖动起来。我回想早上时穿的拖鞋，一上车就帮田田系紧的安全带……我是故意的，至少在潜意识里，我想撞这么一下，想通过这次撞车把万小东要回来。从出门的时候起，我就把这次车祸潜伏在我的意识里，让它作为逻辑链中的一环。但是，它断了。我白费心机。我输了。我知道自己彻底输了。天平那一端的分量更重，万小东不会再回来了。我将失去生命中的小鸟。我哭起来，号啕大哭起来。我在这群陌生人中间，放声大哭，好像要把半生的委屈都哭尽。

矮个子司机从车里拿出纸巾，递给白汗衫男子，白汗衫男子递给烫发女人，烫发女人像递接力棒一样把它递给我。我接过来，擦一把脸，又擤一把鼻涕，接着哭。男人们望着我，沉默地相互敬烟，偶尔轻声谈论几句。烫发女人很负责地继续拿冷毛巾替我擦汗。在几轮纸巾接力后，我的哭声渐渐衰竭下去，缺少了一点后继的力量。无论多强大的悲伤都是会止歇的。什么都会过去。我的哭出现了一段空白。有那么一小会，我感到什么东西离开了我，像是蒙着眼睛的什么忽然被拿掉了似的。周围好像变亮了些。我感到有些奇怪,也有些茫然,我为此而放声大哭的一切多么不真实啊。周围的人们纷纷发动汽车离去,我身边只剩下这四五个人。他们似乎打算一直陪我等下去。现在,我只是间或地抽噎两下。

我回到老别克的驾座上,在后视镜里,看见田田已经歪在后座上睡着了。睡着了,也好。我从储物箱里取出一件遮阳外套,往后边探过去,准备替她盖在身上。但我的动作顿住了。我闭了闭眼睛,再睁开,以为自己出现了幻觉:在田田旁边,躺着一个襁褓里的婴儿,像鸟窝里的一个蛋。小脸赤红赤红,眼睛紧紧地闭着,两只小拳头举在耳边,酷似"投降"的姿势。田田几个月大时,一睡着就摆出这个姿势,像是婴儿对成人世界的求告,看了让人非常心疼。原来婴儿都会做出这个动作。我小心地将他抱起来,他身上有股浓郁的奶香味,非常好闻。我仔细看了看他的眉眼,很有几分田田的模样,眼线很长,鼻梁挺挺的,嘴唇紧紧抿着,一定是我们的小刀,真是个漂亮的小伙子啊。我将他挨在脸颊上亲了亲。可是,他是怎么来到这里的?万小东呢?我向路那头张望,这条路又恢复了空荡荡的模样,两排槭树静默地立在一旁,路上不知什么时候起,已经铺了层薄薄的槭树叶,像一条金黄色的地毯,绵延不绝,像要通往遥远的地方。

江葬

林妙云得病后的变化主要是两个方面的,这两方面的变化都被小镇上的居民用事实证明了。一个方面是林妙云变得不那么吝啬了。这件事,板鸭店的肥佬张最有发言权。以前林妙云买板鸭只买四分之一只。四分之一只板鸭怎么卖呢,要卖就卖半只,肥佬张说。可林妙云讲半只怎么吃得完,她说话细声细气的,但声音里像梗着根棒,有股韧劲。肥佬张说你吃不完,不还有老麦吗,老麦那么高大,一人吃一只都不在话下。林妙云说老麦可吃不了这么多,这么说着她就挡在售卖窗口,手上拎一张十元的人民币,像旗帜一样冲着肥佬张晃动。排在后面的人就急了,有人说卖了吧,剩下的四分之三给我不就完了吗?所以大多数时候,肥佬张还是把四分之一只板鸭卖给了林妙云。切板鸭时,林妙云从来都是挑有鸭腿的那一块,大家都知道,这四分之一只板鸭里,只有鸭腿是林妙云吃的。这一点,也是经过隔邻的兰云大嘴证实了的。兰云大嘴去林妙云家串门时,正逢林妙云在啃鸭腿,林妙云的腮帮鼓起一小块,吮着其中的一节鸭爪,啧啧有声,桌上的几节爪子已经被嚼成碎渣,几乎辨别不出那是鸭爪了。兰云大嘴注意到，那盘装着四分之一板鸭的盘子在老麦那端，老麦用左手腕扣住了它，一块块抓里面的肉吃，鸭肉离林妙云这边很远，中间隔着一盘炒芹菜、一碟泡黄瓜与一大盆麦疙瘩。基本上林妙云是不太可能越过这些菜肴去够那盘板鸭的。

林妙云并不是不爱吃板鸭。这一点肥佬张当着大家的面又陈述了一遍。林妙云买板鸭时那声音里是含着津液的，这个我们能理解，一个人只有面对自己想吃的食物时，唾液才会分泌出来。所以那声音里是有很多内容的，有点湿乎乎、黏腻腻，又有点企求与耍赖。肥佬张由于与这声音多次交锋，终于能够形象地把它表达出来了。以至于当林妙云拍出小皮夹要一只整鸭时，肥佬张认为是哪里出问题了。果然，林妙云得病的消息很快传了开来，据说已经被县医院拒收了，这就可以解释为啥买整鸭了。那么以前在林妙云家里，究竟是老麦不给林妙云吃板鸭，还是林妙云自愿把板鸭让给老麦吃，这就不清楚了。就说林妙云的节俭，究竟是老麦授意的，还是林妙云自己想要这么节俭，也只能是个谜了。按理说，林妙云是用不着这么节俭的，因为老麦有退休工资，老麦的退休工资在小镇上养活夫妻俩还是绰绰有余的。关于这件事，后来小镇上争议非常多，因为它关系到老麦对林妙云好不好这样一个重要的命题。正方认为林妙云生性节俭，又舍不得让老麦吃苦，才会走出后来的那一步；反方认为老麦一直都看林妙云不顺眼，连板鸭都舍不得给她吃，也因此走到了最后那一步。这个争议有很长时间没有得到一致的答案。

林妙云的第二个变化是性情上的。兰云大嘴的孙女小兰喜欢到中街去上公厕，她说家里的马桶掀开来，能看见臭气，臭气在马桶口子边浓一些，越升到空中越淡，是淡淡的白色。小兰对大人说："我如厕去了。"她九岁，刚弄懂"如厕"这个词的含义，就常常把它挂在嘴边。这么说的时候，她觉得自己像个大人。她没注意到大人从来不用这个词。大人一般是说方便一下，解个手什么的。小兰经过林妙云家时，林妙云从门口那喊了她一声，叫她"小兰姑娘"，林妙云问她"如厕呀？手纸带了吗？"请注意，林妙云问的是"如厕"，所有的大人都没有这么问过小兰。这让小兰觉得自己在沟通上与林妙云已经对等了。公厕是新建的，墙壁上镶了淡蓝色的瓷砖，开了六角形小窗，窗外就是那条沿镇而过的街亭江，宽阔的江面在阳光下闪闪发光，小兰喜欢蹲在那里，看水面上钻石般发亮的阳光，在窗格里这边闪一下，那边闪一下。蹲下来没多久，林妙云就走了进来，从隔栏的上方递给小兰两张卫生纸巾，说："用这个吧。"卫生纸巾的质感很绵软，跟小兰自己带的草纸完全不同，柔若无物，轻滑地一抹而过，却又很洁净。后来小兰如厕就向兰云大嘴要这种纸，说："妙云婆婆就用这个。"这件事让兰云大嘴非常意外，林妙云没生过小孩，也很少跟人家的小孩搭话，现在居然在这么小的细节上关心一个孩子了。这说明林妙云病后开始更多地关注周围的人、周围的事物。关于这一点，还有很多的事实例证，下面还会说到。

那么林妙云以前是个什么样的人呢？很难用一句话说清楚。她最大的体貌特征是瘦，因为瘦，穿任何衣服都显得空荡荡的，都说不上好看。虽然她肤色白，五官也端正，分开来看，每一样都长得不错，但因为过于瘦，就显得没有水分，有些干瘪。大家都说，如果她胖个二十来斤，就会是个大美人了。她平时不像其他的主妇一样爱扎堆，用现在的话来说，就是很宅，不爱东家长西家短地闲聊，也从来不在别人面前说老麦的坏话。大家都觉得，她得的病，跟她这种不爱说话的脾气也有关系。可是得病后,她的脾性像转了一百八十度的弯,不但变得爱跟人打招呼,嗓门也拎高了许多,好像跟老麦掉了个个儿。以前,从林妙云家经过时,总能听到老麦的高门大嗓,林妙云蹲在天井里洗衣服,老麦呢,在边上摆个小桌喝酒,有时哼着小曲一瘸一拐出门去搓麻将——老麦以前动过椎间盘突出的手术,有了后遗症,腿有些瘸。现在不太有老麦的声音了,听到的都是林妙云的细细的嗓音,指派着老麦干这干那。有人看见的一幕是,林妙云指使老麦在天井里晾衣服,要求他这边抻平,那边抖一抖,那领子一定要翻好,不翻好,下次收下来,领子就是皱的。大家很难想象脾气暴烈的老麦一声不响地把衣服翻过来晾过去地晒。

不过也有那么一天,听说老麦发火了,他把衣服"嗵"地扔在洗衣盆里说,晾个衣服还有这么多讲究,我死了就不用穿了,说着就回了屋。林妙云并没有跟着生气,她拿起那件衣服,爬到了椅子上,往衣竿上挂。她踏上椅子时,人摇摇晃晃的,正好被兰云大嘴见到了,兰云大嘴一个箭步跨进去,说,这么不小心呢,我来帮你晒。林妙云也不推辞,由着兰云大嘴把她扶下来,然后又看着兰云大嘴帮她把衣服拉平,晾在衣竿上。据说在这个过程中,老麦一直躲在屋里没出来。后来兰云大嘴走的时候,好像听见屋里传来了"呜呜"的哭声,那声音很沉闷,听上去像是深夜的风声,所以兰云大嘴不能确定究竟是不是哭声,更不能确定是不是老麦的哭声。

按照小镇的风俗,谁家有了重病人,是一定要上门看望的。看望与普通串门的不同,就是要带上点礼物。兰云大嘴为带什么颇费了番踌躇,住得越近越觉得这礼难送。想了半天,还是决定带一只板鸭。她上肥佬张那挑了只中等个的，刚出锅，皮焦黄酥嫩，拎在手里那香味直往鼻子里蹿。小镇不长，从镇头走到镇尾，也不过十几分钟，沿街是一溜黝黑的木排门，那狭长的木板拼起来是墙，往边上一摞就是门。住户的结构都差不多，进门是一个小天井，挨屋檐摆只大水缸，边上养一圈花草，往里走是一间堂屋，再就是一间厨房。兰云大嘴站在林妙云家的小天井里，看到天井里种着一串红、牵牛花、白木兰，有些花开着，姹紫嫣红的。兰云大嘴家的天井已经盖了屋顶，改成了店面，屋里很逼仄，所以走进林妙云家就有些羡慕。不过再一想，林妙云的养子因为店面的事与老夫妻闹翻了，很少往来，也就把这份羡慕搁下了。老麦坐在屋里，跟前摆着碟花生，一壶黄酒，自斟自饮着。兰云大嘴把板鸭递给老麦，发现老麦瘦了许多，两只肩胛骨高高地耸着，像副空骨架子，环顾屋里冷锅冷灶的，很有些凄清。兰云大嘴问，妙云呢？老麦像没听懂似的看看她，过会才伸出手指，往楼上指了指。楼梯盘在厨房间，兰云大嘴往上走时，注意到楼板非常洁净，像水洗过似的发白，扶手摸上去纤尘不染，这让她很意外，难道林妙云还在拖着病体擦拭它们？兰云大嘴的这次拜访，有一个很善意的想法，她想等林妙云病重了，每天过来一趟照顾她，毕竟老麦是个男人，很多事是做不来的。就是不知道林妙云会不会接受。林妙云不是一般女人，有时帮了她还会自讨没趣，有回天下大雨，兰云大嘴帮林妙云收院里的衣服，抢了一大抱，正要往檐下放，匆匆回家的林妙云见了尖叫一声，说，你怎么把里面的衣服和外面的衣服压一块了？说完忙从兰云大嘴手里接过，紧皱眉头一件件抖开来，弄得兰云大嘴十分尴尬。后来林妙云的棉被淋在雨里，兰云大嘴也不管了。这当然都是以前的事了，自从林妙云病后，兰云大嘴心里一直像坠着个石块，这么多年的街坊，说不定哪天就生离死别了，能不难受吗？正想着，听到林妙云在上面朗声说，兰云啊，楼梯陡小心些。兰云大嘴心里暖了下，几步走上楼，掀开一道碎花门帘，见林妙云斜躺在床上，身后塞一个大枕头，脸上笑眯眯的。

兰云大嘴上前拉住林妙云的手，说道："气色这么好！"这倒也不是假话，林妙云躺在床上，那脸看上去竟比以前莹润些，好像多了些光泽。林妙云说："来就来了，还带东西。"像透过楼板看到了那只板鸭。床边的小窗开着，可以看到浑黄的江水从窗外缓缓淌过，这边的水流比较缓慢，再往下流一二里，与另一条支流汇合后，那水流就急了。看着这条江，兰云大嘴想起很久前的一件事。那时镇校的孩子晚饭后常在江里游水，有个男孩游到江中间，腿忽然抽了筋，在水里挣扎，同学们在戏耍，竟然一个也没有发现。恰好林妙云端着一盆衣服从桥上走过，见此情景，急忙将衣服扔了，把手中的大红塑料盆朝那孩子抛过去，就是这个盆子，竟救了那孩子一命。这孩子家里很穷困，见林妙云没有孩子，就过继给林妙云做了儿子。当时是办了认养手续的，说好养子要给林妙云夫妻养老送终，林妙云的家产将来也由他承继。

兰云大嘴问，阿华来过了？阿华就是林妙云的养子，结婚后搬出去住了，在两里外的新街口起了两楼两底的新屋，还裸着黄砖，没有刷白漆。据说阿华想翻三层楼以后再刷白，也可能是想贴外墙瓷砖，自从镇长家的楼房贴了红白相间的外墙瓷砖后，贴瓷砖就成了热门，几乎成了住户经济状况的一个标志。林妙云笑了笑说："来过了，特意让媳妇给我做了米糕呢。"兰云大嘴早听街上人说起，林妙云的儿子连养母生了重病也不管，待了不到一刻钟就走了，真是白救了他一条命。兰云大嘴本是想帮着林妙云数落数落养子，这在老太闲聊间是很正常的，趁机发发火出出怨气也好。但林妙云好像一点也不为这件事气恼，说："阿华娶了媳妇生了孩子，我是没什么好担心的了，我担心的是老麦啊。"这么说着，她又朝窗外缓缓流淌的江水望了望，好像那里写着答案。兰云大嘴也往江上看了看，有一条捞沙船正在江中间驶过，船头上的机器突突地轰响着，船尾伸出了两道浓黑的油污。林妙云叹口气说："这些人呀，把江弄脏了。"兰云大嘴因为家里的兰昕大爷就是捞沙的，就没接嘴。接着，兰云大嘴听到了那句奇怪的话。林妙云说："兰云啊，以后老麦遇到什么难事，你一定要帮他哇，我把他托付给你了！"说着，在床上俯下腰，给兰云大嘴行了个礼。兰云大嘴惊得跳了起来，脸都涨红了，心想这话不太对头啊，自己家里好歹还有个兰昕大爷，怎么能说托付这样的话呢。但林妙云将脑袋俯在棉被上不起来，兰云大嘴只好含糊说："街坊邻居嘛，相互照顾是应该的，应该的！"

林妙云家里渐渐地散发出一种气息，那是屋里有重病人或临终老人才有的味道，有些像经年日久的薄荷味道，寒麻麻的，又像什么东西腐烂了，有些微的臭气。镇上的人们经过林妙云家都会放轻脚步，蹑手蹑脚，好像怕惊动了里头的人。经常踏进她家门槛的是兰云大嘴、对门摆瓜子铺的引娣，兰云大嘴的仁义得到了非常好的口碑，在对待几十年的老邻居上，她完全做到了不计前嫌、仁至义尽，经常上门帮忙做家务，护理病人。而那位养子阿华，只来过一趟就消失在了新街口，后来又听说外出打工去了，对比之下，就被许多人诟病了。很多人猜测，等林妙云死后，阿华与老麦的关系也会就此脱离，毕竟当时是林妙云坚持要领养阿华的,老麦在任何时候对这件事都没有热心过。但猜测毕竟是猜测,这一天的傍晚,阿华意外地穿过小街,匆匆来到林妙云家。门“嗵”的一声在他身后关上了。接着屋里很快传出了吵闹声,阿华的嗓音短而急地连缀着,听得人心里阵阵发紧。随之响起的是什么东西砸落在地上的脆响,据斜对门的中医老黄推测,可能是老麦常用的一只酒盅,土黄底黑纹,有一只弯弯的小柄,后来果然没再见老麦用这只酒盅。这场吵架最终是以老麦愤怒的吼声结束的,那句话大家都听清楚了:“滚,你给我滚!”阿华出来时,那张脸是完全阴着的,他抬起毫无表情的眼睛看了看周围的街道,甩了甩头发,就往街北端走去了。他的步态让人觉得,他是再也不会来林妙云家了。

小镇是不允许哪户人家存在秘密的,这场架的底细很快就被一些闲人摸清楚了。缘由十分的惊人,林妙云给镇校捐了款,不但捐了款,捐的数目还不少,整整一万元。一万元是个什么概念,在国光苹果十元六斤,罐装煤气三十元一桶的时代,这就是一笔不折不扣的巨款啊。这笔钱不但能帮阿华把三楼翻上去,还足够贴一遍红白相间的瓷砖,但捐给镇校扩建校舍,至多能买一堆砖头瓦片,砖头瓦片又没有姓没有名,捐了值个什么?这个林妙云是怎么想的,大家都搞不懂。更让人搞不懂的是老麦的态度,老麦才六十多岁,今后还得过日子,说不定还要续个弦什么的,这么一捐了事,难道老麦不心痛么?那老麦近来很奇怪,一天里倒有大半天在喝酒,整个人魂不守舍的,别人跟他打招呼半天没有反应,那眼神看上去不像悲伤,倒像心事重重,满怀忧虑,肩背也弓了起来,像骤然老了十来岁。总之在这件事里有很多不合常理的地方,但是再不合理又跟大家有什么关系？毕竟是人家的钱，人家愿意怎么花就怎么花，哪怕扔到江里呢。在大部分人心里，倒是觉得林妙云儿子的生气是有道理的，钱不给自家人花，白白给了学校，值什么呢。

没过几天，镇校的黄校长推着一把锃亮的轮椅上了门，轮椅的轮子辚辚地在街面上滚过，引得很多人驻足旁观。那天我们见到了久违的林妙云，她靠在一张竹椅上，人裹在毯子里，坐在天井的一道阳光下，整个人像洇了层淡淡的金色，眉眼都变得半透明了。轮椅是全新的，包了层薄膜，黄校长撕开了这层膜，介绍了扶手踏脚垫以及轮子边的手刹，特别指出前面还装了个餐桌板，必要时可以坐在椅子上吃饭。另外，还有一个机关。黄校长神秘地冲着林妙云与老麦笑了笑，像翻书一样左右推开了椅垫，原来轮椅还兼具马桶功能，便座下是个抽屉，黄校长把那个抽屉拉出来说，如果在椅子上大解了，只要把抽屉拉出来清洁就行了，就像倒一只痰盂。说到这里，他把手伸进抽屉，在四圈边抹了一遍，好像那里面已经装满了排泄物，而他正在清洗。这个动作使得围观的人们都哄笑了起来，大家都很难想象管着上千个孩子的黄校长还会洗马桶。黄校长跟着大家笑了，耸了耸肩上斜挎的一只黄牛皮包。然后他就向林妙云提出了个要求，他请求林妙云去参加一个特意为她举办的捐赠仪式。这个要求显然之前已经提过了，因为林妙云没等他说完，就摇了摇头。但黄校长取下了肩上的挎包，一层层拉开包链，他专注的样子，使我们都朝挎包探过头去，包里面有什么呢？里面什么也没有，只有一只结了锈的水壶。黄校长把翻得底朝天的挎包张开了，对着林妙云抹了一遍，像是又洗了遍马桶，说："妙云婶，你是不是要让我跪在这里啊？"

说实在的，我们都没弄懂这句话的意思，但林妙云懂了，因为几天后她出现在了捐赠仪式的台面上，她得在上面坚持坐上大半天，直至几个议程一一结束。台面摆在小学的露天操场上，操场边就是那条与镇子平行的街亭江，江上有一座桥连接了老校区与新校舍，新校舍目前只是一些纵横的石灰线，还生长着一大片一大片芦苇，清凉的江风从对岸徐徐吹送过来，拂在林妙云脸上，像一只温柔的手。上台时因为没有轮梯专用通道，由四个身强力壮的教师一起喊着号子抬，抬之前，林妙云试着想自己站起来，但被摁住了。随着“嘿嚯嘿嚯”的号子声，林妙云费力抓着椅把，身体左摇右晃，从台下晃到了台上。等椅子一放落地面，她忍不住呕了一下，捂嘴咳嗽起来，那咳嗽声通过包着红布的话筒传到了操场每个角落。大约半分钟后，林妙云的咳嗽止住了，她的喘息终于从呼啸的风声变成了平静的晚风，静了下来。几位县、镇的领导先简短地讲了话，讲完后都热情地与林妙云握了手。接下来上台的是镇校会计，镇校会计因有这样一个在领导前露面的机会而十分激动，但分给他的只有两句话，是林妙云捐款的金额和老麦的退休金，老麦的退休金是每月一百八十元。这个宣告结束后，台下响起了潮水般的掌声。接着上来的是板鸭店的肥佬张，肥佬张讲了林妙云买板鸭从来只买四分之一的事情，他说镇上就没有第二个人是这样吃板鸭的，接着他没忘打一个广告，说他家的板鸭皮酥肉嫩，欢迎县长镇长来免费品尝。他的讲话引起了台下一阵轻快的笑声。最后上来的一个人竟是林妙云的主治医师，张医生宣读了林妙云的病情，结肠癌，他说虽然扩散了，还是有动手术的机会的，但林妙云怕花钱，说花了钱也不过多活几个月，没什么意思，钱要花在刀刃上。接着，他稍犹豫了一下，交代了林妙云的生命期限，大约三个月到六个月。他说完这段话后，台下非常安静。静了大约十来秒后，掌声先从副县长那里响了起来，他站起来，越鼓越使劲，接着所有人都站了起来，掌声四面八方地响起来，将林妙云浮在了掌声之上，我们看见林妙云苍白的脸泛出了红霞的颜色。之后是现场捐助，捐一个，主持的女教师报一个数字。数字越来越高，渐渐攀上一个顶峰，现场的气氛像火柴头擦燃了，发出硝烟的味道。黄校长背着那只黄牛皮挎包，始终肃穆地站在台角，每当一个捐助的红信封放入募捐箱，就鞠个九十度的躬，像是孝子给吊唁者施礼。也许是幻觉，我们看到像蜡像一样坐在台上的林妙云，身体微微地晃动着。

大家都认为，这一定是林妙云人生当中最辉煌的一个场景了，人活一辈子，有这么一场落幕，也够了，甚至再提起一万元时，也有人觉得值了。黄校长说过，即便有人比林妙云捐得更多，碑文上林妙云的姓名将永远排在第一位。这也算是留了名了，并不是所有的绝症病人都做得到这一点。大家经过林妙云家时，目光里就多了些不一样的内容，不像以前那样仅仅是怜悯了。仪式过后，林妙云家的院门一直紧紧地关闭着，里面阒寂无声，兰云大嘴去推过几次门，都因为无人应门而折返了。这让大家心里都有些悬着，隐隐觉得要出什么事，好几个人的睡梦中都出现了大雪，那雪漫天遍野落下来，把绿色的山野都盖住了，有些雪片落在了江水里，化成一朵朵白花沿江而去。那天清晨的时候，人们的睡梦被辚辚的轮椅声碾过了。小兰在梦里说："拉链，拉链。"那轮子碾过石板的声音确实很像拉链滚动的声音，慢慢地将曙光一层层剥开来。扫街的刘妈是第一个目击者，她讶异地对老麦和林妙云说，这么早。她记得老麦给人一种很冷的感觉,两只手扶着椅背,有些瑟瑟发抖。接着她注意到林妙云的膝盖上裹着条线毯,线毯是灰色的,镶了红边。刘妈这么清晰地记得这个细节,是因为自己家里也有这种线毯,是很旧的款式,掉了毛,已经不那么保暖了。她想,捐了一万元的林妙云也不过是用这样的线毯,心里就有些感慨。因此,她没有去注意林妙云的神情,事后拼命地回忆,只记得林妙云是这么回答她的,林妙云说,是的,我走了,你辛苦了。天还很早,轮椅上的林妙云再没有遇到镇上的任何人。轮椅经过连接新校舍的水泥桥时,江上起雾了,雾气慢慢地升到了桥面上,使得对面过来的一个挑着担的黑衣老农像浮在半空中。在交错而过的一刹那,他们相互让了让,林妙云对那老农笑了一笑。那是他们出行中遇到的第二个人,也是最后一个。大约一个多钟头后,老麦独自回到了镇上。这时,天色已经大亮了,街面上有几个人站在门口刷牙,有人发现老麦走路的样子有些不对劲。老麦走的不是直线,是曲线,偏离了正常轨道,看上去有些不平衡,有些危险。有人问老麦,一大早就喝酒了?老麦没有回答,老麦像踩棉花一样走进了屋子,关上了门。

晚上,兰云大嘴端着一碗粉皮去看林妙云,走进门,就闻到了板鸭浓醇的香味。灯下,老麦独自坐在小方桌前,俯着脑袋在啃一只鸭腿,嘴里发出很响的咀嚼声,盘里的一只鸭已经所剩无几。兰云大嘴把粉皮搁下,问老麦:“妙云还好?”老麦抬头望了她一眼,眼珠红殷殷的,里头有种很软弱的东西。兰云没有多想,说声上去看看,就往楼上走。才走到一半,她就有一种很奇怪的感觉,说不清是什么,只感到汗毛一根根竖了起来,抬头望望楼上,那里漆黑一片,幽深深的,她试着喊了声“妙云”,没有回应,似乎有一种冰冷的空气流荡开来。兰云大嘴忽然害怕起来,脚颤抖着竟然不能往上迈。她转身飞速地跑下楼,感觉身后有什么追着,来到堂屋的灯光下,心才定下来。堂屋里现在多了两个老头,他俩与老麦一起在等第四个老头。老麦把桌子收拾了,整出副麻将牌,一枚枚认真地翻过来,在中间铺成一个大方块。兰云大嘴想问的话此时也咽了回去,她悄悄往外走。走时,只是想,以前林妙云是绝不许家里开麻将铺的,怎么现在改了脾性?

两天后,街亭江下游二十公里处浮起了林妙云的尸身,公安很快寻访到了老麦家,递过来一张面目全非的照片。老麦接过来看了一看,手就抖起来,说,是我家老太婆,我说过会浮起来的……就是不信,说抱块大石头就行,你看……这事麻烦的。老麦对整个过程供认不讳,他承认那天他们过了桥,再走半里路,到了三江口,找了个埠头,折根长芦苇试了试水深,见探不到底,就定了那个点。是他把林妙云推下去的,老麦说,这么说的时候,他的神情很恍惚,说像做梦,他一直以为是做梦,就那么推下去了,推下去的时候,林妙云还在笑呢,她说,快点,推吧,快点,老头。是连着轮椅一起推的,"嗵"的一声,溅起了好大的水花,林妙云还坐在轮椅上漂了一小段,像在坐轿。但忽然一下子,整个人就没入了水中,然后就被白氤氲的雾气盖住了。他好像听见林妙云最后是惊叫了一声的,但那声音只发出来开始的一小截,几乎还只是冲出来的气流的时候,就让水淹没了。走在回家的路上,他一直认为自己走在一个梦境里,不然怎么街道一直在摇晃,人声像裹了棉花似的嗡嗡直响呢。他以为回到家能见着林妙云,但上了楼,找遍整个屋子,都没有见到林妙云。公安问:"你为什么要推她下去?"老麦想了想说:"林妙云说,她要江葬。"

这是我们那个小县城十年以来最轰动的案件。它甚至比一桩连环杀人案引起的谈论更多,究竟是否该定性为谋杀引起了各界的热烈讨论。小镇的人们因为这件事而分成了两个派别,以黄校长为首的正方认为谋杀不成立,林妙云是有结束自己生命意愿的,从捐款这件事就可以看出来,林妙云决心已定,而老麦只是帮助她完成这个意愿,再说林妙云本来就得了绝症,这么做只是把期限往前面提了一提,怎么能算是谋杀?以兰云大嘴为首的反方认为这是实实在在的谋杀,这个派别主要由一些主妇组成,在丧礼上,她们看着那具肿胀变形的尸身,回想以前活生生俏伶伶的林妙云,不管是与林妙云感情好的或结过怨的,都哭得稀里哗啦。她们认为,如果家里的男人对自己好好的,谁愿意去死,好死总不如赖活着,还不是老麦不念夫妻情分,不愿照顾病妻,逼得林妙云没了活着的心力。推下去的那记动作,不管是在林妙云清醒还是在不清醒的状态下,作为一个男人,一个丈夫,都是不应该做的。这个时候,争论就集中在了林妙云当时是否清醒的这个节点上。据清洁工刘妈回忆,林妙云当时是与她发生了一小段对话的,对话的意思听上去,有那么一点遗言的味道。但对老麦非常不利的是,后来公安找到的那位黑衣老农说林妙云是昏睡着的,他说在桥上相遇时,看见一个男人推着一个女人,那女人的脑袋在车上左右晃来晃去,显然是在熟睡之中。当时他就很奇怪大清早这男人要推着女人到哪里去。得知这个消息后主妇的这一方就愈加悲愤了,哭声像要掀开整个丧棚。后来检察院找她们取证时,她们公推兰云大嘴做了控方证人,这让兰云大嘴有点兴奋,她这一生还没有真正地对着那么多人演讲过,她暗暗地在腹中一次次打底稿,并且偷偷地练了好几遍。

开庭前的那个晚上，兰云大嘴家来了个客人。是阿华。阿华像影子一样闪了进来，进来后就直着腰站在八仙桌旁，也不坐下来，只把手中提的烟酒轻轻搁下了。阿华的到来，打断了兰云大嘴家正进行的一场争吵。兰昕大爷是正方的人，他认为指认老麦谋杀太可笑了，叫兰云大嘴千万不要去出这场风头，他说，你平常到处胡咧，我都不管你，但这件事，你无论如何不要去出头。兰云大嘴说，那妙云就白白死了，你们男人是不是都巴不得老太婆快点死啊？兰昕大爷说，你当哪个老头愿意一个人孤零零过日子，这不也是没办法吗？兰云大嘴说，没办法，没办法就把老婆推河里，你们男人都是畜生啊！兰昕大爷也生气了，说，那你去，给老麦判个死刑、无期的，你该满意了！说到这里，兰云大嘴还真哑了，她半点没想过这事可能给老麦带来怎样的后果。说实在的，她心里也不认为老麦会谋杀林妙云，只是林妙云的死让她心里莫名的酸楚，满腔的哀怜悲愤无处发泄。这时见阿华来了，手上还拎着烟酒，想是来说情的，就软下口气说，这东西还是拿去给你爸吧，他都在里头好几天了，日子一定难过。谁想阿华梗梗脖子说，他不是我爸！我没有爸。他是杀人犯！兰云婶，你要给我妈申冤啊！说着，蹲到地上抱着脑袋，肩膀不住抽动，像是哭了。兰云大嘴一时不知该如何劝慰，愣了。那边兰昕大爷咳了两声，站了起来，就往外走，走到门口，意味深长地回头冲兰云大嘴笑了笑，好像是说，你看你看，这要结果的人来了吧。兰云大嘴不笨，一下把前因后果想了个明白。她想，好你个阿华啊，我算是认得你了，为了个店面，这种事都干得出来。她忽然想起林妙云那晚对她说的那句话：以后老麦遇到什么难事，你一定要帮他哇！她觉得，这回她才是真的明白了。

在法庭上，兰云大嘴是作为第二个控方证人发言的。第一个是阿华，阿华穿了件白色的旧衬衫，一条灰白的灯芯绒裤，臂上裹一截黑纱，看上去一身重孝的模样。在回答法官提问时，他显得有些紧张，陈述断断续续，但答案都是像箭镞一样指向老麦的。阿华说母亲病后就成了"累赘"，不但再也做不了家务，还什么都需要护理，自己又在外打工没有办法照顾，要不是邻居兰云婶时时照顾，不知成什么样了，他说是自己害死母亲的，早知道就不出去打工了。在诉说林妙云过日子的不易时，他渐渐激动起来，提高了嗓音说捐款是老麦玩的把戏，是使障眼法给大家看，其实林妙云本来并不想捐款的。接着，阿华说到了板鸭，讲到母亲每次买四分之一只板鸭，被人取笑，但最多只能吃一只鸭爪的时候，他哽咽了。他说，这么多年，母亲从没有吃过一块鸭脯肉，希望母亲到了那边，再也不会这么苦了。他说，大家能想象捐一万元的人自己都没有吃过鸭脯肉吗？在他不能抑制的呜咽声中，听众席起了阵微小的骚动，不少人以鄙薄的目光望向老麦。在阿华陈词时，老麦始终低着头，没有把脑袋往这边转一下，他穿着件宽大的黄马甲，看上去人更瘦了。

兰云大嘴上庭前喝了半杯水，润了润喉，因此一开口就显得嗓音很清亮，她说，我跟林妙云是同一年嫁到街亭的，我是三月，她是四月，我早来一个月，就算是姐了。这几十年，我们两家就隔了张板壁，她家的事，灶上灶下床前床后的，没比我更清楚的了。林妙云有三个事情，是没人知道的。第一个，林妙云没有生育能力，这么多年，大家都以为是老麦的问题，其实不是的。妙云嫁过来的第二年，去医院做了检查，查出了问题，说是先天输卵管堵塞。生不了孩子，那还算是女人吗，那时老麦的娘还活着，死活让老麦跟林妙云离了。老麦的娘寻死觅活、断绝关系，逼得紧啊，什么招都使出来了。但老麦没有听，老麦跟他娘说，你要走就走吧，妙云是绝对不会走的。这么一来，老麦的娘就被气走了，住到了二儿子家里，一直到死也没回来。老麦跟外面透风，生不出孩子是他的问题，一并把罪名担了。林妙云不是木头人，心里感激啊，跟我说，兰云，这一辈子，我都欠老麦的，我得给他做牛做马，一年年，一月月，一天天地还。第二个事情是，林妙云喜欢小孩。我大女儿半岁时，我们几个女人打牌，让林妙云帮着抱孩子，那是冬闲，大家坐在廊下边晒太阳边打牌，正开心着呢，忽然听孩子哇地大哭起来，回头一看，女儿已经躺在地上，林妙云腿上一大片水渍，正跳着拍。原来女儿尿裤了，林妙云当场就把她扔在了地上。当时我很生气，大家也觉得这个女人没救了，虽然林妙云连声道歉，但没人理她，牌也不打了。后来谁家的小孩都不给她抱，还教孩子远着她。林妙云是个识相的人，从此再不敢沾别人家的孩子，但心里是喜欢小孩的。大家记得夏天的时候，她每天都端着衣服怔在桥上，以为她在看晚霞。实际上，她在看桥下玩水的小孩，从桥上看下去，那些一个个扑腾着的脑袋，像是煮在锅里的饺子，林妙云就想，孩子会不会万一出点什么事，而没个人看见呢？所以每到夏天的傍晚，她都要在桥上站上好久。后来居然真的救下了一个孩子，就是她的养子阿华。那时她真开心啊，对阿华也好，安排他念书，娶媳妇。可惜后来因为什么事闹了矛盾。那年老麦椎间盘动手术，阿华一趟也没去医院看望。这事，妙云是对我哭诉过的，她说怕老麦难过，儿子是她坚持要养的，谁知却养伤了心，这一世，她最对不起的人就是老麦了。第三个事情是，林妙云怕疼。我为什么要说这个，是因为这跟案子关系最大。林妙云怕疼到了什么地步呢？大家记得她比我晚嫁一个月，喜事办好的第三天，老麦上我们家来了，按理说，这个时候，做新郎的应该满脸喜气才对，可老麦一脸愁容，欲言又止的。我避到了厨房，耳朵是支棱着的。老麦支支吾吾说妙云怕疼，不肯办那事，只要往里面一点点，就一声声吸了气喊痛，吓得老麦不敢动弹。后来我女儿学医了说每个人痛感不一样，有的人特别怕痛，是有这样特殊体质的人。可我们那时不知道啊，只觉得这是人人要经历的事，这女人娇情了。我家那位就告诉老麦，怎么样做些前头的安抚工作，到最后该怎么办就怎么办，这事依不得女人，一辈子的事。结果那天晚上，我们竖着耳朵听墙那边的动静，快十二点了，我们都蒙蒙眬眬要睡过去了，却听到了一声惨叫，那声音真吓人，像从喉咙里头撕出来似的，骨子里都透着疼。我想想做女人真可怜，我家里那个却说，老麦不会吓得痿了吧。后来妙云得了病，听说是可以动手术试试的，但林妙云没同意，一怕花钱，二就是怕疼。她对我说，反正是要死的，为啥要疼上一年半载再去死呢，可不可以还没开始疼，就先死了呢？所以，林妙云是自己想要死的，这事怪不得老麦。

兰云大嘴长舒了口气，又接着说，我再说说板鸭的事。我多少次见过他俩吃板鸭，两人坐在一张小方桌的对面，脑袋上挂一只圆灯泡，灯光照得板鸭的皮黄澄澄、油酥酥，两人吃得满嘴发油。边吃，林妙云还要怪老麦没吮干净，骨头上残留着鸭肉，她说，你瞧我吃的，这么干净。林妙云吃得那叫干净，连骨头都咬成渣了。老麦就不耐烦了，说我吃个鸭子你都要管，我爱怎么吃就怎么吃。这让我想起我也是这么念叨我家兰大爷的。每晚我都嫌他费电，不关电视，我在楼上骂他不会过日子，不知道电价又涨了，水价又涨了，菜价又涨了，念半天，听见楼下电视咔地一关，听见他闩了门，听见他一步步往楼梯上走，我就安心了，就在被窝里偷偷笑了。后来我想，那是四分之一只板鸭，所以能吃得这么有味，如果是一整只板鸭，就吃不出这样的味道了。现在老麦吃板鸭，再没人跟他抢着吃了，也没人念叨他了，可他吃板鸭，还能吃出原来的味道吗？所以妙云走了，最难受的人是老麦啊，你们有没有想过老麦的感受哇！兰云大嘴说到这里的时候，被告席上的老麦慢慢矮了下去，两个法警架住了他的胳膊，但呜呜的哭声还是传了出来，那声音听上去像黑夜的风声，孤凄凄的，压得人心里难受。第三个控方证人是那个黑衣老农。但黑衣老农死也不肯上台。他一再说，那天雾太大，他没有看真切，也可能老太太是醒着的，只不过没坐稳身体。他说他记不清楚了。

这案子后来上了地方台的法制节目，题目就叫街亭江的曲折命案，一帮记者拿着长枪短炮在镇上采访了大半天，我们因此见到了电视里的漂亮女主播，原来她长得很矮小，踩着高跷般的鞋跟，只及得兰云大嘴的耳郭边，但大人小孩们还是跟在她身后，把她看了个够。后来节目播放时，每家每户都收看了，让人意外的是，主角兰云大嘴只闪过一个短短的镜头，主要的采访都给了板鸭店的肥佬张，他把兰云大嘴那段四分之一板鸭的论述改头换面重述了一遍，讲得头头是道，并辅以多种夸张的手势。画面的背景就是他的板鸭店，几个顾客拎着板鸭进进出出，看上去很像在做广告。后来有人说，肥佬张是交了赞助的，也有人说，他的一个亲戚在电视台工作。总之，这个新闻播出后，他的板鸭生意更好了，邻近镇村的人结伴过来采买，绝不是买四分之一只，而是三只四只地买。至于老麦最后的处置，那位叫圆月的漂亮女主播用一句话轻巧地带过了，她说，老汉把老伴推下河后，法院念其情节特殊，酌情判处有期徒刑五年，但当地居民仍联名上书喊冤，称其无罪，这说明，加强基层法制教育已是迫在眉睫的事了。我们等着她再说点什么，女主播却跟我们说了再见，她跟旁边的男主播眉来眼去地理着纸稿，字幕就从他们脸上滚过了。我们只等到熟悉的榧子广告、珠子广告和袜子广告，老人们张开的嘴巴流出了小溪，小孩子在街的拐角哇哇大哭，女人提着槌子从河埠回来，一个骂孩子的粗嗓门从街头一直响到了街尾。

第三个人

父亲听说我在写小说，就把二胡搁在一边。父亲有许多把二胡，价格一百元、二百八十元、三百八十元、六百八十元不等，六百八十元的这一把棕褐色，骨骼清秀，音质也饱满，不会发出另几把吱呀呀类似宰鸭的声音，得到了我与母亲的肯定。于是他常常拉这一把。晚餐刚完毕，他就积极主动擦干净方桌，将乐谱与一只录音机从卧房搬运出来，摆在桌上。录音机里的女声拉面条似的唱着情歌，歌声翻山越岭，走很远很远又绕回来，像放了很长的线钓鱼。父亲将二胡搁在腿上，晃着脑袋给女歌手伴奏，搭配上歌曲原有的伴奏，真是热闹非凡，听上去家里像有一个小型乐队在演出。父亲开始拉二胡时，母亲照例要表示一下反感。母亲说："轻一些。"或者踢踢父亲的椅子，让父亲靠边一点。父亲只要陶醉在二胡里，脾气就是好的，他盯着谱子，注意力集中在两根弦上，再无余力跟母亲吵嘴。

但今天父亲没有拿出二胡，虽然大家把晚饭都完成了。父亲一直跟着我在客厅里转悠。父亲说我生活经历太贫乏了，不适合写小说。又说当然可以站在别人的肩膀上。接着说当年的村子里，那稀奇古怪的事情真多。我听出来,父亲是想讲故事给我听。父亲当了几十年教师,没爱上崇高清贫的教师职业,只爱上了讲故事。但家里没人听他讲故事,这比听二胡还让人烦。父亲讲故事特黏人,他会一直盯着你,如影随形地跟从你,从客厅到卧室,从卧室到阳台,如果你进了厕所,他就站在拉门外边等候。只要故事开始了,断没有不讲完的可能,他会耐心等待你做完所有事情,忍受讲述中的无数次被打断,持之以恒地把故事讲干净。由于缺少听众,他只能退而求其次,改拉二胡。但在骨子里,他还是盼着有人听他讲故事。现在他有了目标,女儿居然开始写小说,我想他心里一定乐开了花。

他坐在方桌旁的椅子上,等待我坐到他对面的沙发上。我喝了一口水,剥了两粒母亲刚炒的白果(母亲认为吃白果比听故事更重要),上了一趟厕所。刚坐下,又想起来要插一个电热水袋。我站在热水袋边,等着它慢慢地鼓起来。有好几次,父亲吸口气,要开始讲述,因为我的一个动作,又停顿下来。他极有耐心地等待着我,一点也没有烦躁。

"故事一定要生动,情节要跌宕起伏,要有细节,不然没有用。"做这些事情时,我专制地说。

父亲说:"当然,当然。"

新闻联播开始了,我居然听见了播音员的声音,以前在铺天盖地的二胡声中,我只能看到口型与典型意义画面。母亲走过来,把音量调轻,这样,我就又只能看口型了。她坐到另一侧的沙发上,将两只脚搁在电脚炉上。我仔细看了看母亲的脸,皱纹像一张网罩在上面,很难析离出她年轻时的美貌了,依稀能分辨鹅蛋形的脸庞、端直的鼻梁、红润的嘴唇,眼睛很难复原了,上眼皮有些耷拉下来,使眼睛的形状像倒三角，不再明亮有神。母亲微侧着脸看着我们，电视剧还没有开始，母亲似乎也有听故事的打算。听故事就是这样，一个人在听了，边上的人也会不自主地参与进来。

父亲说："村子里有一对夫妻，结婚三年了还没有孩子，他们到医院去检查，才发现老婆的处女膜还很完整，他们连怎么同房都不知道，他们还以为，两个人只要睡在一起，精子就会飞来飞去，就能怀上小孩。"

"居然知道精子，还算有文化嘛。"我说。我想起小时候，父亲在家里保持了多年洁净的语言环境，不涉及任何关于性的话题，现在在父亲眼里，我早已是对等的成人啦。

父亲说："检查后还发现，丈夫的性器官没有发育好，只有七八岁孩子那么一点。"

因为前晚没睡好，我有点困，想打一个哈欠，但看父亲兴致勃勃、两眼放光的模样，又不忍心打出来。我将手捂在嘴上，伸了伸腰身。

父亲说："夫妻俩回家后，就想得给孩子找个爸。"

故事吸引我的部分开始了。

"夫妻俩列出了村里所有青壮年男子，一共有七十八人。他们划掉了一些有明显缺陷的：聋哑的、瘸腿的、脸上长麻子的、六指的、狐臭的、讲话结巴的、气喘的、长年患病的，就剩下五十六人，在五十六人里，他们去掉了未养儿育女的、只生儿子不生女儿、只生女儿不生儿子的，或生的子女里有缺陷的，还剩下三十四人，在三十四人里，他们又选出了长相、脾气、口碑与人缘好的，这样，就有了九个人的候选队伍。丈夫认为，只需要三个候选人就够了。于是，丈夫选了一个，妻子选了一个。另一个，是丈夫闭着眼睛从七个人中抓出来的，暂时就叫他第三个人吧。

“丈夫挑选的那个，是村里最有文化的一个人，是个教师，性格也好，家里有一儿一女；妻子选的那个，是村里公认的美男子，人长得高挑白净，待人接物宽厚有礼，家里有两儿一女。夫妻俩都觉得对方挑选的人不错。两人商定，先去征求丈夫挑的那个人的意见。于是在一个晚上，夫妻俩端了一鞋盒鸡蛋，找上门去。

“他们俩绕了半天圈子。那人一开始没听出来是啥意思，后来才明白是这么回事。这不是笑话吗？但夫妻俩跪了下来。丈夫提出了酬报：半扇猪肉和五百元。半扇猪肉同房了就给，五百元等生了孩子再送过来，无论男女。五百元在那个年代，都可以造房子啦。那人正打算把地基盘起来呢，说实在的真有点动心，但又觉得这事太荒谬，对不起知识分子的身份，于是就拒绝了。夫妻俩千叮咛万嘱托，求他不要把这件事说出去。他答应了。”

这时母亲挪了挪身体，问：“你说的夫妻俩是咱村的？”

“是的。”

“是谁？”

父亲有些害羞似的笑了，露出一口细密的牙齿——时间对男人显然更宽容些，父亲与母亲同龄，但看起来，父亲脸上几乎没什么纹路，六十来岁了还很清秀：“说起来，就住在我们老屋后面的台门里，阿曼和他老婆啊。”

母亲说：“哦！原来是他们啊。”

我也依稀想起来那个女人，脸长得很白。她的白不像土生土长本村女子的白，我们的白细腻、红润，水水的，所以我们村子的姑娘一般都长得过得去，也出过几个美女。她的白像是抹上了一层厚粉，却没有打腮红，白得有点让人心里不舒服。她又不爱笑，一道黑发齐眉横着，使她的脸有些呆板。他们家的院子里，曾经培育过蘑菇，搭了一堆像柴垛的物事，上面覆着一层薄膜，木头的缝隙里长了一朵朵白色的蘑菇。我因为好奇，曾经站到旁边看了很久。那个柴垛雾腾腾地散发着热气。她走过来站在我身边。我问她："这个蘑菇可以吃吗？"她笑了笑。她笑起来时，嘴角边有两颗米粒似的酒窝，使脸庞看上去生动了些。她说："蘑菇没长好，小了。可能不太好吃。如果长好了，你来摘吧。"她的声音细声细气，少女似的。后来我也忘了有没有吃她家的蘑菇。那是很多年前的事了。

我问父亲是不是那个脸很白的女人。父亲惊讶地说："你居然还记得，就是那户人家！"

母亲说："村子里除了你，还有谁是做教师的？"

父亲说："不是还有，里村瘦秆也是。"

母亲说："可是他生了三个女儿、两个儿子，其中一个儿子还是哑巴。"

这个哑巴我也记得，他叫陈天一，村里人都说，是这名字取坏了，凡人怎么能随便叫天一呢？

父亲说："就算挑了我又怎么样？我又没去给他们生孩子！你不要老打岔。夫妻俩就去求妻子选择的那个人。那个人家庭负担重，心地也好，架不住夫妻俩求他，就同意了。这个人说起来，你也该知道的（转向母亲），是赵家的华才，长得真是一表人才（母亲点头同意）。他跟女人同房了几次。这时，阿曼家已经搬到了山脚下的老房子里，台门里耳目太多，不便于行事。那里周围没有人家，不会有人注意到家里有人进出。有一天，华才要起身时，女人拉住了他。跟他在一起后，女人对他生出了感情，这女人以前从未尝过男人的滋味，这时尝了，觉得世界都不一样了。女人抱住了他，求他不要走，说活了半辈子，才知道什么样的男人才是男子汉。华才感到这事棘手了，他是个有良心的人，也怕被人戳脊梁骨，他想，这下来不得了。还好，女人已经怀上了。华才从此后就再也没去找女人。女人也有志气，竟然就这么把华才生生搁下了，又回到了以前没有男人的生活里去，后来也没听说有违妇德的事。真是好女人啊。

“大半年后，女人生了一个女孩。村里没人知道孩子不是他们自己生的。阿曼夫妻也对她实在是好，阿曼是个勤快人，种果树、培蘑菇、养兔子，什么都干，家境也不错。这样几年过去，女孩子三岁的时候，华才生癌了。华才生癌以后，就开始记挂以前生的这个女孩子，或许也记挂那个女人。他常常到阿曼家去，坐在阿曼家门口的一块石头上，晒太阳，看那个女孩子。他坐着坐着，渐渐把自己坐枯老了。那时的人，得了重病，一般也只能回家吃吃中药，治不起啊。后来华才就死了。他到死也没把这个秘密说出去。

“女孩五岁时，阿曼想要一个男孩。可是华才已经死了。这个时候，夫妻俩想到了第三个人，就是阿曼从剩下的七个人中，闭着眼睛摸出来的那个。

“那个人叫正强，长得高大彪悍，据说在十几岁时踢死过一只老虎。这件事应该是讹传。有天晚上，他在院子里做事，有一只野兽在他腿上咬了一口，他大叫一声，院里的大人都冲了出来。野兽受了惊吓，跳墙逃跑，恰好落在院墙外的一根尖头木桩上，就这么被钉在了上面，死了。估计是一只狗头熊，老虎什么的是大家瞎传的。不过正强力气大、身体壮，是大家公认的，掰手腕比赛，村里没几个人胜得过他。他自我感觉也好，走路都这样摇头晃脑（父亲站起来模仿了一番），也算是村里一霸吧。

“阿曼去找正强说了这事，猪肉还是半扇，钱添到了八百元。八百元在那个年代，可以把二楼二底的黄砖都买齐了！正强一口就同意了。第二天下午，正强压着饭点来了。阿曼有些意外，以前华才都是等天黑透了才悄悄进来。华才进屋时，女人已经上了楼，在床上等着。华才来时穿一双黑色的三接头皮鞋，是做客时才穿的鞋子。他上楼前，把鞋子脱在楼梯的最低一级上——女人爱干净，每一道楼板都用肥皂水洗过，刷得发白。阿曼看着华才走上楼梯，接着听见踩踏楼板的声音，这声音到他头顶上停止了，那是他与女人婚床的位置。这时候阿曼就关上房门，出去了。夜里的乡村其实没什么地方可去，没有必须要说的事，村人不会在夜里上别人家去。阿曼就去找组织牌局的人家，观牌是最正常的一种夜间走访，如若没有人打牌，阿曼就去村口的杂货店坐坐，那边有时也会有几个闲人，这样聊聊天，一个小时过去了。阿曼转回家，推开门，楼底那双发亮的黑皮鞋已经不见了。

“女人还在楼上躺着。这是向有经验的妇人学来的。同床前，要在腰下垫一块枕头，让盆腔高于腹部。同房之后，还要静躺半个小时，有充分的时间让身体酝酿情绪、吸收营养，达到更饱满、健壮的状态。不知是不是因为这套经验很有效，女人跟华才同房了三四次，就怀上了。说起来也可怜，女人到此时，也就有过那几次同房的经历。

“正强那么早就来了，晚饭当然得加菜，还得让人家付出体力和精血啊。村里人都说，一滴精，十滴血。夫妻俩想起来，正强爱喝酒，喝酒的人都需要几个下酒菜。阿曼赶紧去小店买了一瓶最贵的郎酒，觉得这个名字也吉利。女人翻出了家里所有的压箱菜，炒了韭菜炒蛋、糖醋土豆丝，蒸了咸肉、烤鲞，总算摆了还丰盛的一个席面。饭后，女人收拾干净桌面，就上了楼。紧兜着女人，正强也脱鞋上了楼。阿曼看见正强脱在楼梯上的是一双半旧军用球鞋，鞋缘沾满板结的泥巴。阿曼听着沉重的脚步声到达头顶的位置，就关上门出去了。跟以前不同的是，现在他得带着女儿。

“他还是先去找了户打牌的人家。他让女儿坐在肩上，让她看那些人打牌。女儿伸出手想抓一张花花绿绿的牌，他不肯，女儿就在他怀里挣扎起来。女儿将头往外伸，说，回去，回去。阿曼只能把女儿带到小店里。那家小店你肯定记得(我点头)，开在里外半村交界的地方，就在大路边，门口搭了雨棚，摆了一张台球桌，有时会有人坐这里打球、聊天，形成一个比较热闹的场面，现在想起来，也是一种营销手段吧。小店的女主人叫秋飞，长着一张刀把脸，眼睛细长，面相有些阴冷，半点都不好看。但村里的女人大部分都得下地干活，被太阳晒得干巴巴，只有她像画一样天天挂着，不怎么显老，所以也有人认为她漂亮。有个大脚佬就天天窝那里陪着她。关于他们的传闻，是另一个故事了，村里几乎人人知道，都说秋飞丈夫是被他俩气死的，这里就不发散了。

“女儿喜欢这里，她要吃小店里的水果糖，这种糖包在透明的彩纸里，五颜六色，剥开来时，糖体上也有着各种颜色。女儿连续不断地吃了十粒糖，还向阿曼要。阿曼怕女儿烂了牙，让她另找一样零食。女儿指着一块芝麻饼说，要那个。阿曼掰开来一块，发现里面有很多细细的黑点，起先以为是芝麻，看仔细了才知是霉点，阿曼说不能吃。阿曼在女儿的吃食上还是很讲究的，他养女儿时，总会想想女儿的生父，想着若是生父养她，会用什么样的方式，他绝不能不如她的生父，不然对不起孩子。女儿见没东西吃，又开始闹。秋飞从柜台后面走出来，拿着一瓶汽水，蹲在女儿面前，声音尖细地问她要不要喝。近看她的脸，可以看到抹得不均匀的增白霜，一缕缕粘在面颊上。她蹲在阿曼身边，几乎擦着了他的肩膀。阿曼感到鼻孔被一种复杂的香气堵住了，算算时间也过了一个钟头，就赶紧付钱买了汽水，回家了。

“他做事挺牢靠，让女儿站在门口，自己先走进家门。一进门，他先看见了那双黄色军用球鞋，还刺着他的眼睛。接着听见楼板上方传来床的吱嘎声，还有混杂在其中男人与女人的声音。他听到了自己女人的叫声，像一根游丝系着，一下下叫着。他还是第一次听见这种声音，这声音有很强的刺激性，他一下子面红耳赤。以前对于同房很抽象、很表面的理解，现在开始具体起来。他转身出了门，对女儿说，家里电灯坏了，又抱起女儿往外走。他在黑暗的村道里晃来晃去，满脑子还在想着刚才的声音。阿曼也说不清心里是高兴还是别的什么。好一会，他才听到女儿的哭声，女儿在怀里已经呜咽了好一会，挣得他手臂发酸。女儿要找妈妈。阿曼说，好的，我们去找妈妈。

“阿曼只得到一户人家里去做客。他硬着头皮推门进去——村里没有敲门的习惯，你敲个门，反而能把人家吓一跳。那家的四口人正围着一只大木盆在洗脚，裤腿挽得高高的八只脚浸在热水里，一个小些的孩子在拍着玩水，显然正准备上床休息。见这么迟还来客，两个大人的神情都很惊诧。但毕竟村风淳朴，他们很快将面部表情调整好，收拾干净场面。男主人陪着阿曼坐在方桌边，拿出一包烟来敬，女主人端来一盘盐炒蚕豆搁在桌上，然后带着孩子上楼睡觉。在女儿嘎嘣嘎嘣吃蚕豆的声音中，阿曼跟男主人抽了两支烟，他平时其实不抽烟，但不抽烟枯坐着更生硬，有烟雾罩着，似乎两个人之间又多了一层什么，不是那么尴尬。男主人等着阿曼开口，他稍有点紧张，他想阿曼一定是有什么难以启齿的事，要等这么夜了才上门。最大的可能性，是要借一笔钱。男主人不安地猜测着。阿曼说了失败的蘑菇和刚收回本的兔子，然后说到果树有利润空间，听起来果然是奔着钱去的。但阿曼只讲到了近期承包山地的事，以及种橘苗的想法，没有提到钱。男主人松了口气，但心里想着，也许这是一次铺垫，阿曼下次来时，就会提到借钱的事。就这样阿曼在这户人家里坐了整整一小时，直到怀里的女儿渐渐变沉了，才告辞离开。

"那段时间，阿曼像个流浪汉一样，每天晚上带着女儿走东家、转西家，后来就走到了学校里。那阵子你母亲在服装厂上班，十天半月才回一次家，我有时候就住在学校里。那时学校的规模大啊，有三幢房子、两个很大的操场，设有小学部和初中一、二年级，每个教师都有宿舍。晚上会有一两个住得较远的教师留在学校里，我就到那边去跟他们扯闲话。扯着扯着，阿曼也抱着女儿来了。他心里苦闷啊，有时会有一句两句漏出来，渐渐地也就敞开来说了一些。我就是在那个时候，知道了所有这些事情。有时我也会带你过去，你比阿曼女儿大两岁，两个人很玩得拢，你从小口齿伶俐，阿曼的女儿还从你这里学了不少话呢。这些事，你还记得？"

我不记得。我只对父亲的那间宿舍有印象。很简洁地摆着一张床、写字台，蚊帐是四根竹竿撑起来的，从天花板垂下来的一根红色电线上，悬着一只四十瓦的白炽灯，灯下的桌子周围，老是挨着三五个脑袋，眉飞色舞地聊着什么。电路老坏，那盏灯常会忽然灭了，但他们在黑暗中继续聊上好一会之后，才会想起停电这回事，有人打开手电，爬上爬下一通修理。我挺喜欢那个地方，但父亲很少带我去。

“过了不多久，女人又怀上了。在确认孕事这天，阿曼真是高兴啊，他觉得笼罩在头上的阴云终于要驱散了。第二天，阿曼就请人宰了猪，按照约定给正强送去了半扇猪肉，还附加了一颗猪心与一副猪下水；另一半猪肉，除了留下一条腿，其余照例委托屠夫卖了。下午阿曼从地里干完活回家，见女儿坐在门口小凳上看连环画，廊下的炉子里正炖着什么，散发出浓郁的茴香气息，他揭开锅盖一看，那副猪下水正咕嘟嘟地在里面颤着。他心里一紧，问女儿，家里谁来了？女儿含着水果糖，口齿不清地说，正强伯伯来了。阿曼推开门，又听见了那种地动山摇的声音，好像整间屋子都在晃动，女人喉里唱山歌似的哼着，像是走了很远的路，爬了很长的坡，又累又舒服。阿曼的怒火止不住地升上来，这么剧烈的运动，怎么就不考虑会不会伤了着床的精子！在他的想象中，女人肚里的那颗精子就像是育在蚌里的珍珠，晶莹透亮、闪闪发光，又脆弱得禁不起一点点震荡。他噔噔地踩着楼板走上去，都忘了脱鞋。楼上的声音一下子弱下来，甚至停顿了。阿曼走到楼梯拐角那里——那个位置看不见床，床上的两个人也看不见他——停下来，忍着怒气说，轻一点！停了一会，他就往下走，这回脚步放轻了些，他看见自己踩在楼板上的脚印，想得赶紧擦干净，免得女人生气。过会，楼上的声音又响起来，这回响得悠悠的，舒缓了许多。

“从此阿曼真是有家不能回了。他只能带着女儿到山上橘园的茅屋里去。但那里太寂静了，女儿没有玩伴，待不住。有时他就不带女儿，一个人到山上去过夜。村里开始有了闲言碎语——正强这么频繁地进出阿曼家，还能没有闲话吗？还有传闻说，阿曼女人肚里的孩子不是阿曼的。有人还帮阿曼编了首打油诗：阿曼阿曼真可怜，虽然有家不能回。正强正强不要脸，大肚婆娘还要睡。

“有几个孩子，专门冲着阿曼家的窗口念这首儿歌，如果正强探出头骂几句，他们转身就跑，过会又聚拢来念——其实是阿曼给他们分币，让他们念的。阿曼不敢跟正强正面冲突，希望听了儿歌后，正强能知耻，不再来他们家。但正强没有觉出耻来，他还是隔几天就来女人这里撒牛劲，倒是女人觉出耻来了，但正强要来，女人也挡不住。好在，女人肚子越来越大，正强终究也来得少了一些。

“几个月后，孩子降生了——还果真是个儿子，又胖又大。生的时候，女人差点难产，剪了一刀才生下来。生下了儿子，夫妻俩抱头痛哭了一顿。多少委屈、多少折磨，如今都可以过去了。两人就像重生一样喜悦。两人商定，就要这两个孩子，以后一个也不要了。

“可是正强又上门了。掐算着日子，孩子双满月这天，他来了。当着几个客人的面，他捏着正吃奶的婴儿的脸说，儿子，给爹留一口！这句玩笑别人开开也就罢了。从他嘴里说出来就不是滋味，听着太毒了。阿曼与女人都不想让人家知道儿子不是亲生的，笑脸都僵了。客人走后，他像主人一样大模大样地坐着，一边抽摆在桌上的喜烟。那阵子，阿曼的第一批橘树已结果了，他每晚都要上地里守夜，不可能待在家里。然而自己一出门，正强又不会放过女人。女人告诉他，正强做那事时像野兽一样，女人生孩子后，留了个疤，动作大了就会疼，正强也不管不顾，把她当成畜生一样胡搞。更要命的是，正强见女人这么冷淡，开始怀疑女人是不是还有别的相好，他完全把阿曼女人当作自己的所有物，整天在阿曼家屋前屋后转，监视起她的行动来。

“一天，有个人上阿曼家还栗子——阿曼家有一棵栗子树，每年秋天栗子成熟后，阿曼都会用竹竿把它们敲下来，用榔子碾碎外面的一层刺壳，收集上一大篮，焐在沙子里，藏到过年吃。不管是炒、烤，或是煮肉吃，味道都很香，在乡村里，也算是一样难得的吃食。那人觉得无功不受禄，不好意思收下这篮栗子，就拎着去归还。大约是与阿曼的女人推搡了会，被正强在窗口看见了。正强冲进来，不由分说，就冲着那人的脸来了一拳。当下，那人的眼眶就肿了起来，鼻梁上的眼镜掉在地上，碎了。那年头，配一副眼镜要七八元，一个月的工资也就二三十元，那可是一大笔财产啊。那人可真是气坏了！”

这时母亲清了清嗓子。母亲看的韩剧已经开始了好一会，但母亲没有把音量开大，我很怀疑母亲是否能听得清对白。但母亲也没有看着父亲，她一直盯着电视屏幕。关于看韩剧这件事，父亲向母亲妥协了。父亲这么评价韩剧：就那么一点事，每天睡觉、起床、吃饭、拉屎，也能拍一百多集，不过看看也看牢了。父亲这段评价广为流传，获得很多人的认同。

母亲说：“你说的这件事，是发生在哪一年？”

父亲说：“大概是一九八二、一九八三年吧。”

母亲侧过头，好像在回忆什么，接着又问：“村里除了你，还有谁也是戴眼镜的？”

父亲说：“戴眼镜的多了，赤脚医生大仲、供销社工作的小文，还有……”

母亲说：“她无缘无故干吗送栗子给大仲？”

父亲说：“我怎么知道她为啥要送栗子给大仲？你别打岔，正讲到紧要处。阿曼找到我这里，跟我讨主意——你们也知道，村里大家抬举我算个能干人，我给人写过信，理过诉讼状，也帮着调解过家庭纠纷，但这种事还是第一次碰到。可阿曼求上门来，我也不能不管。阿曼真是愁苦极了，他说只要能摆脱正强，哪怕少活十年也愿意，再这样过下去，还不如大家一起死了算了。我说这事还得看女人的态度。阿曼说女人也是一样的态度，女人明确表态不想再这样下去了。

“女人一开始也像喜欢上华才一样，喜欢上了正强。她是从性开始，生出爱来。一夜夫妻百日恩，男人与女人一旦有过那事，终究是不一样了。但渐渐地，她觉得这两人完全不一样。华才是拿得起放得下的男人，知道自己不能给女人承诺，于是就干脆离开，起码不委屈了女人。正强有些死皮赖脸，其实也不是死皮赖脸。正强远比她想得有心机。正强来阿曼家，不但跟女人同床，还要吃一顿饭，或是拿点什么回家。就连知道孕情那天，她感恩戴德地与他欢好，他走时，一边夸她手巧，一边把整锅香喷喷的猪下水端走了。如此几番，她的心凉了。这个男人完全没有把她放在心上，倒是华才那样，一声不吭地离开，才是真正把她放在心上的。

“我说这就好办了，只要狠得下心，还怕做不成事么。于是，我就教他们如此如此，这般这般。阿曼问这样做会不会太狠了一点。我说不会有事的，也该杀杀正强的威风了。但这事后来动静还是闹得有点大，差点难以收场。

“先得说一下村子里的势力背景。咱村里有里村陈太公和外村陈赤脚两股势力虽都姓陈，却尿不到一壶去。多年以来，一直是太公占压倒性优势，子女多，且族长当了多年，几乎是一手遮天。但陈赤脚也有背景，亲戚在县里刚提了干部，房族又很庞大，有十三房堂兄弟，且个个身强力壮，正强就是其中之一。现在村里的事，太公有点说不下来，有时权柄好像落到了赤脚手里。两边矛盾很深。所以，我考虑这件事，可以利用一下他们之间的派系之争。

“夜里正强再来时，女人拎起篮子说要到橘园去摘几个橘子。一会，正强就跟了出去。大概半个多小时后，女人头发蓬乱地回来了，外衣上沾满黄泥，贴身背心的带子也扯断了，她说事情成了。女人就保持着这副形貌跟阿曼一起上了陈太公家。女人到了太公家，对着这位一脸慈祥的掌事人就哭起来，哭的时候也不像是装的，女人是真的悲苦，或许想起了自己那些无法言说的冤屈。女人说正强强奸她——也亏她这么怕羞的人说出这句话，真是被逼急了。乡村里哪有什么强奸，这事太公还有不明白的？我们的想法也是希望治一治正强，让他收敛收敛。但太公毕竟老谋深算，他马上看清这是个好机会，正好可以拿来做文章。他循循善诱地问阿曼女人：

‘天这么黑，你能看得清是正强？’

‘嗯，看清了。’

‘再想想，好好想想，能不能百分之百肯定，说话可要负法律责任的！’

‘……是的吧，谁有他这么高大呢？’

‘也就是说，一个很高大的男人强奸了你，你看不清是谁，是吧？’

‘……是。’

“第二天，陈太公的二儿子就带着阿曼跟女人上县公安局报案。后来阿曼告诉我，他在路上腿直打哆嗦，但已经没有退路，陈太公的二儿子带了好几个人跟着，就是想后悔也来不及了。那时正值从重从快的年头，下午警车就呜呜开来了，带走了村里九个青壮年，当然基本是陈赤脚派系里的人，其中也包括正强。陈赤脚自然也坐不住，当天夜里就动身跑到县里去了。

“两天后，八个男人回来了。正强没有一起回来。正强回来是在一个月之后了。据说还是陈赤脚的亲戚出了力，又求阿曼女人改了笔录，才出来的。我看见他时，几乎认不出他了。才一个月工夫，他头发花白了，人佝偻了，主要是走路的姿势变了，以前头朝天，摇头晃脑，现在变得弓肩缩背(父亲站起来又模仿了一番)，性格也变了，以前喜欢凑热闹，到了哪都听得见他的嗓门，现在他几乎不出门，偶尔在村道上看见也沿着路坎走，大概觉得没脸见人吧。阿曼先还担心他来报复，后来见他整个人没了精神气，倒怜悯他了，有时还给他们家送些橘子去。说起这件事，我觉得还真有点难受，感觉做得有点过头了。

“也真是冤孽，阿曼的儿子长大后游手好闲，又好赌，后来欠了一大笔赌债，不知跑到哪里去了。阿曼养了这个儿子，就跟没养一样。倒是女儿，嫁得很好，人也孝顺，夫妻俩就一直跟着女儿萍萍住，倒也过得很好。”

“萍萍?！他们的女儿就是萍萍？”轮到我惊讶了。

“是啊，就是萍萍。”

萍萍是去年夏天来找我的。她穿得很奇怪：一条紫红真丝吊带裙又薄又紧，裹得腋下的副乳像两个小纺锤一样凸着，胸颈处裸露的一大块皮肤，被太阳烤得发黑。这种穿法，若不是当晚礼服就该作睡衣穿，像这样走进办公场所，实在有些怪异。她手指上勾着本田标志的车钥匙，站在我对面，瞪大眼睛："认不出来了吧，我是萍萍啊！"好像我该记得这个名字似的。我只觉得她有些面熟，猜度该是老家人，就站起来给她倒了杯开水。她果然跟我说了老家的一些事，说她是我父亲的学生，还说了些我们小时候的事，我对此已毫无印象。

她态度熟稔地问我："你看我，是不是很胖？"

我问了她的身高体重，她恰好跟我一样高，一米六二，但比我重二十来斤。我老实说："好像有点吧。"有句话没说出来：这样的体重穿吊带裙，真有勇气。

她说："你给我点事做吧，闲在家里，越来越胖了。"

我仔细看看她，她虽说偏胖，五官长得并不难看，短烫发衬着圆脸，眼神很透亮，显得单纯。

我说："你不会有兴趣的，校工的报酬很低。"

"反正不为赚钱，我只要有点事做"，她又挤挤眼说，"你在这里一天，我上一天班，你走了，我也走。"

当时食堂里恰好需要一名帮厨，我就推荐她去做了，也没多说什么，想反正是干不长的。没想到，她磕磕碰碰地一直做到现在。隔三岔五，还给我 QQ 上传一些闲话：大厨问后勤校长，今天的土豆怎么样？后勤校长说，今天没有土豆呀，只有薯条；今天总务主任(女)对大厨说，你菜烧得太咸了，吃得太咸会影响性欲的……几个月前，单位里的保安上班时忽然口吐鲜血，送到医院后不久就去世了，我天天忙着善后，她发了无数个短信给我，看得出担心忧急得要命，唯恐我遇上麻烦。但她不懂集体单位的一套规矩，刚来没几天，就跟大厨吵了一架，过了阵子，两个人又好得出了格，七夕节一起请假去喝咖啡。为这两件事,我都把她叫来训了一顿。我训她时,她总是低眉顺眼,很乖的样子,我倒真有点喜欢起她了。

但有一件事,我跟她说过无数遍,她就是改不了。她老偷偷把食堂做给学生吃的点心带来给我,用食用薄膜包起来,有时是几个刀切,有时是花卷或松糕,趁着大家都在午睡,做贼似的送到我办公室,从怀里取出来,热腾腾地递给我。我叫她不要这么做,被人看见影响不好。她说:"就这么点东西,尝一下怎么了? 你也不看看自己,瘦得像根排骨! 你自己不心疼,人家还心疼呢! "

…………

我说:"哈! "

母亲问:"怎么了? "

我说:"没什么。"

父亲说:"有一天,两个孩子掉在了池塘里,就是大家都喊锅底塘的那一口,两边滑溜溜地踩不着地,孩子掉里面,就没命地扑腾,眼看就要淹死了,建新经过了,跳下去,一手一个拎了起来……"

听了好一会,我才知道父亲已经开始讲另一个故事了。父亲在两个故事之间没有半点过渡,像在两节课之间没有下课,以免听众注意力分散,甚至逃课。那晚父亲一发难收,滔滔讲了好几个故事,但后面几个我都记不太清楚了,第一个故事太强大,覆盖了其他的记忆。

离开前,我帮母亲整理被褥,扶她躺下去,问她吃了网上买的药后关节疼有没有好些。母亲若有所思地盯着天花板,不出声。

我问母亲在想什么,母亲说:"我在想,当年老家的新房子是怎么造起来的。"

回向

一

谢安玉忽然就不吃鱼了，说不吃就不吃，老向怎么劝也没有用。以前老向总取笑谢安玉是猫投胎的，一进菜市场就直奔鱼摊，只消一眼，谢安玉就能把鱼盆里最鲜活的那条拣出来，丢进老向手里的菜篮。做什么鱼，她心里早有盘算，而老向得跟在后面，看着篮里的佐料渐次丰富起来，才能判断出今天做的是酸辣鱼还是豆瓣鱼。在做鱼这件事上，老向基本没有话语权。三十年前老向杀过一次鱼，放入蒸锅后，鱼忽然复活了，从锅里一直蹦到灶下，挺直肚子瞪大眼珠，一下比一下蹦得低，终于满身尘土地不动了，看上去悲壮而哀荣。此后他再没敢杀鱼，这类事就全交给了谢安玉。谢安玉杀鱼明快利落，手握菜刀徐徐上扬，突然间疾速下挥，直奔鱼眼间鼓突的部位，用力一拍，力道又狠又准，只听啪的一声，鱼的一缕香魂已随风飘散，最后挣扎两下，就成了一具鱼的尸体，任谢安玉开膛剖腹，不再抗议，整个过程行云流水，令老向钦服不已。

但谢安玉不再吃鱼了。这些天,她都盯着蛋青色的蚊帐,一言不发,两只手臂合在棉被上方,像两根枯瘦的芦秆,嘴唇紧抿。半年前还挺丰满的面颊陷了进去,连带着陷下去的还有眼窝、太阳穴,年纪一下显了出来。以前,谢安玉显年轻是出了名的,她脸小、皮肤白,五官精致,皱纹长得慢,从四十来岁起,就没怎么往上长年纪,有时跟一堆退休妇女一起跳排舞,都以为她是混在其间的年轻女人——对于六十多的女人来说,四五十岁已然很年轻了,青春还有一大把呢。老向用电瓶车捎着她时,很有种老夫少妻的味道,一个半头白发,着大汗衫、沙滩裤,在前头蹬着车;另一个烫短俏发式,穿件紧身大红练功服,一条镶木耳边的黑色裙裤,斜挎一只虎皮腰鼓,手拎扩音机,交叠的丝绒鞋尖翘翘的,脆落爽利。在公园门口把谢安玉放落在老太太中间,往那堆臃肿妇人扫一眼,老向便升起股自豪感,俯在谢安玉耳边说:“咱家女人耐用啊!”谢安玉伸出手指在他的圆脑门上一点:“轻骨头!”

不过年纪这东西毕竟在那里,遇到事,它就潮水一样轰隆隆掀开了表层,把真相残酷袒露出来了。事情起源于一根鱼刺。爱吃鱼的人,对付鱼刺自然有一套办法。这根鱼刺却十分顽固,卡在左边的扁桃体里,不上不下,含醋、吞橙皮、吃维生素 C,什么办法都使了,有时似乎不疼了,谢安玉以为它已经滑下食道,放心喘一口气,咕咚咽一口唾沫,却又被那利刺梗了一下。整整折腾了一宿,一大早,老两口不得不上医院去取。医生让张开嘴,用镊子一夹,轻轻巧巧取了出来。嘴里清净了,世界开阔了,连熙攘嘈杂的医院也顺眼多了,谢安玉对老向让她做个 CT 的建议也不再那么反感。近来谢安玉肚腹常隐隐疼痛,连带着发过几次低烧,就检查了下。这么一检查,毛病就查了出来，生在结肠那里，已经扩散了。查出病后，谢安玉一天天瘦下去，像有什么在挤榨她，人一点点干起来，瘦起来，好像要紧成一个小核。出院后，这瘦似乎暂时止住了，人的精神却渐渐变坏，脾气越来越暴躁，不管白天黑夜，稍不舒适，就悲天怆地地喊，咒骂声在深夜的小区传得很远。有一回保安上来拍了门，以为是夫妻吵架，来了才知道谢安玉骂的是苍天与命运，说老天瞎了眼睛，好人没好报、祸害延千年。“有种你就来点更狠的！”谢安玉拍着床沿对窗外的夜空说。这样的人保安不敢惹，跟老向悄悄咕哝几句就走了。

老向心里头有些怕，他害怕沉默不语的谢安玉。他宁愿她生龙活虎地咒骂，拿他撒气，也不愿她脑袋里无边际地跑马，胡思乱想。自从四十年前，他像根水草被谢安玉从江水里捞上来，这家就完完全全由谢安玉做了主。那年，他刚到电厂顶职，被同事们拖着去江里游水，他一再抗议不会游泳，小伙子们还是一起把他推到齐胸深的水处，一呼而散。江水不同于池水，老向控制不了自己的身体，整个人漂了起来，被水流渐渐往深处推。他大声呼救，但没有人过来。一开始是觉得不危险，没有人过来。但后来真的危险了，老向的身体开始在江面上扑腾，小伙子们一个个吓得脸色煞白，竟更没人过来。此处是三江汇流处，沉积很多泥沙，有不少捞沙船在这里捞沙，江水底下有许多深坑，形成了漩涡，救人是很危险的。老向在清醒与糊涂的边缘，似乎看到附近一艘捞沙船上一个人跃下了河。后来的一切他都记不清了。醒来时，他看见头顶悬着一张银月般的小脸，俊俏利落，见他醒了，那人将嘴里的一株草屑往地上一吐，戴上草帽，走了。同事们仍然惊恐地看着他。有一个说：“你的脸怎么……变黑了？”忍不住伸过手来摸一摸，摸了后，大家都笑了。原来是机油。一脸黑漆漆的机油，都来自那个姑娘的手上。也是这一把机油，让他很感慨，这是个怎样的姑娘啊。后来他找到了那个姑娘，天天往她家里跑，认识了她的独眼父亲，先喊伯，再喊爹。就这么，把她娶回了家。后来他问过谢安玉，这么瘦小的她怎么敢救人高马大的他。谢安玉说："就你那颗大头，葫芦似的一冒一冒，还不一拽就起来了！"

在怎么安顿谢安玉这件事上，老向多么需要有人商量商量。他第一回感到了孤单。两个儿子都不在身边，大的在深圳，小的在广州。这一点上，谢安玉的意思是，他们能飞多远就飞多远，家里的事，用不着牵累他们。大儿子在大学里教书，是少年大学生，娶了当年同班的天才女同学，生的孙子东东果然非常聪明，小学里已经连跳两级。大儿子很忙，谢安玉住院时来陪了一周，请了个陪护，掏了笔钱就回去了。小儿子在大儿子对比下，没一样如意，大学不是名牌，工作也如鸡肋，现在干脆在家里上班，做广告文案，好不容易娶妻生子，孩子却轻度脑瘫，行动不协调，一直在做康复训练。谢安玉住院时，小儿子没有来，只打了几个电话，听说谢安玉出院了，电话也就不再打过来了。现在这状况，该怎么跟两个儿子说呢，难道跟他们说妈不吃鱼了？儿子们无论如何无法理解。鱼，某种意义上是谢安玉生命的一股原动力，是与那条湍急美丽的江河、一条简陋沙船有关的生命记忆。出院那天，还没回家，谢安玉就让老向先捎着她去菜场买鱼，挑剔地看着摊主杀鱼，这里那里地指点，两颊渐渐红润起来。做鱼的时候，谢安玉的精气神全回来了，一面切葱末，一面煸豆油，目注油锅，全神贯注。老向笨手笨脚地在旁边打杂，被谢安玉一把拉开，又一把拨到另一个位置，最终还是被赶出了厨房。待香气扑鼻的鱼端上饭桌时，老向恍然以为以前的谢安玉回来了，那种什么绝症，只是一场噩梦罢了。

老向决定学做鱼，他想，只要有鱼腥味诱着，馋猫总会上钩。这几个月里，他对厨房已经不陌生，简单的菜肴已难不倒他。他托前楼的珍珠帮忙买了豆瓣鱼的配料，把步骤记在纸上，一步步照着实施。前面几个环节都没出大错，煎鱼时稍出了点问题，以前看谢安玉给鱼翻身轻轻巧巧，锅铲一抖就能搞定，在他手里，鱼竟像酥了似的，一动就身首异处、皮开肉绽。好不容易将鱼盛到盘子里，样貌很是不堪，面上焦了，鱼肉烂成一块一块，几条尖刺伸将出来，还好将豆瓣酱浇上去后，多少掩盖了一些。尝尝味道，基本保持了鱼原有的那种鲜美。老向将鱼端到餐桌上，整一下表情，哼着"咚锵锵"去扶谢安玉起来。他牢记医生说过的话："一天起不来，就是永远起不来。"不管谢安玉多么不愿爬起来吃饭，他都要把她扶起来。他的绝招是苦下脸撒娇："你忍心让我一个人吃？我哪吃得下嘛。"听了这话，谢安玉脸上的表情就松一松，两颊的笑纹趟开来，嗔一下，抚抚蓬乱的头发，不作声。这便是默许老向把她打横地扶抱起来，移到床沿，将两只脚搁到地下。动作要做得很慢，很小心，因为不知道谢安玉的痛处在哪儿，冷不丁蜇到痛处，谢安玉叫一声，老向就要赔不是，一迭声道歉。每扶一次，老向都要出一身大汗。椅子是专从乡下老家淘来的太师椅，有靠背、扶手，足够硬，背部还撑着医用护垫，前面紧紧贴着餐桌，这样谢安玉才能坐得牢。落了座，桌上的那盘火红的豆瓣鱼让谢安玉眼睛亮了亮，筷子不由自主伸过去，走到中途却拐了个弯，落在一边的豆芽菜上。

老向说："尝尝我的手艺，第一次做的鱼，还不错！"

谢安玉将头一别说："不吃。"

老向用筷子小心地拈起一块鱼肉，往谢安玉碗里递。

谢安玉生气了，将筷子拍在桌上，提了嗓音说："你想害我是不是，你想害我下地狱是不是?！"

老向没辙了。这事都是那个推拿师闹的，老向在心里直打自己的耳光。自医院下了逐客令后，他四处寻偏方、求神医，还请了个气功师来给谢安玉发功，都没啥效果。后来病友告诉老向有个推拿师父技艺高超，能让人通体舒畅，祛除病痛，非常之神乎。老向想，不管如何，试一试总不会错。谁想这一试，却试出了麻烦。

二

老向后来回想那天的事，总觉得不像是真的，仔细回忆当时的情景，就像在过一段电影，要不是亲身经历，怎么能想象这样一个熙熙攘攘的城市里还生活着这样的人？那天他推着轮椅上的谢安玉在浣纱北路转了好几趟才寻到，推拿店那块黑匾挂在两家店面之间狭窄的楼道上，小小的一块，成心不让人找到似的。楼道不是往上走，却往下盘着，吱嘎嘎的木梯子，越走越黑，一直来到漆黑一团的地下走廊上。走廊尽头，有一扇门亮着光，那光黄澄澄的，在黑暗中显得又温暖又神秘。他扶着谢安玉向这团光走过去，心里竟莫名地升起了一团希望。

屋子很小，摆着榻榻米、香台与几张蒲团。蒲团上有个男子正在打坐，见他们进来，往地上一按立起身来，双手合十行礼。他穿着件白色对襟府绸褂，三十七八岁，面相英俊，剃极短的平头，笑容和煦。双方寒暄一番，得知师父姓姚，谢安玉便开口询问费用，那气功师收去笔不菲的酬金，令她至今耿耿于怀。姚师父微笑说："今天先试一试，还不知道能不能帮到您。"谢安玉并不满意这答复，仍追问每次推拿的价钱。姚师父说："如果经济没有困难，一次五十元，如果困难，就不用了。"他说话的语调很特别，似乎都是平声，没有上扬与下宕，语速徐缓，使人的心跟着平静下来。

他问谢安玉："哪里不舒服？"

谢安玉说："疼。"

姚师父问："哪疼？"

谢安玉说："不知道哪疼，都疼。"

姚师父长诵一句："阿弥陀佛——"他一诵佛，似乎就把自己推远了，好像骤然变成个七老八十的僧人，身上溢出股老迈的慈悲。他把两人让进里间。里间跟外间差不多窄小，铺着一张按摩床，墙上挂些字画。姚师父把五台山和尚手书的一幅指给他们看，那字笨朴圆拙，透出一股静寂之气，使整个房间有了种宁谧感。他让谢安玉俯趴在按摩床上。谢安玉极其缓慢地躺下去，中途几次发出咝咝的呼痛声，掀起外衣时，只见谢安玉的脊背上骨骼嶙峋、根根突起，青色筋脉蜿蜒其间，像一把无生命的枯柴。姚师父微叹口气，摇摇头说："——都是业障啊。"给谢安玉背上铺了一块毛巾，手握虚拳在腰、颈、背的几个点上试了试力道，还未用力，谢安玉已经吓得喊痛。姚师父说："不用重手法，放心。"说完立起身，在一个小碗里倒了些药酒，火柴轻轻一划，小碗里燃起了蓝荧荧的火焰。他手卷一块湿巾，握着那团蓝火，在谢安玉背部的毛巾上快速来回。火球迅速滚动起来，老向担心地俯下身察看谢安玉，见她有些龇牙咧嘴，看上去却不像是痛苦。

姚师父一面徐徐问道:“你平常吃肉食吗?”

谢安玉说:“不吃,我就爱吃鱼。”

姚师父喟叹一声,说:“鱼也吃不得啊。世人只当鱼是会游泳的植物,却不知,鱼跟猪、鸡、人一样也是会感受到痛苦的。”

谢安玉说:“痛苦又怎么样呢,鱼不过是条鱼!”

姚师父说:“我们众生轮回都是互为父子、母女,我们凡夫眼看不到,要是有宿命通就能看到,那些猪呀鸡呀鱼呀说不定前世就是我们的兄弟姐妹,你能忍心吃自己的亲人吗?”

谢安玉扑哧笑了:“鱼我吃了有几百上千条,能有这么多亲人?!”老向没想到推拿师竟是有信仰的人,见他的神情不像是在故弄玄虚,便拖一把凳子坐下来,听他的高论,心想这或许也是治病的一个辅助手段。

姚师父说:“我给你说个故事。有个人买了五只螃蟹,活活地丢在滚烫的锅里。因为很热,五只螃蟹在里面啪啦啪啦地动,过一会不响了。他把锅子一打开,吓了一跳,五只螃蟹叠罗汉,一只叠一只。结果一看,最上面的一只还活着,原来那一只是母的,四只公的为救这只母的传宗接代,叠罗汉在下面。从今以后他再不敢吃了,一切众生皆有佛性呀。”

谢安玉说:“吃都吃了,吐是吐不出来了——那又怎么样呢?!”

姚师父说:“那就造下了业障。许多身体的病,都是业障造成的。”

谢安玉说:“病就病吧,早死早超生!”

姚师父认真地说:“这一世的冤业如果没有结报,会延到下一世,轮回六道因果报应丝毫不爽,生死债是一定要还的。”

老向有些不安了，他想这么讨论下去，就不知道是治病还是催病了。他见姚师父一道道地换毛巾，毛巾掀起来时，谢安玉的背部已经呈现出一条条暗红色，就俯下身问："差不多了吧。疼不疼？"谢安玉闭着眼说："不疼，火辣辣的，很舒服。"面颊红洇洇的，辨不出有没有不高兴。老向问姚师父："那有办法破解吗？"——老向怕今天解不了这个结，谢安玉回家后闷在心里发酵。他深知谢安玉这个人嘴巴虽硬，但什么都容易往心里去，没生病时就惯会胡思乱想，更何况现在天天躺床上呢。

姚师父说："业障是最难消除的。"说完收了药碗，深深地运一口气息，将手掌贴在谢安玉腰部，掌心像仪器似的微微震颤着，似乎在将一股气息缓缓导入她的身体内部。谢安玉紧闭着眼睛，身体随之微微颤动，倒是没有哼痛。

老向说："佛家讲究有求必应，总有破解办法的。"

姚师父说："要消灭业障，最主要自己要生起惭愧心，忏悔过往罪业。"

谢安玉问："怎么忏悔？"

姚师父说："从此不杀生，多攒善缘，待会我授给你一段经文，你每天诵念一百遍，把功德都回向给那些你吃掉的鱼，每天消除一点业障，这样身体就会好些。"

谢安玉从按摩床上起来时，动作比躺下去时松快了许多，三两下就爬了起来，连她自己也不敢相信。上楼梯时，已经不用老向扶，一只手按着扶手，另一只握着姚师父给的经文，一步步地往上走。出门前，她问姚师父有没有结过婚，姚师父微垂一下头说："我是单身。"谢安玉抿了下嘴，一出了门就笑开了，一路走，一路跟老向说：

“原来真是个和尚！”老向见她心情不错，敢跟她开玩笑了：“你回家不会真去念回向经吧？”

谢安玉说：“念，为什么不念?！”

“不吃鱼了？”

谢安玉狡黠地笑笑：“鱼还是要吃的。我吃了鱼，再念一百遍经，不就把它超度了吗？”

说起来也巧，当天傍晚，前楼的珍珠就端过来一盘清蒸白条。珍珠自前年丈夫去世后，把沿街的修车铺租了出去，自己在一角支了个大锅，专卖蒸菜，有时也帮邻里加加工，收点菲薄的辛苦费。谢安玉病后，老向要做几个大菜，都是拿到那里请她帮忙。珍珠坚持不收加工费，说跟谢安玉就像姐妹，哪有妹妹帮姐姐做事，还收费的。说起来，珍珠比谢安玉略小几岁，以前看起来，却是珍珠显老得多，一则她有点发福，二则家境不如老向家，衣着打扮自然也跟不上。现在跟瘦得柴火般的谢安玉比起来，珍珠倒是显出了几分滋润来。这一点也是谢安玉最看不过的。谢安玉最受不了的是，以前比她老的女人，现在都比她年轻了。她争了一世的好看，临了，现在谁都不如了。

白条盛在一只大白瓷盘里，如果珍珠不说，看不出只有半条。珍珠说：“是江水白条。”她儿子亲手钓的，市场上买不到，特地从鱼脊处剖成两片，分两盘蒸了，端过来。两人在门楼里客气了半天，老向非找出一串红提、两只蛇果回给珍珠，才送珍珠走下楼道。道了声“慢走、小心”转回到客厅，却见谢安玉端坐在饭桌前，红扑扑的脸已经转白了，似笑非笑地道：“我还没死，就找好下家了？”

“说啥呢？”老向指着那鱼说，“野生的江水白条，尝尝鲜吧。”

谢安玉说:“这鱼是送你的,我哪敢吃?”

老向说:“你瞧瞧,这么大年纪还吃上醋了,来,尝一口。”说着拈起一筷子鱼肉,让谢安玉张嘴,“啊——”

谢安玉却不买账,推开筷子说:“我戒鱼了。姚师父说过,不能吃鱼了。”

老向说:“过了今天行不?这么好的鱼,不吃可惜了。人家一片心意啊。”

谢安玉说:“一片心意!那是给你的,当我看不出来!我不傻!”她砰一声搁下筷子,左右环视一圈,说:“你看,百多平方米的房子,有工资、有医保,身体又好,搁谁谁眼红啊!她还跟儿子媳妇挤着呢!我俭省了一辈子,这不好处都给了她!”说着有些呜咽了。

老向说:“看你,说哪去了。不就一条鱼吗?不吃了,大家都不吃!”

谢安玉却又止了泪,拿筷子夹了一口,说:“干吗不吃呢,多好的鱼,好妹子做的,我不尝尝怎么行?”吃了一口,却又呸地吐了,说:“腥!真腥!”

就这么着,那条江水白条谁也没动上一筷,几天后,不得不整盘倒进了垃圾筒,害得老向见了珍珠心里就愧怍。打那以后谢安玉果然没再吃鱼。老向一面劝导,另一方面,他也想,这事怎么就这么巧呢?难道果真注定从这天开始,谢安玉就吃不得鱼了?

三

谢安玉不但戒了鱼,对诵经这回事,竟也出乎意料地认真。细看那经文，由一串象声词组成，完全读不懂，旁边姚师父仔细地注上了拼音，不注还真会读错，比如“南无”念 nā mó，“哆他伽多夜”念 duō tuō qié duō yè，谢安玉练习了十几遍才磕磕绊绊地顺下来。老向打电话去请教经文的意思，姚师父却说不必懂得，秘咒是不解释的，只要心里信服，虔诚持诵，日久自会生出感应，待功德回向给了那些鱼们，冤魂债主往生西方乐土，便能获得报益。

老向年轻时也看过些杂书，觉得佛教就是劝人向善，解释人在世上为什么受苦，这些理论听上去虽有些古怪，于人却无害处。回向也可以理解为辐射正能量嘛，通过念经放生做好事把正能量发散出去，便你好我好大家好了。到了这个时候，便是信歪了也出不了大错，至少还有个精神支柱，于是全力支持谢安玉诵经。谢安玉别人的话不听，单身和尚的话却很有几分信，半躺在床上，嘴里密密匝匝地念着印度文，一副虔诚模样。老向拖了大脚盆到谢安玉床前洗衣裳。以前老向在卫生间洗衣裳，哗哗的水声响着，好几次没有听到谢安玉的叫声，惹得谢安玉生了气。于是，就干脆在地板上铺块塑料布，把红木盆端到谢安玉床前浆洗，浆好了，再拿到洗衣机里去漂。这会，嗡嗡的诵经声使老向生出种恍惚来，目下的现实被间离开来，恍然觉得苍白的谢安玉像个纸人似的，随时都能飘走。

忽然间，谢安玉嘴里蹦出一个词：“……十八！”

这是奇了，经文中没有这个词，是念了十八遍？数数纸上画的“正”字，却又不止，已念了五十六遍。

老向问：“什么十八？”

谢安玉却一声不吭，有些被吓住似的望着天花板，嘴抿紧了，不准备交代的意思。老向再问了一遍，也有点生上气了。他把这点生气扩大了，大声地咳嗽、拧衣裳，任水珠淋淋落落洒在外边。老向现在常寻个时机，在两个人之间制造一点小过节，闹点小别扭，这点东西很重要，像饵似的，能把生活诱得丰富起来，一日日过下去，谢安玉就不至于去想些乱七八糟，死啊活的了。他直起身，端了洗衣盆噔噔走到门口，床头柜上的电话铃忽然响了，老向猛地一个转身，许是转得急了些，腰间骤然一抽，像一把利刃刺透腰肌，一股锐痛袭来，老向心知不妙，扔下洗衣盆，往厅里踉跄两步，硬撑着跨到沙发上躺下来，就动不了了。谢安玉听得砰砰一阵乱响，早吓坏了，扔下经文从床上起来，扶着墙走到客厅，见此情景吓得脸都白了，要打120急救电话。老向几年前闪过一次腰，知道用不着，说："没事，神医来了也没办法，躺上几天就好了。"老向只要躺着不动，让腰肌保持水平、不使力，就不太疼。但问题是，谢安玉没了人照顾，这家里连个做饭的都没有，于是老向费劲摸索手机，考虑给哪个儿子打电话。

正想着，手机响了，大儿子打来的，原来刚才的电话正是他打的。大儿子说，要去美国参加个高峰论坛，需两周时间，若是家里没啥事，他就去了。老向想了想，还是说："没事，你去吧。"大儿子问："妈好吗？"老向说："妈好着呢。"老向没理对面摆手又皱眉的谢安玉，搁了电话。老向说："不是还有小儿子吗？"于是给小儿子打电话，小儿子一家却刚赶到太原一家治脑瘫的专业医院，电话那边一片嘈杂声，说好不容易给小孙子挂上了号，正准备住下院来好好诊治。小儿子说："就是费用有点高。"医院规定成人必须陪护，每天一起做训练，这家医院的理念是，只有父母牺牲付出才能成就孩子康复的奇迹，这样夫妻俩还得临时租个房子住下来。老向没说闪了腰的事，倒宽慰："不急，看病要紧，过两天给你卡上打点钱。"挂了电话，夫妻俩相互对视着。谢安玉看着躺在沙发上的老向，忽然发现老向瘦了，眼袋挂下来，脸色也蜡黄了，只剩下个大脑门，一副空空的骨架子了，几个月工夫，把这个大男人掏空了。谢安玉眼圈红了。她说："船到桥头自会直。请珍珠来吧！"

珍珠来时，左手挎了只绿意盎然的菜篮，右手拎一只汤罐，身上穿件浅棕色的连衣裙，稍许收了腰，腰下还有两个很萌的圆口袋。谢安玉不得不承认珍珠穿了这条裙子苗条了不少，人也洋气起来。原来，时下中老年妇女中已经流行穿连衣裙，谢安玉暗想自己若没病，穿这样的连衣裙不知有多好看。仔细看时，珍珠的肤色比平时白了许多，知是用了自己送的半瓶粉底霜，那时谢安玉是以施舍的心态给的，心想珍珠再怎么搽也白不过自己，也才半年多，序位就掉过来了。珍珠说过，这瓶霜平时是舍不得用的，要紧场面才用一用。看来今天即是珍珠说的要紧场面了。珍珠果然大显了番身手，半天的功夫，整个家就焕然一新，所有杂物归了位，地面被一遍遍拖得光可鉴人，她很懂得统筹，做这些活时，锅里还炖着香喷喷的海带汤。菜肴荤素搭配，老向吃荤，谢安玉吃素，两个都照顾到。晚餐摆在客厅，谢安玉坐在太师椅上边吃边看珍珠喂老向。珍珠给老向垫了个棉枕头，胸口铺了块毛巾，端起碗先喂汤。调羹送到老向嘴边，老向坚决不张嘴，要求自己吃。珍珠说："男人的腰最要紧，千万硬撑不得。"

老向尴尬地将头往两边转，伸手抢那调羹，搞得倒像在打情骂俏。

谢安玉看了会，忍不住了，冷冷地说："不让珍珠喂，是叫我爬过来喂?！"

老向不反抗了，听话地张开了嘴。珍珠拿调羹盛了汤，先在汤碗边轻轻捋一捋，再用嘴吹一吹，小心地送到老向嘴里，老向喝汤时，她的嘴也跟着张一张，像跟着一起用力。喝完了，就拿毛巾在老向嘴边抹抹，也不管有没有汁水。老向看上去，竟也很享受似的，脸膛红红的，一声不吭地受了这关爱。这场景看上去温馨又动人，谢安玉不由看得出了神。灯光下看那两人，都是圆面孔，大眼大嘴，健康红润，竟很有夫妻相。满桌绿叶菜本就让人失掉胃口，这会更吃不下，她推说饱了，让珍珠扶她回到了卧房。躺下来，手不由伸向了床单下一个夹层，那里，藏着个小药瓶，里面的安眠药已经攒了十八粒。攒这些药时，她也没有什么清晰的想法，只是觉得可以多掌握点主动权，至少不用等到屎尿缠身时才去死，从活到死都能清清爽爽的。出了院后，攒药并不那么容易，这事也就放下了。未曾想到，诵经时，这个数字竟然会忽然从她的嘴里蹦出来，不是故意不跟老向说，而是她被自己吓着了。难道真是那些鱼的冤魂们纠缠不放，让她拿性命相还？她摸摸自己的肚腹，如果真像姚师父说的那样，每一条鱼都化作了一道魂魄，那这座坟墓里埋葬的冤魂哪还数得清，怕是每天念一千遍往生咒也还不了哇！

小时候，她常跟着父亲在上游一个叫鸬鹚湾的地方捕鱼。那里江面开阔，一清早水面上氤氲着缕缕薄雾，两岸长满青翠芦苇，十分美丽。她记得一种叫地笼的器具，用竹篾扎成，口子特别小，里面撒些油炒的饭粒，一大早沉到江水里，过一两个小时去取，就挤满了扑腾的小鱼。多的时候，那些鱼都转不过身来，有几条已经在里面翻了白。长大后，她学着父亲那样，在长长的鱼线上缚一个锁头，远远地甩到江中心，等待鱼线慢慢地往下沉。那鱼线上拴了六七个铁钩，都是又粗又牢固的大钩，耐心等个小半天，再往回拉弦的时候，每个钩上都串了一条大鱼，痛苦地挣扎着。有一回，她钓上来过一条鲇鱼，足有十几斤，那鱼眼睛大得像一个乒乓球，引来了很多人围观。在捕鱼这方面，她特别有灵性，什么都是一学就会。后来村子列入了城东开发区，全村整体搬迁到了市中心的拆迁楼，住进了鸟窝一样的公寓，她再没有捕过鱼，想起来，还十分遗憾。那时一上菜场买鱼，就觉得花了冤枉钱，但不买又不行，已然吃惯了啊。

正想着，却听外面两个人又在吵着什么。原来珍珠端了水要给老向擦身体，老向死活不肯，说把毛巾递给他就行。珍珠嗔着声说："那怎么行，下面你够不着。"谢安玉觉得一股怒意猛地涌上来，再憋不住，脱口喊道："擦，上上下下，都让珍珠擦。"外边霎时静了。只听得水声哗地一响，又止住了。也不知是擦了还是没擦。谢安玉觉得心里急煎煎地难受，想起身，又有心没力，撑不起来。于是擂擂床板，尖着嗓子吼了一声："老向，你把我葬到江里去！我要死在那里，让鱼吃了我！"静下来侧耳听外边的动静，老向却没接话，只听得水声又欢快地响了一下，像是珍珠故意在跟她唱对台戏。

四

待到老向基本康复，已是半个月之后的事了。腰好是好了，但韧带松了，不定什么时候又会纠绕起来。有时候，把谢安玉扶到一半，老向眉头就皱起来。总要半蹲身体，把臀部撅起来，前凸后翘左摇右摆运动几下，等腰那里一麻一疼，才算是归了位，重又好了。谢安玉就不让老向替她翻身，说她不想动。老向劝说："这屁股可是你自己的啊。"谢安玉说："我的屁股我知道。"这么一来，有一天，老向就摸到了硬硬的褥疮，想来谢安玉一定已经疼得狠了，居然忍着一声不吭。老向责怪她时，谢安玉盯着帐顶说，她还想去姚师父那里看看，听师父说说话，她觉得有好多没搞明白的地方。老向不语，他担心姚师父又说出什么不该说的，徒增烦恼。谢安玉说她觉得那间小屋有佛光，到了那里，身上就不太疼，大概是那些冤魂债主也怕这佛气。老向觉得谢安玉中“毒”有点深了，噘了嘴不响。谢安玉生气了，发恨道：“我知道你不信，放以前我也不信，可现在我就是爱听，你不会明白的！”老向就不吭声了。这回是珍珠的儿子开着辆旧面包车送他们去。一路上，珍珠儿子嘘寒问暖，很是热情，口里喊大叔大妈，一个劲问谢安玉的身体情况。问得谢安玉沉下了脸。下了车，就跟老向说：“你看，人家儿子都在盼我死了！”

老向扶着她往木楼梯走，一边说：“你别多心了！你这病啊，都是多思多想熬出来的。今天我给你保个证，要真有那么一天，我就进养老院！房子呢，给咱小儿子。这你放心了？”

谢安玉说：“到时我眼睛闭了，你还不是爱怎么就怎么！”

老向说：“那写下来，拿去公证！”

两口子争着，进了推拿间。进了门，都不由住了嘴。屋里肃穆地围着一群人，脸向着榻榻米上的一只担架。担架上躺着个姑娘，头上戴了顶淡蓝色一次性手术帽，脑后裹着块白纱布，长发乌云似的散着。她的身体像被什么绑住似的一动不动，唯独眼珠缓缓滚动着，像两粒极黑的玻璃球。旁边蹲跪着个文弱的青年，紧紧握着姑娘的手，一脸悲凄。一个中年妇女正从姑娘脖子上解下一条吊坠，吊坠上挂着两只抱在一起的花生。妇女问：“姚师父，金坠子可以拿去布施吗？”

姚师父说:“只要是孩子心爱的东西,就可以。”

那姑娘忽然笑了一下,动了动嘴唇。青年俯下身去听了听,听了后,脸上倏忽闪过一丝笑,很快,那笑就消失了,更重的悲伤压在了他脸上。妇女紧张地问:“什么,说了什么?”边上的那群人也紧张地探头看他。那青年说:“她说最心爱的东西是我, 要施舍就施舍我吧。”听了这话,有人笑了一下。但很快又将笑止住。已有人让了椅子给谢安玉,她坐了下来。脚边的一只小蒸锅正翻滚着棕色的药水,屋子里弥漫着中药味道,那气味有些冲辣,谢安玉打了个喷嚏,觉得一股气息热辣辣直冲肺叶,很是舒坦。姚师父用手在蒸锅上方扇了扇,姑娘鼻翼轻轻动了下,忽然剧烈咳嗽起来,脸孔涨得通红,像条鱼似的挣扎着。妇女忙上前拍背抚胸,眼里不住地流泪。那围着的一群人,或蹲或立,面容哀伤,竟无一人开口说话。一会,姑娘的呼吸渐渐平静下来,抬起了一只手,姚师父取下自己腕上的佛珠,缓缓套入姑娘的手腕,那佛珠迅速向袖口深处滑落,消失不见,手臂随之落了下去。姑娘亦阖上了双目。这个仪式一完毕,那群人就围拢来抬起了担架。走前,或朝师父点个头,或朝师父鞠个躬,那种神情,好像要把姑娘献去祭奠一样。谢安玉看得心里发慌,等他们一出门就问姚师父:“这姑娘是什么病?”姚师父从蒸锅里夹出块热毛巾,拧干了,热腾腾地敷在她的肩颈上,说:“尿毒症,弥留了。”谢安玉感到一股热气从颈部开始缓缓导向四肢百骸,一种酸胀感覆盖了原先的钝痛。

谢安玉问:“那小伙子是她对象吧?”

姚师父说:“是,也不是。”他以掌心在谢安玉颈上打圈碾压,力道由轻渐渐转重,说:“姑娘许愿把自己的角膜、内脏捐给有病的人,那青年原本也不是她的爱人,是轮得了配肝的名额,过来看她,两人却倾情相爱的。这是佛安排的善缘法，你没有想得到，但是来了。”

谢安玉不由叹息一声，回想刚才的那幕情景，不禁有些唏嘘了，说：“真是个好心的姑娘，可惜我这把骨头老了，要年轻些，也捐了给人，能救一个是一个——”

姚师父停下手中的活，双手合十道：“善念一动，六界皆知。女士能这样想，便是好了。业障怎么消除，其实就是两个字：放下。要知道世间万事万物，你一样都带不走。既然一样都带不走，与其临终才放下，不如早一天放下；你早一天放下，就早一天得自在，早一天得解脱。”

谢安玉听了此言，竟自呆了。过了很久才说：“这些天我做梦一直见那些鱼在岸上扑腾，还梦见它们在啄我，这又是为什么？我天天诵经，也不能让它们离去？”

姚师父说：“那是因为回向的力量还不够。要放下杂念，把整个精神、意念集中起来念，只有把自己放下了，才能集中，越集中，力量越大，就像那光本是散向四面八方的，如果聚在一起，就成了激光，可以穿透一切。只要把心集在一个地方，出世入世都可以，甚至可以见到菩提。”

从姚师父那里出来，老向一直品咂着这番话，总觉得似理非理、半通不通，这更像是拿佛学来做临终关怀，这道理那道理，说到底就是让绝症病人接受病痛，放下执迷，不再自我折磨，那生理上的痛既然避免不了，痛过之后，至少可以免除心理上的苦，说起来，也是一种治疗的方法。看看坐在旁边的谢安玉，见她一脸高深莫测，也无从推测她的心情。车子驶过城里的浣纱江时，谢安玉忽然说要去上游的鸬鹚湾看看。老向说：“拆都拆了，有啥好看的。”谢安玉说：“房子拆得掉,江水拆不掉。”珍珠儿子好脾气地说:“车开过去也就十分钟,去看看吧。了个心愿嘛。”这话以前谢安玉听着一定不高兴,现在竟然安然受了,还说道:“那就辛苦你了。”

但记忆中的那片江面竟怎么也找不到，在江边转了许多个来回,谢安玉都觉得不像。老向说,不是不像,是都变了,以前的村庄变成了厂房与烟囱,怎么会像呢。江边围着长长的水泥石栏,也找不到一个可以靠近江岸的地方。正绝望着,却见一个挎着衣篮的妇女从路边闪出来,篮里一路湿淋淋地滴着水,珍珠儿子忙问从哪里可以下到江岸,那妇女指了一指,原来前头路边有块大石头,石头边有一个缺口,可以往下走。这块大石头谢安玉是有印象的,围着看了半天,说这里那里本是一间亭子、一棵大槐树,但亭与树都不见了,通向江边的小道,似是近年踩踏出来的,已经平整了,有些地方铺了卵石,路边长满乱草与杂乱的芦苇。两人扶携着往前走了几十步,转一个弯,就见到了一片江滩,滩边有些妇人正在捶衣裳,水面上竟还有几只水鸟轻巧地掠行,一派静谧景象。谢安玉一直走到江岸边,痴痴望着那面开阔的江水,水面看似不动,江中心的一团茅草却缓缓地向下游淌去。谢安玉的眼睛定定地跟着这团茅草,脸上慢慢升起些红晕,说:“真想到江水里去。”

老向说:“你以为还是以前?你游不动啦。”

谢安玉说:“我就想躺在江水里,死在里面,让鱼吃了我。我吃了那么多鱼,鱼再吃了我,就偿清了。”

老向说:“你看你，又把师父的话理解歪了，回向不是这个意思!”

谢安玉说:“你不懂。”

她不再说话，闭着眼睛深深地呼吸着。这里的空气中似乎含着些水粒子，吸起来湿润、柔软，使肺部感到通透畅快。走的时候谢安玉说："真不想离开啊。这里真好。水真好。要能死在里头，多好啊。"

五

谢安玉身上的痛一日日重起来了，白天还好，一到晚上，万籁俱寂，那痛更放大了无数倍，不再浮在皮肤上、探到肌肉里，却切到骨头深处了，很钝地卡进去，再卡进去，越来越深，却不出来，在里面咬着，狠狠地咬着。一整晚，谢安玉疼得一边喊，一边出汗，喉咙都喊哑了。她喊疼是这么喊的："呜啊……南无阿弥多婆夜……哆他伽多夜，啊唷……哆地夜他……"老向一边揉着，一边替她擦汗。也不知哪来那么多汗，垫毯不多久就潮了一片。止疼片已经根本不起作用了，老向托人去搞杜冷丁，但现在杜冷丁不是那么好搞了，不到临终，医院里不给。好不容易弄到了几支，很快就用完了。如此疼下去，老向觉得简直是活炼狱了。

白天好些的时候，谢安玉就求老向，把她葬到江里去。她说："我想到水里去，躺在水里，看蓝天白云。那样就不会疼了。"老向说："我给你放到浴缸里，泡个热水澡吧？"谢安玉说："好。"老向在浴缸里放了水，把谢安玉扶进去，谢安玉说："舒服啊。"她说："帮我把毯子换了吧。"老向走出来把潮湿的毯子取出来放在一边，又从衣柜里取出一块干净毯子，先拿到阳台上晒了晒。忽然想想不对，急匆匆往卫生间跑，果然谢安玉的整个头已经埋到了水里，身体悬浮在浴缸中，一动不动，只一头花白短发在水中轻轻拂动。吓得他上前一把将谢安玉揪起来。谢安玉却睁开眼,长呼口气笑了:“怕什么,我要死也不死在这里——把房子弄脏了,你怎么娶老婆?”又说,“水里可真舒服。”

老向说:“江水可没这么暖和。”

谢安玉说:“这你就不懂了,江水表面的一层是被太阳晒暖的,舒服着呢。”

老向说:“叫儿子们回来吧。”

谢安玉说:“不用。”

现在珍珠每天来帮两小时忙,帮着做做饭、洗洗衣裳,她很有分寸,到了饭点就整理东西回家了,跟老向说话也注意着距离,免得谢安玉生气。这天,谢安玉让她留下来,一起吃饭。说吃饭,她也起不来,珍珠就在盘子里搛了点饭菜,俯下身喂她。才喂几口,谢安玉伸出手把碗拨落了,说:“想毒死我?这么咸!”饭菜泼得床上、地上皆是。老向忙跑进来收拾,一边跟珍珠道歉。珍珠说:“没事,姐身上疼,脾气就会躁,没事。”好不容易收拾干净,躺下了。谢安玉又说脚指甲长了,都卷起来了,疼。老向要替她剪,又不让,说他眼睛不好使,待会剪到肉上。珍珠说,我来修。她端来盆热水,先给谢安玉泡脚,用毛巾绞了热水,把谢安玉的脚一只只裹起来,裹了一会后,再换热毛巾,这样连续敷了三遍。珍珠说,这样脚皮子泡软了,再修趾甲就不会伤到皮肤。仔仔细细修剪干净,又索性替谢安玉擦了身,换了衣裳,以前谢安玉不让别人看她瘦骨嶙峋的身体,这次竟也不反抗,任珍珠服侍她。

待一切安顿好,珍珠要离开了。谢安玉说:“明天,你们的事就定了吧。”

珍珠看看老向,说:“妙姐你说啥呢?”

谢安玉说："别装傻，趁我还活着，替你做主把这事定了。老向这人不错，心善，电厂退休金又高，苦不着你。"

珍珠连连摆手，老向也说："不跟你说过了，我进养老院就成，你又来试探我！"

谢安玉："你当养老院就清净？还不是一群老头老太眉来眼去的地方！心不要太高，就珍珠吧，知根知底的。你比珍珠大九年，珍珠不嫌你，你还嫌她？"

珍珠忸怩着看老向，老向叹口气说："师父都叫你不要多想了，我的事，你就不要费心了，我这么大个人，自己知道该咋办！"

谢安玉说："替你安排好了，才是我的功德啊。看你好好的，我才放心。"说着有些哽咽了，眼睛又左右顾看着天花板、桌上摆的全家福，一副放不下的神情。

老向不作声了，过会说："你想怎么办就怎么办吧！"

第二天谢安玉托人办了两桌酒席，请人喊了几个街坊，也叫了珍珠儿子媳妇，自己勉强撑起来，让珍珠扶着陪坐了会。谢安玉举起杯对大家说："今天在这大家作个证，我死了，珍珠就代替我照顾老向，大家作个见证，都不得反悔！"说着取出一只锦皮盒子，里头有一条珍珠项链，哆嗦地递给珍珠，说："这是去年儿子送给我的寿礼，我没戴过，今天就算是定亲礼了！"住楼下的黄胖子多喝了几口，这时就喊了一声："新郎新娘喝交杯酒！"他媳妇拦了没拦住。谢安玉已听见了，她说："喝，要喝！"拿眼睛盯着老向。她头往前探着，脖子上的筋根根暴起，眼眶深陷，灯影下似骷髅般消瘦，两只枯瘦手掌死死扒着桌沿，要不是珍珠扶着她的腋下，人早往下出溜了。老向叹口气，一把拽过珍珠的胳膊，穿过去，头一仰，将酒咕咚喝了。谢安玉见状，又说："我也陪一口！"说完，端起半杯白酒，一口干了。老向连连伸手还是没抢到。许是那半杯酒激发了病性，当晚谢安玉疼得死去活来，几次气没接上，眼睛都翻了白。老向看看不对，打急救电话把谢安玉送到了重症监护室，又给两个儿子都打了电话。这回俩儿子都携妻带子赶到了。谢安玉身上重重叠叠接了管子仪器，昏迷了四天，到第五天上，竟然醒了，脸蛋红扑扑的，要了一碗桂圆蒸鸡蛋，香香地吃了。接下来半躺在床上，口中念着佛号，老向数得很清楚，诵到第十声上，谢安玉的喉咙里咯的一声，眼睛慢慢阖上，脑袋就往一侧斜了过去。

给谢安玉过完五七，老向就上各位街坊家里去解释那件"婚事"。他先去的是珍珠家，珍珠儿子一家见了他热情地端茶递水，一个个巴巴望着他，等他开口。老向头脸涨得通红，道歉说，那次的事当不得真，是为了让谢安玉安安心心地走，才答应下来的。养老的事，他早跟厂里的萧老头约好了，一同去住养老院，那边床位已替他留着了。珍珠捂嘴笑了，说，开玩笑的事，谁还当真了?！便跑到屋里把珍珠项链取出来还给老向。老向看看珍珠笑眯眯的样子，只能歉然把项链收了回来。

接着便去师父那里还经书。去了几趟，却都没遇到人，想起来也奇怪，跟谢安玉一起去时，每回都能遇到和尚。他便在狭窄的楼梯里坐一会，这个地方像是尘世的分界线，往上走是车水马龙的人间，往下看，像黑暗幽深的地下世界。想起和谢安玉吵吵闹闹来到这里的样子，倒像是隔世了。那本经书的扉页上抄了一段话，是师父让他在最后时刻念给谢安玉听的："……不管苦乐，不论悲欢，您已经度过了一生，生命诞生的业力带您前来，死亡的业力也将带您离去，佛的慈光摄护，将会是您旅途上的依靠……”对着弥留的老伴，他一开始念得磕磕绊绊，渐渐地念得顺了起来，声音有些像师父那般舒缓起来，哽住似的悲伤绝望也稍稍平缓了一些。

有那么一个瞬间，他觉得自己又成了在江水中沉浮的小孩，惊慌地在水流中扑腾，两手空空，什么也抓不住，什么也不能安慰他……“净土世界，四季如春，清朗凉爽，不冷不热，全然一片柔和清新光明……不要再执着人世生命，不要再牵挂尘劳家事，我会料理家宅，让你安心归去，我也会好好活下去，珍惜世间光明善美……”他郑重地念着，似乎这么念着，世间便有什么伴他同行，在人世最难解的谜语前，平静地抚慰着他，让他即将漂浮起来的身体又缓缓落回地面。

冰雕

何大武猛地一打方向盘，将老昌河嵌入楼底下唯一的车位里，顾不得半个车屁股还撅在外边，就匆匆往楼道跑。一路上汗水从毛孔里涌流出来，天气太热了，气温直接飙到了四十摄氏度，热空气像是要把人窒息。推开家门，他看见妻子坐在矮凳上，半闭着眼睛，双手握着发电机的把手，发疯般地使劲摇着圈，一头蓬松卷发左右晃动，大红睡衣裤已经完全湿透，贴在身体上，看得清胸腹部的赘肉。

何大武忙接过妻子手中的握柄，一边责怪："小区停电了，也不跟我打个电话。"

吴月英从凳上移坐到墙边，嘴里大口地喘气，过了会才说："你上班忙，不想打扰你。"

何大武说："还有什么比家里的事更重要呢。"

现在他们在儿子的卧室里，一切布置还跟十年前一样。写字台上铺的一张皮革台历是何大武工作的酒店赠送的，黑色的皮质包边，封裹着十二张精美月历，何大武亲手给小文铺在桌上，他还记得小文仔细地撕掉了已经过去的那个月份。后来每过一个月，小文就会抽去一张月历,现在台历上的时间停留在四月份。十年前的四月份。台历右边摆着一个笔筒,里面插着水性笔与自动铅笔,有几支笔的笔套丢了,黑色的墨水已经板结,写不出字了。转角柜上摆着一组铁艺小人、两个战斗的陶瓷武士、一只树脂小胖鹿,是旅游时买的纪念品。书架上摆着三层书,有几本零乱地搁在一整排书籍的上方,好像主人才刚刚把它们抽出来。这几本书的位置,也没有动过分毫。一组睁着黑眼睛的皮卡丘、宇航员摆件、眼珠会转动的猫头、关节会转动的木头人。

房间里没有那种久不住人的霉味。月英每天给房间清扫、通风,把每一件物品都仔细地擦拭一遍,为窗边的吊兰与文竹浇上水。何大武买了幅巨大的山水画,挂在床铺对面,只要通上电,里面的河水就会不断地流动,哗哗地响着,使房间一直涌动着一种生机。他们还让房里的电脑长时间地开着,让屏幕不时地一闪一闪。这么一来,他们就会有一种错觉,好像儿子还坐在房间里,在他们的生活里。说不定哪天,他会打开门,从卧房里出来,像以往任何一次一样,安静地走到他们面前。

那天接到小文班主任的电话时,何大武正在雕一个凤凰南瓜盅。雕凤凰最难的是凤头部分,必须几刀削出凤头形状,然后用小刀慢慢剔出冠、喙的部分,再处理凤羽及爪子。如果凤头把握不好,整个瓜料就废了。还没有哪个徒弟能完全掌握凤凰的雕法,何大武只得自己操刀。何大武凿凤眼时,心里稍有些焦灼,下午四点三刻他必须回家给小文做饭。他承包了酒店的冷餐厨房,一方面是为了增加收入,另一方面也是为了能自由些。小文五点半左右到家,六点半就要晚自修。吴月英这个时候还在超市交接班，小文的晚餐必须由何大武去落实。这样想着的时候，从南瓜中穿过去的U形刀具戳在了左手食指上，一阵锐痛。何大武忙用拇指捏住伤口，他不想让徒弟们看出自己的失误。

电话就在这个时候响了。王老师在电话里的声音有些飘忽，气咻咻的，在嘈杂的厨房里听不太清楚。她好像在说："……小文跑一千五百米，摔倒了。"

小文摔倒了，已经往第一医院送，何大武直接去医院就可以了。他终于听明白是这个意思。他搁下南瓜盅，凤凰的弧线已经显现出来，它高高地抬着脖子，俯瞰着案板上比它低矮的事物，有种君临一切的孤傲。接下来的雕刻，大徒阿宝与二徒阿兵都可以完成。这是今天喜宴首席上的主菜，必须准时摆上席面。

他更换外套的时候，动作不是特别的急。他一边换衣服，一边跟徒弟们说了这个电话。大家安慰他说，天气热，发痧了吧，别摔骨折就好。他也说，别骨折就好，骨折就会影响学习了。好像这么说，就可以抑制住内心深处的恐惧。一路上，他都在控制自己不往别的地方想。他给想法设置了一个边界，不往那外边去想，他提醒自己，不可能的，绝不可能。但车子停在医院门口时，恐惧还是像山一样压了上来。他看见班主任、任课教师、校长，还有些面熟与不面熟的人都在医院门口候着。他认识那个戴眼镜的平头校长，儿子刚进学校时，他托人请校长吃过一顿饭，求他把小文分到好一些的班级里。一瞧见他，校长就往前跨了几大步，握住何大武的一只手（或者说整只手臂），把他往里面带："事情很突然，很突然……我们第一时间把何小文送了医院……现在还在救治中。"

他被簇拥着穿过一道道走廊，面无表情的白衣护士、一张张推床从他身边经过、电梯门开了又关，他似乎是被人流推着往前走，到达了一扇门的外边。很多人围在那里等待，有小文的同学，何大武看见他们的时候，忽然精神振了一振。同样的苍白面孔、瘦削身材，使他像看见了儿子一样，希望好像陡然间升了起来。他问他们当时的情况。但是接下来，他从孩子们眼里看到了更多的惧怕。儿子在跑第三圈的时候，忽然倒在地上，严格地说来，不是摔倒，是昏倒。当时跑在儿子身边的那个同学，一个看上去同样羸弱的孩子，结结巴巴地说儿子如何砰地倒在地上，翻滚了两下，开始抽搐，他根本来不及扶住他，他们叫他，没有反应。在孩子陈述的时候，有个穿运动衫的瘦高教师，脸色铁青地站在一边，像随时会闷过气去。何大武不禁上前扶了他一把，在他的手触到年轻教师的刹那，小伙子忽然呻吟了一声，抱头蹲在了地上。

后来何大武才知道，在他守在手术室门口满心乞求上天哀怜的时候，小文已经走了。从学校送到医院的路上，甚至更早一些的时候，他已经咽下了人世间的最后一口空气。那个时候，何大武大概还在为陌生人削一个凤头，而吴月英还在超市里穿梭，把上万种商品中的一种补上货架。所谓的抢救，只是给可怜的父母一点时间上的缓冲。而在当时，他是多么可笑地认为，小文可以平平安安地从那扇门里面出来，用他那种最乖巧的笑容，慰藉他的父母亲。他从不相信，这样的灾难会发生在自己身上。不会的，一定不会的，他想。

可是事情还是发生了。在经过最初的混乱之后（后来何大武怎么也想不起来那段过程），何大武发现自己已经在一间病房里，唯一的床上躺着小文，而小文被吴月英紧紧地抱在怀里，吴月英把脸贴在小文的脸上，她的身体不停地前后晃动，好像在哄小文睡觉。四周挤满了人。已经有不少亲戚朋友听到消息，赶到了。哭喊、尖叫始终没有停歇。只要进来一个长辈或亲朋，哭喊声就会响成一片。过了好一会，何大武才发现有人在对自己说话，是两个面目模糊的亲戚。他们在说："这事学校有责任，让他们赔钱！""把尸体送到学校去！"

这句话里面有什么东西硌了他一下，让他非常不舒服。这时吴月英凄厉地叫了一声，喉音嘶哑。她在叫他们滚。滚出去。陈大武发现自己也是这么想的。这些人都与自己无关。现在只有吴月英，只有月英是完全贴合自己心思的人。只有他们两个是自己，别的人都无关紧要。门关上了。一切安静了。现在只有他们一家三口，紧紧地挨靠在一起。不知道过去了多久。房门有时会开一开，探进来一个脑袋。天渐渐地暗下来。有个人过来开了灯，但不知谁又啪地关了。何大武听见有人在说："该送到那边去了。"有人回答："再等一等。"他好像听到了，又好像没有听到。吴月英始终抱着儿子，没有放下。她的脸一直贴着小文的脸。现在她不哭了，她只是非常安静地抱着儿子。何大武把一只手环抱在吴月英腰上。

房间里越来越黑了。何大武说："我们回家吧。"

吴月英说："嗯。"其实他只是从吴月英嘴边的气流、身体的起伏中感到吴月英应了一声。这个声音没有产生出可听见的声波。

他们小心地把小文扶起来，用手托着他软软的脑袋，然后何大武俯下身，吴月英帮着他把小文驮到背上，小文的两只手在何大武的胸前垂落下来，在何大武走动时，前后晃动。吴月英在后面托着小文的身体。何大武不时停下来，将小文的身体往上耸一耸。就像小时候带小文去看电影，回来时小文睡着了，他就是这么背着小文的。他没觉得现在的小文有多重。他对重量暂时失去了概念。一家三口这样穿过医院走廊的时候,有人出来阻拦。何大武的徒弟与他们冲突起来,走廊上乱成一团。何大武绕过这些人。他只护着背上的小文,避免有人碰着他。

何大武与吴月英把小文带回了家,并且把门反锁了。连续两天,这扇门没有开。学校里的人暂时在楼下的一间架空层里办公,以做好劝慰工作,并阻挡闻讯而来的新闻记者。工作人员有副校长、工会主席、总务和那个参加工作才一年的体育教师,他姓尉,大家都叫他小尉,大家都很谅解地不吩咐他做什么事,看上去他也不像能做事的样子,小文在他课上出事后,他一直是这副模样,脸色青白,头发半长地披在脑后,胡茬爬满了半张脸。僵持到第三天上午,一个叫老杨的亲戚自告奋勇站出来做联络工作,敲开了何大武的家门。他在何大武家里待了很久,出来时,满面疲倦而满意的神情。他带出来两条要求:

第一,不火化,土葬。

第二,给孩子一张中学毕业证书。

这两条要求以最快的速度汇报到某个管理部门,经过部门间的磋商后,递回来肯定的答复。关于土葬这件事,不能摊到桌面上去说,只跟老家通了气,让那边默认这种做法,不出面制止。老杨跟何大武解释这件事时,不认为何大武能明白这里头的复杂。他的神情看上去很木然。聚集在楼下的亲友们议论纷纷,他们觉得何大武太傻了,居然不要求赔偿。有人列举了类似的一些事件,甚至猜想了可能的金额,说何大武以后一定会后悔的。这时,他们看见何大武从楼上走下来,用手中的遥控钥匙打开车锁。他看上去不想跟任何人搭话，直接发动了汽车，开了出去。有两辆车奉命跟了上去。但何大武只是去了趟商场，他买了一套运动装，一些新鲜蔬果，拎了满满两大袋，回到楼上。到了下午，人们被允许进入，抬出何小文的尸身，他整个人裹在白色纱布里，穿着那套新买的红色运动服，一双新球鞋。隔着白纱布能想到他面庞的轮廓、挺拔的鼻梁与稚气的面颊。大家都想起来，他是个多么俊秀的少年，又那么乖巧，会念书。于是，楼上楼下哭声连成一片。

一直到很久以后，吴月英才接受了这样一些事实，就是：小文再也不会问她明天的早餐是什么，再也不会在洗澡后把卫生间的地面搞得一塌糊涂，再也不会随手开灯，让她一盏盏地跟在后面关掉。她再也不用念叨他了。生活空出了很大的一块，非常巨大的一块。天缺一角有女娲，心缺一块难再补，她想起来小时候听过的越剧里面的一句唱词。她已经不去超市上班了。超市的一个主任来过两趟，送来工资与慰问金，一个同事拿来包她落在超市里的鱿鱼丝。她看了看鱿鱼丝的标价，二十六元一公斤，鱿鱼丝当然不会那么便宜，这种新鲜制作的鱿鱼丝，售价高达八十多元，但是小文特别爱吃，为了小文能吃到这种鱿鱼丝，她在打价钱时，小小地要了点花招，当然还需要收银员的配合。对这事大家都很默契，大家都有孩子，收入又都这么低。

但现在不需要鱿鱼丝了，不再需要提心吊胆地把这些商品带出超市，她不想再去超市了，她什么地方也不想去。何大武同意她什么地方都不去。何大武让她就待在家里。没有什么比让小文的房间保持原样更重要，让小文残余的气息仍然飘荡在屋子里。吴月英请人给电脑安装了许多游戏软件，桌面上密密麻麻排列了各种图标，看上去色彩斑斓。她在心里对小文说："以后，你想怎么玩，就怎么玩吧。"

吴月英觉得是自己害了小文。

几个月前，吴月英半夜起来上厕所，发现从小文的房间里漏出一缕蓝荧荧的光。她是一觉睡到大天光的人，很少在半夜醒来，也无法理解有人在半夜还醒着。她打着哈欠推开门，小文正将脑袋凑在电脑前，专注地按着鼠标。"干啥呢？"她走过去，一开始她没想到小文在玩游戏。小文一向是个懂事的孩子，从来不玩乱七八糟的东西。他不像那些调皮的孩子那么难管束。但是吴月英在屏幕上看见了一只胖胖的小企鹅，脖子上系着一块漂亮的红围巾。小文正在喂它吃三明治，它一口就把看上去比身体还大的三明治吞到了嘴里，猛嚼几口，咽了下去。接着它很兴奋地拍拍手，两只小胖脚在地板上跳了会踢踏舞，转个身，撅起小肥屁股冲小文扭了扭。小文呵呵地笑了。

吴月英的睡意跑了，她不敢相信，一向自律的儿子居然会迷恋上这个玩意。她关掉了电源，连珠炮似的一顿责骂。现在没有十分的把握她不敢训斥儿子，儿子已经很能辩说了，有很多次话才说到一半，理都被儿子占走了。有时候，她不得不搬出何大武来。但这一次，她想，道理无论如何在自己这边。小文一声不吭地回到床上躺下。吴月英说："以后不许玩了。再玩，我就把电脑锁上。"小文却说："家里不许玩，我就去网吧玩。"他把床头灯关了，把吴月英晾在黑暗里。吴月英气得一时说不出话来。

既然被吴月英发现了，小文也不藏着掖着了，做作业的时候也开着电脑，让小企鹅在边上陪他。那企鹅也好玩，小文不理它的时候,就在一边发呆。两只大眼睛瞪得圆圆的,过上几百年才眨一次,灰色的眼皮慢慢盖下来,遮住眼白和漆黑的眼珠。大部分时间它半闭眼睛坐着,嘴巴往右噘着。有时一片羽毛被风刮到它面前,它就拿到鼻子前嗅一嗅,在手里摆一摆,还会调皮地把羽毛安在肥肥的屁股上,装作尾巴摇动。小文用鼠标使劲地点它几下,小企鹅会从桌面上蹦起来,圆眼睛笑成两道弯弧线,小黑翅膀向两边张开,摇摇摆摆地转圆圈,卖弄给主人看。

吴月英觉得这么下去不是个事,但她向何大武求助时,何大武沉吟了良久,说:“偶尔玩玩,也就玩玩。只要不影响成绩就好。”她不知道有没有影响成绩,但儿子越来越瘦,苍白得像个鬼,她看到了。晚上是她负责刷电饭锅,里面剩的饭越来越多,说明儿子的饭量小了,一定是睡眠不足造成的。再这么下去,怎么得了。她心里藏不住事,唉声叹气地跟同事说起这事。一个年轻的验货员说:“这事简单。”她告诉吴月英,以前她养过一只电子宠物,有天晚上忘了关电脑,那只宠物饿了一晚上,第二天一看,宠物全身发颤,各项身体指标已接近底线,差点翘了辫子。电子宠物也是会死的,原来如此。

放春假那天,吴月英杀了个回马枪。她磨磨蹭蹭走在最后,借口忘带东西,回去打开了电脑,那小企鹅自动跳了出来,说:“主人,今天气温十二到十八摄氏度,别忘了带雨伞哦。”这个时候吴月英真有点替小文怜惜,恐怕这是小企鹅被人类看到的最后一句话了。但治标不行,必须治本,狠狠心,她关上了门。这假期,他们在乡下待了三天,去上了坟,看了油菜花,还在附近的一个水库边住了两晚,何大武很赞同要给小文散心的建议。那几天果然时不时地下雨,撑开伞的时候,吴月英总是会想起那句话。小胖企鹅的那句话是无声的,是出现在对话框里的一排幼圆字体,背景是一块淡黄色的肉骨头。

回家时,吴月英提着一颗心,她不知道自己是希望小企鹅死了还是没死。小文进了卧房,接着她听见了一声惊叫。她与何大武一起走进去,小文的两只手撑在电脑桌上,眼睛死死地盯着屏幕。小企鹅悬浮在界面上,圆胖的肚皮小山一样隆起,在屏幕上左右漂移,像一坨沉重的云朵。它的眼睛半闭着,好像还有一团灰色的瞳孔微微亮着。小文拿起鼠标使劲地点,小企鹅一动不动。它没有反应。小文的脸色,让吴月英感觉到害怕。她有些怕小文就此发作起来,不再认她这个妈妈。但小文没有。小文没有说一句话,有一整个星期,他没有跟吴月英说话,也没有再打开过电脑。他的饭量没有变大,睡眠也没有变好。半个月后,他晕倒在了跑道上。

"是我害死了儿子。"吴月英说,她这样对着何大武讲述这件事,已经不知道多少遍了。她的眼睑仍有些浮肿,紫红筋脉蛛网似的覆在眼皮上。最让她无法接受的是,一直到最后一天,她与儿子间的僵局还没打破。

"不是这么回事。不怪你。"何大武说。

完全不是这么回事。害死儿子的不是吴月英,而是自己。但即便是对吴月英,何大武也无法把整件事情和盘托出。这件事必须从小玉说起。那天何大武站在厨房门口抽烟,看见一个薄瘦的女孩子在走廊上东张西望,向这边走来,就知道她迷路了。这家酒店由一栋旧楼与两栋新楼拼接在一起,纵横交错的走廊如同迷宫,常有人走错路。但像小玉这样,从C楼的客房部一直寻到A楼厨房的,也不多见。穿过走廊时,一些打开的房门将光线投在她身上,使她的脸一明一暗交替着。她穿着一套偏大的白色工作服，面庞瘦削，鼻子很清秀。何大武比较关注人脸上的这个制高点，它决定了一张脸是否立体、好看。他的右手食指不由自主地捻动着，好像拿着小刀雕刻一样，他有把握表现出这个鼻子。当年他曾想报考美术学院，但文化分不够，父亲带着他去招办咨询自费生学费，一听数字，父亲耷下脸回身就走。那时也没多少出路，稍作权衡后，父亲把他送到了一家招收学徒工的饭店，至少不用日晒雨淋吧。他就这么走上了这条道路，油蒸烟熏地过了十几年，只有做食雕的时候，当年的梦想才能返魂一会。他对人脸造型特别感兴趣，曾对着吴月英的脸试着临摹过，但吴月英的脸太肥满，五官混沌一片，很难表现。

那天他把小玉送回客房部，小玉刚到那边当服务员。客房部的经理是哥们，很熟，他拍拍经理的肩让他关照小玉。小玉离开他时，朝他感激地笑笑，含羞带怯的眼神使何大武心里突地颤了下。后来何大武听人家说，有个服务员经常收集他雕的蔬果花卉，就知道一定是小玉。何大武请外地籍的小玉吃了几顿饭，很轻易地就把小玉带上了床，过程顺利得令他吃惊。一开始他们在城郊附近的快捷酒店约会，后来干脆就在阿宝的车上会面，何大武觉得这样更安全，在宾馆里住下来时，他总担心有人来检查身份证，小城里这种事还是不少。阿宝的越野车空间大，腾挪得开，他喜欢把小玉的脑袋卡在座位角落，使她无处退避，然后抵住她的腰冲撞。小玉的腰窄得两只手就能握过来，把在手里，使何大武有种蹂躏的快感。有时小玉的脑袋经受不住砰砰的撞击，斜过来往座位下掉，那精美的鼻子就更清晰地突显出来。只要盯着这个鼻子，何大武身体的功能就会强劲地勃发出来。跟吴月英在一起时，他一度以为自己已经废了。小玉的身材算不上好，平躺的时候，几乎没有胸部。但何大武不在乎这个。他喜欢小玉的平胸，看上去像未发育完整似的，让他更能感受到两人间的年龄差。在最癫狂的时刻，他蓦然回看了自己灰暗的人生，从漫长的学徒生涯到成为大师傅的艰辛，他从来都背负着沉重的责任，就连娶妻生子也是为了完成任务，他连什么是爱情都不知道。而现在，他全身充满的只是欲望，他只有欲望了。

车停在学校后门的一条巷子里。开家长会时，何大武来过这里，路边的古玩市场五点左右关门，晚上巷子很静，几乎无人经过，路灯幽暗。隔着深色车膜，从外面往里看，车内一片漆黑。当然，从里向外看，景物还是很清晰。那天，何大武把小玉的身体折叠出了一个新的角度，将她压在自己胯下。他总是乐此不疲。昏暗的路灯下，他觉得自己的脸一定很狰狞。汗水从身上流淌出来，小玉细细地呻吟着。他觉得痛快淋漓。不经意地，他从车窗向外望了一眼。他看见一个女孩从学校后门快步出来，微低着头。紧接着，一个男孩走了出来。尽管光线十分幽暗，他还是看出那是自己的儿子，小文。走路微耸着肩，脖子承受不住重量似的往前伸的模样，他一眼就能认出来。虽然从外面不可能看得清车内，他还是把身体伏低了些。他加快了动作，一只手使劲捂住小玉的嘴，争取速战速决。在小玉唔唔的挣扎中，他到达了临界的那几秒，全身一阵难以控制的哆嗦，好像灵魂出窍，接着，心里慢慢虚空下来。他抬起头。儿子与女孩不见了，前方是一团树影下的黑暗。一会，女孩从槭树下走出来，往校门口走去。再过了会，儿子也闪出了树影。

好一会，何大武才想明白这个情境中隐含的事件。他理了理纷乱的思绪。身边的小玉还在窸窸窣窣地整理衣服，她娇声地嗔怪着：

“裙边又开了线。”何大武心里忽然升起一团烦躁,他从皮夹里抽出几张纸币,让小玉自己打车回去。他点了支烟,在一支烟的时间内,对自己进行了一场灵魂的批判。这段时间他确实有些出位了,经常给点零钱,让儿子自己去外头吃晚饭,对儿子的学习也很少关注。以前这些方面,都是由他负责的,吴月英心粗,管不了细腻敏感的儿子。现在想起来,儿子这段时间是有些反常,回家时间拖得比较晚,前阵子的月考排名也往后挪了好几位。真该管管儿子了,不能让自己的惨淡人生在儿子身上重演。反正跟小玉的这种关系,也不可能一直持续下去。这件事,在酒店里已经有了风声,现在还没有传到吴月英耳里,已属奇迹。小玉在这座南方小城生活了大半年,生活品位有了很大的提高,从一开始吃顿饭就会开心半天,到现在追求漂亮衣服、化妆品,何大武已经有种力不从心的感觉。终有一天,她会傍上一个真正的大款。或许该做个了断了,他把烟蒂狠狠往车外一丢。只不过,从此自己就得回到按部就班的人生了,就像一场梦做醒了一样。

何大武仍然把车停在学校后门,不过现在车上只有他一个人。他常回头看看后座,然后点一支烟,或者打会盹。候到第七天时,才再次见到那俩孩子。这回他看清了那个女生。女孩挺好看,眼睛又大又黑,一刀齐的刘海上压着个红色发箍,像卡通剧里的人物。她从大铁门上的小门探出头来时,门边的路灯刚好照在她脸上,让何大武看得清清楚楚。何大武的第一感觉是,儿子的眼光挺不赖。女生左右张看了一下,往后招了招手:“快点!”一会,儿子才慢吞吞地走出来。女孩子干脆一把拉住儿子的手,往树影下拽,一边问儿子:“今天的选举你投我了没有?”

“这还用问吗？”何大武听见儿子翁声翁气地说。

两个人躲到了树后面。声音静下来。那个位置是灯光死角，一片黑暗。何大武从车上只能大致判断出他们的位置，儿子靠在树上，女孩站在他对面。他们在说着什么，何大武听见女孩咯咯地笑起来。两个人好像相互推搡了会。接着，他们安静了一小刻。过了会，女孩又笑了，这回好像笑得喘不过气一样。她一边笑，一边在小声地责备着什么，以那种女生惯用的强势口气。她的声音忽然停顿了。这次的安静拖得有点长。何大武产生了强烈的打开车灯的意愿。但他还是控制住了。过了一会，女生从树后面跑出来，她跑动的样子很可笑，上身不动，双肘在胸前左右摆动，髋左右扭着，像竞走一样，看起来惹人怜爱。转眼她进了小门。儿子跟在后面，手叉在裤兜里，看不出明显的情绪变化。整段过程，实际时间并不长，从视频看，只持续了十二分二十四秒。但于当时的何大武，这个过程漫长得要命。视频经过夜视处理，虽然不很清晰，但还是能看出大致情形。何大武把它传给了班主任王老师。

女生的家长看了视频后，反应比何大武激烈得多，十几岁的少男少女，在一起会发生什么是谁也说不好的。他们迅速给女生办了转学手续，具体转到哪所学校，连王老师都不知情，只知是一所全封闭的民办学校。这样也好，只是对于儿子来说，那个女生就是人间蒸发了。不过何大武想，这样一段青涩恋情，总是会淌过去的，它毕竟没有多少分量。何大武也跟小玉提出了分手。他提分手的时机不是很好，在最后一次欢爱结束后——他本不想再做了，但两人单独在一起时，他控制不了身体的欲望——空气中还弥漫着激情后的甜腥气息，他唰地一下拉开了窗帘，光线投入一秒钟前还昏暗、甜蜜的小房间，使他心肠坚硬起来。他说他不能给予小玉什么，不想再牵累她了。小玉停下梳理头发的动作，愣愣地望着他。她正往后脑勺夹一个发卡。她把他递过去的两沓人民币扔在床铺上，拿手捂住了脸，喉里发出轻细的抽噎声。何大武注视着那些从指缝里渗出来的泪水，有些怀疑它们的真实性。他不认为中年的自己还能获得小玉的爱情。他不相信爱情这种东西。

那段时间他说话做事都很小心，唯恐小文发现他参与了整个“阴谋”。但小文并没有表现出什么来，要是说有什么不一样的，就是饭量越来越小，他做的酸菜鱼，以前小文一人能吃一大盆，现在却只插几筷就停了。过了一段日子，他又发现一件事：小文不笑了。从进入家门开始，他除了喊一声爸，就不再说一句话，除非大人问他。大人问一句，他答半句，掐头去尾，搞得每次对话都像审讯似的。很快又一次月考结束，排名竟然第一次滑出了前十。这是何大武怎么也没料到的后果，他悔得简直要打自己耳光，中考在即，这太要人的命了。他想找小文开诚布公地谈一次心，但又不知从何说起。他找不到那条路径。

那天早晨，王老师来电说何小文没有上学，何大武急了。小文离开家已有一个小时，按路程算，应该早就坐在教室里了。何大武把车开出家门，不知怎的，就拐上了江边的马路，一路沿着江堤，开到城里著名的太平桥，那里每年都有几个跳江的人。宽阔的汉白玉桥上，只有一些匆匆行走的上班族和几个晨练的老人，小文没在桥上。接着，他的思路清晰起来，想到了城里的另几所中学。小文会不会去附近学校寻找那个女孩？果然，在一所中学门口，他看见了儿子的身影。小文坐在花坛边的一块大石头上，扭头看着校门，两只手垂在身侧。远远看过去，他的身体细瘦，背微微驼着，像被一种巨大的东西压着。何大武心里忽地疼了一下。他把车子开过去，打开车门，冲儿子喊了一声。何小文抬起头。何大武被他的眼神吓了一跳，他从没见过儿子眼中这种惊惶哀恳。何小文的眼里含满了泪水。

好像就从那天开始，何小文毫无预兆地迷上了游戏。周末，何大武几乎找遍每条街巷，才在一间网吧门口看到儿子的自行车。网吧空气恶浊，弥漫着劣质烟、食物、排泄物的气味，何大武用手捂着鼻孔，一排排地找过去。在里间最角落的一台电脑前，看到了何小文。何小文的头往前伸，戴着近视眼镜的脑袋几乎贴在屏幕上，额上青筋毕露，两只手噼噼啪啪敲打着键盘，一副搏命的姿态。电脑右侧摆着一盘蛋炒饭，才吃了一小半。何小文已经在网吧待了一整天。何大武没有发怒，等小文玩完一局后，把他接回了家。那段时间，何小文完全迷恋上了网络游戏，从最血腥的求生之路、死亡岛，到英雄联盟、三国杀等他开始豢养电子宠物时，何大武觉得他的情绪已经平和许多，虽然小文还是显得很沉默，学习成绩也不很稳定，但至少坐在电脑前时，已经听得到他的笑声。那样的一串发自内心、憨憨的笑，让何大武的泪水都涌出来了。

何大武试着登录过那只企鹅。第一眼见到它时，何大武就觉得它酷肖女孩，它挺神气，全身任何一处都圆乎乎的，眼睛又黑又亮，从母体带来的一块红围巾在脖子上打了个结。它乘着一架三角形的滑翔机，摇摇摆摆地飞过来，降落在何大武面前，说："花刚刚开过，玫瑰有玫瑰的理由，我有想念主人的理由。"那一刻，何大武的心里像被什么撞了一下，他没想到，一条虚拟的生命，竟然能带给人这样的感动。打那以后，何大武一直默许小文养着它，让它陪伴儿子度过这样一段艰难的时光吧，他想。有时他还会偷偷登上去，带企鹅去宠物社区游逛，给它洗澡、喂药，看着各种颜色的指标往上升，让它快点升级。好像这么做，就可以缓解心里的愧疚。他觉得自己也在这里头感到了一种幸福。那是种说不清的感觉，是慰藉也是怅然。但没想到的是，一向粗枝大叶的吴月英在这件事上认真了一回，竟然聪明地把宠物饿死了。那天回到家，面对电脑里像云朵一样飘浮在界面上的企鹅，他听到小文心里的一根弦砰地断了。他知道，将有些什么再也不可挽回了。

心力衰竭。医生给出的这个诊断压得他透不过气。他们家族从来没有心脏病方面的病史，他的亲人们都很健康。从字面来理解这四个字，那就是心脏的力量缓缓地减弱，弱到不能承受一场奔跑。究竟是什么使儿子的心脏失去了力量？他看着吴月英环抱着儿子。看着吴月英不断地像摇船一样晃动着儿子。儿子脸上没有任何伤痕，他的上半身安静地伏在母亲怀里，看上去只是在乖乖地休息。何大武觉得，自己从来没有弄懂过儿子，从来不知道儿子的心里会失去力气，如果可以重来一次，他一定要弄清楚从哪里帮儿子拿回力气，哪怕一天书也不读，哪怕什么学校也考不上……只要儿子可以一直那么活着，活到可以想做什么就做什么，活到可以像何大武那么无耻……这时，他心里突然点燃了一个想法。

何大武从车库里搬出一个南瓜、两个巨大的冬瓜，再从冰柜拿了些白菜、萝卜，洗干净一字列在桌面上。这些蔬果是从农贸市场淘来的，他闲时常去那边逛，看到形状好的食材就买下来，盖上一层沙土，像宝贝一样藏在地下车库里。他用它们雕过龙凤呈祥、玉兔献桃以及无数花卉，现在他要用它们来雕出儿子的容颜。吴月英仍然抱着儿子,房间里的空调调得很低,但他们没觉得冷,他们很久没吃过东西了,也没感觉到饿,他们甚至失去了时间感。以前何大武雕过寿星、仕女和童子,现在要表现的是自己的儿子,面部特征上有很大的不同。他在瓜面的三分之一处,锉出一道眉骨,儿子的眉略有点上扬,眉峰呈现一棱钝角,尾稍的眉线渐渐疏淡下去。他把吴月英唤过来验看,吴月英让他在眉间刻出浅浅的蹙痕。再次观察儿子的眉毛时,夫妻俩都觉得这是孩子身上最有英气的部分。接下来是一双细长的眼睛,他让眼睛半闭着,这样可以表现出一种忧郁的神情。面部的重点是鼻子,他剔去鼻梁周围的瓜肉,用平口刀慢慢磨出鼻根、鼻翼的形状,鼻尖处费时更多,需稍显丰隆,又不失秀气,才更接近儿子的气质。在他雕刻儿子时,吴月英开始平静下来,她在儿子面颊上亲了亲,第一次把他放在床上,然后进房间烧水,下了半锅面条。

何大武用了许多竹签,把雕好的头与一段段身体形状的食雕连接起来,腿由两面弧状的长瓜拼合而成,胸腹从整个冬瓜切削而出,白萝卜雕就的手指最好看,像佛手一样线条柔和、晶莹圆润。现在他们有了一个用蔬果构成的儿子,平躺在席面上,双臂交合在腹部,看上去圆融而安详。他们用白纱布把食雕一层层包裹起来,使它们看上去更接近真实的样子,为他穿上那套红色的运动服,覆上一层蚕丝被。穿鞋子时颇费了一番手脚,右脚的那只鞋经常掉下来,吴月英索性拿针线把鞋子与运动裤缝合了起来。门再次敲响的时候,他们把这个儿子的雕像送给了人们。他们听着小心翼翼的脚步声走下楼梯,接着,悲啼声四起。何大武与吴月英相互瞧了瞧,这个时候,他们竟然没有在悲泣中获得共鸣。何大武想着被四个成人抬着的雕像,这个雕像将代替儿子进入黑暗、冰冷的坟墓,并且开始迅速地腐烂。

何大武转头看看还睡在床上的儿子,他的面容很沉静,看上去像还在呼吸。

小尉老师一直等在门口,听说小文将从里面出来,他就赶到了这里。他挤开人群把自己插在靠近门的位置,他边上有几位头缠白巾的亲属。记忆中好像他从来没有为了什么插过队,他想,如果有人质疑他为什么往前挤,他就告诉他们:“我就是杀死里面这个孩子的凶手。”但可惜,一直没人跟他说话。他们只是奇怪地看看他,因为他年轻,头发零乱像披头士,有两条鸬鹚一样的长腿。没有人让他来到这里,甚至不是他自己想来的,在他理性的意识里,一直有个声音提醒他不要来。但他的腿或是他的什么东西将他引到了这里,他感到身体充满不适的失衡感。他嘴里发苦,很苦,他不时呸呸地往外吐,但吐完了还是苦。上面吩咐过绝对不能把详情透露出去,甚至一对一地跟孩子们做了封口工作。减轻他的责任,就是减轻校方的责任;减轻校方的责任,也就是减轻系统的责任。再说在这样的事件背后,又有多少无法说清的东西呢?

小文的失恋是当前最好的说辞,校方设计了好几套应急预案,甚至设定了赔款上限,当然在说法上不叫赔款,叫人道补助。但都没派上用场,何大武什么也没要,这就像一拳打在空气上,没有对手,让人松了口气,却又隐隐不安。最难受的是小尉老师,这么一来,他就再也没有了谢罪的机会。那天先来请假的不是小文,而是胖哥,胖哥身高一米八,体重也一百八十斤,让他跑一千五百米,确实是难为他了。胖哥跟他混熟了,嬉皮笑脸地说:“尉老师,我可不可以不跑?您看我这身肥肉——”小文是跟在他后边说的,声音压得很轻:“尉老师，我跑不动。”他跟小文不熟，小文是那种没有存在感的孩子，乖巧低调，在孩子间差不多像是隐形的。只有一次，孩子们在玩“阿鲁巴”，他注意到了小文。这是男孩间常玩的一个游戏，就是强行把一个孩子抬起来，张开双腿，找一根柱子撞他的裆部。这游戏孩子们常玩，甚至他也被孩子们“阿”过一次，大家都不怎么当回事。但那次，七八个同学靠近小文，出其不意地把他抬起来时——一个在后面抱腰，另几个抬腿，小文反抗得极其激烈，脑袋不断撞后面那个同学的胸，身体像鱼一样颠动，腿使劲往抬他的同学身上蹬。好像谁要杀了他。“阿”完了放下来，小文在地上坐了很久，没有起来。这孩子有那么点不一样，他觉得。

他没有准假。他没法准假，长跑是中考三项科目之一。似乎到了初三下学期，家长和学校才想起有体育这么一门课，并且这门课还在中考中占了四十分，虽然是区区四十分，但也小瞧不得，关键时候，连一分也差不得。这四十分都靠这几个月突击出来，他不敢冒险啊。他出手很快地在两个人脑壳上各拍了一记，说：“小子想偷懒啊？归队！”老教师都是这么做的，当时孩子们笑了，小文也笑了。小文的笑有些软，掀不动嘴角似的。但小文一向都是这么一副文弱模样，他并没有在意。跑步时，他特别注意的是班里的几个小肥仔，尤其是胖哥。两圈下来，胖哥脸色发紫，呼哧呼哧喘得像头牛，眼白直往上翻。他让胖哥下来，跟着慢跑几步，然后沿着操场走路。“别躺地上。”他说。他怎么能想到，最后出事的竟是小文。谁又能猜到，那么小的概率会发生在他的课堂上呢？现在他知道了，所谓的小概率事件，当它发生了，就是百分之一百，对于一个家庭来说，是百分之一百的毁灭，对于一条生命来说，是百分之一百的腰斩。

门开时，他还是慢了半步。身边的几条汉子嗖嗖地窜进去，像抢什么似的抬起了小文。他只来得及往房间里扫视一周。令人意外的是，孩子的母亲竟然坐在桌边吃面条，在他们把孩子搬走时，那母亲连头也没有抬一下。他注意到，她的手是颤抖的，面条在被夹起来的途中，大半落回了碗里。何大武也没有阻止他们搬小文，他怔怔坐在一旁，眼神很奇怪。他顾不得多想，抢着握住小文的一只脚。大家抬着小文往外走时，他忽然想这多么像在玩"阿鲁巴"啊，如果是玩"阿鲁巴"就好了，小文就会挣扎起来，蹬着腿大声喊叫。他忽然萌生了一个奇怪的念头，想触碰一下小文的肌肤，说不定还有体温呢，也说不定……还有生命的痕迹。他悄悄捋起小文的裤腿，将手指探入纱布之间。没有，没有触摸到皮肤，他抚到的是一种冰冷的、饱含汁水的东西。他看看自己的手指，愣住了。还好，周围的人都没注意他。前头的中年大汉不断提醒在转弯时别撞到墙。后面跟随的一个拎录音机的妇女，放着首乐曲，听上去像道家的音乐，祥和、安宁，一波波往天上升，像是在化解着人世的怨愁。

这时有个人说："你们觉得轻吗？"

另一个人说："是啊，我早就想问了。虽然是十几岁的孩子，也不该这么轻吧。"

前头的中年汉子停下脚步，犹豫了："不会弄错了吧，要不看看？"

小尉老师觉得这时候自己应该做点什么。做什么呢？他不知道。他明白何大武目光里的东西了，那是不肯定、害怕，还有些哀恳，是忧惧秘密被揭穿的眼神。他不知道那是什么秘密，但一种本能使他知道必须共同守护它。此时，他们已经下到三楼，已经能看见楼道底端那些准备大放悲声的家属，他们探头探脑地往楼上看，女人把手帕捂在嘴上等待着。小尉老师长吸了一口气，在确信其他人牢牢抬着小文后，松开了小文的脚。他大吼一声“小文啊”，抱住自己的脑袋，像癫痫发作似的，全身抽搐了几秒，然后横倒在地，滚下了楼道。周围顿时乱了，一群人冲过来扶小尉，有人说快按人中，有人说快打120，家属们号啕痛哭，有几个女人跑上楼梯扶着尸身，心肝宝贝肉地恸哭，好像要把整幢楼都哭炸了。几个汉子好不容易才把小文抬上灵车。一刻钟后，何大武跟吴月英也上了车，车子向着他们老家的方向驶去。在这个过程中，小尉老师一直躺在校车的后座，侧耳听着各种声音，间或向同事问问情况。他身体各处都吱吱地疼，疼得比较持久的几处，有可能伤到了骨头。但他心里很舒坦，他抬头看着车窗外的天空，第一次有舒了口气的感觉。嘴里似乎也不那么苦了。他觉得自己总算为小文做了点什么。至于那是什么，或许只有何大武跟吴月英清楚了。

吴月英在厨房撕包心菜，白玉般的叶片一朵朵堆在案板上。何大武说手撕包心菜比菜刀切更好吃，各种佐料会进入它的每一寸肌理，使它的味道更为饱满。何小文也爱吃这么做的包心菜。吴月英现在已经习惯了这种做法。在她刚架上油锅时，天花板上的吸顶灯扑地亮了。电来了。她在水龙头上冲了冲手，拿围兜擦干，走出厨房。何大武已不再摇动手柄，发电机的齿轮因为惯性而继续转了一会。他用袖子擦了擦汗，注视着冰柜。冰柜开始隆隆地鸣响。它摆在原来放床铺的地方，上面铺了一层绛红色的被褥。

吴月英说：“看一看？”

何大武说："嗯。"他起身去卫生间擦了把脸，仔细地用肥皂洗了手。

他们穿过客厅，一前一后进入儿子的房间，站在冰柜旁边。何大武轻轻揭开柜子上的被子，吴月英用一块白纱布在玻璃上擦拭了一会，雾淡了些。透过玻璃四壁镶的一圈白霜，可以看见蜷坐在冰柜里的何小文。他的两只手抱在膝盖上，背靠着柜壁，身上还穿着体育课上穿的那套藏青运动服，像是跑累了靠在路边休息。他的脑袋微微低着，眉额与低垂的睫毛上结了一排霜花。他的嘴角依然有些稚气地往上翘着，那种忧郁、安静的神情，跟十年前一模一样。

地下室

一

从那以后，我再没有使用过搪瓷面盆，它的冰凉触感、白色盆体盛放的鲜艳花卉以及碰撞时发出的类似响器的嗡鸣声，都使我不寒而栗。

二

我走在村道上。村子里很静，田地里空无一人，空气滋滋地灼烧着，只有父亲的锯木厂发出一阵阵机器轰鸣的声音。我每天给父亲和芳芳姨送绿豆汤，绿豆汤盛在一个大盆子里，上面盖了七彩条纹的毛巾。母亲给绿豆汤加了很多糖，母亲加一勺糖，尝一尝，再加一勺，再尝一尝，母亲给父亲与芳芳姨的绿豆汤加了许多糖，剩给我们的糖就不多了。锯木厂里木屑纷飞，父亲与两个工人赤着上身干着活，一张三合板上摆着茶水、纸烟与各种木工器具，地上东倒西歪地叠着未完工的家具:双门橱柜、组合沙发、高低床……刨花像雪一样堆在每一个角落里,散发着蜂蜜似的香甜气息。我吸吸鼻子,我喜欢闻这种从树木脏腑里散发出来的清香,它让我头脑清醒、心情愉快。父亲停下手中的活,拿肩上的毛巾捋一把汗,带我走向他的办公室,这个小房间是父亲用几块木板隔出来的,有时他在这里接待客户。

芳芳姨在嗑瓜子。我每次看见她,她似乎都在嗑瓜子。她嗑瓜子的动作很娴熟,白嫩的手指撮成一个兰花指,捏起一小枚瓜子,摆在雪白的牙齿中间,轻轻地压一下,瓜子壳裂成了对称的两片,舌头一卷,一枚长长的果肉就消失在粉红色的口腔中,同时那些碎裂的瓜子壳花瓣似的撒落开来,铺陈在地面上。她半躺在一个长沙发上,一条腿曲着,另一条腿伸得长长的,趾尖微微颤着。我认为她是一个胖女人,因为她的胸部、臀部看上去都长了很多肉,手肘、膝盖上也有一个个小肉窝。我觉得她不好看,她太胖了,而且也太懒了。但我知道在父亲眼里,她是好看的。芳芳姨只吃一种上海产的茴香瓜子,父亲去出售木线条时, 每次都给她从县里的百货商店带回这种瓜子。这种瓜子有一种甜腻的奶油味道,饱满、干脆,又浓又醇。它们装在一个玻璃瓶子里,是专给芳芳姨吃的,我与母亲都不去碰它。我们吃的瓜子,是母亲自己从葵花盘里掰出来的,快炒熟时,撒上一些盐水,吃起来也香喷喷,只是有很多瘪籽。我认为盐水瓜子更好吃。我喜爱来自田野、铁锅与柴火的天然香味,厌恶那种乳白色的、人工气息浓郁的茴香瓜子。

我取出两只花边瓷碗,开始盛绿豆汤,我把两碗盛得一样的满,但芳芳姨的那碗是从面上舀起来的,浮着很多绿豆壳,糖也不那么多;沉在底下的蔗糖,还有绿豆最肥美的肉质部分,它们都在父亲的那一碗里。芳芳姨没有发现这一点,她说,甜,好吃,擦了擦嘴又说,小静很能干,做事很清爽。芳芳姨不夸我母亲,只夸我,好像绿豆汤是我煮的。我一边擦拭桌子,一边等着父亲的夸奖。一般在芳芳姨夸奖之后,父亲也会跟着夸我几句。父亲果然摸摸我的头说,是的,咱小静,念书也好。但父亲的笑脸是向着芳芳姨的。芳芳姨在沙发上伸了一个长长的懒腰,她的身体像猫一样弓了一下,凸与凹的部位在薄薄的乔其纱裙子下清晰地纹出来。父亲眼里不再有我了。我快速地整理好提篮,离开了办公室。门在我身后很快地关上了。在骤然响起的机器轰鸣中,我似乎听到了另一种声音,来自芳芳姨咽喉深处,尖利、欢快,撕裂了午后薄脆的时光。

三

小宇对我说,静姐姐,带我去塘里摸螺蛳。小宇拽着我的手,用又黑又圆的眼睛看着我。他的发音不是很清晰,把螺蛳说成了河蛳。我没有嘲笑他,也没有像以前那样甩开他的小手。我用手搭了个凉棚望了望天上的太阳,太阳像钉子一样楔在空中,将天空刺穿了一个小孔,把正在灼烧的天外世界漏了进来,于是我们的世界也燃烧起来。我用干巴巴的声音说:我们去摸螺蛳。小宇一下子高兴地跳起来,他跑到洗脸间取了一个脸盆。我仔细看了看这个脸盆。它九成新,盆沿镶着一圈红色花瓣图案,盆底绘有一大一小两朵牡丹,大的一朵已经盛放,小的那朵刚刚撑开了骨朵,在两朵牡丹上方,悬着一个圆圆的红双喜,像一张喜气洋洋的笑脸。我用手指弹了一下,面盆发出清脆的金鸣之声,在空气中震颤着。这个声音让我微微战栗了一下。

那年我十二岁。那年中国女排夺得五连冠，女排队员们穿着梅花牌运动服，脚上踏的球鞋不是飞跃就是回力。我喜欢梅花牌运动服，它的拉链式翻领、侧边的两道白色镶条以及优良的质地令我痴迷。我说不出大气、经典这样的词，我只觉得它好看。班里的一个男生，有一套藏蓝色的梅花牌运动服，他在操场上奔跑时，白色的镶条不断地伸展着，使他跑步的姿势显得那么生动，他的脸也因此英俊起来。我多么渴望也拥有这样的白色镶条，生机勃勃地在操场上跑动。那个学期，我非常努力地学习，为实现愿望储备资源。我的一生，似乎都在累积这样的筹码，有时，我甚至说不清楚那是为了什么。我出生之前，曾经有一个游方道人指着母亲的腹部说，贵子，贵子！贵不可言！父亲欣喜地给了那个术士一个红包，提前向邻里们分发了许多枚红鸡蛋。这件事使我的出生成为一场灾难。在镇医院产房门口，父亲根本不能接受我是瘦弱的女婴这样一个事实。父亲愣了许久，丢下手中的一个包裹转身走了。待母亲抱着我回家，父亲已经出门为一户人家打嫁妆去了。

我跟母亲说，我想要一套梅花牌运动服。母亲迟疑了一会，说，跟你父亲说说看。我没有强求，我知道学校里只有家境特别好的孩子才拥有这样一套梅花牌。饭桌上，父亲答复了我，父亲说，你还没有发育好，现在买这么好的衣服，很快就穿不着了，是浪费。我觉得父亲说得很有道理，这么好的衣服，如果穿一两年就穿不着了，那真是天大的浪费。后来，母亲在镇上给我买了一套仿制的运动服，款式与梅花牌十分接近，墨绿色，侧边的镶条不是两道，而是三道。三道也不错。我非常快活，我穿着它，感觉良好地跑动在学校的操场上。

直到有一天，那个男生跑过来对我说，你这件是仿冒的，你看——他拉着衣服给我看：料子完全不一样，我的厚，你的这么薄，我的是涤棉，你的是锦纶，我的洗一百遍也不会褪色，你的很快就皱巴巴了。他一边说，一边不屑地撇撇嘴。他最后说的是：三道镶条，这么土！我承认他把我的快乐打消了一会，但很快我治愈了自己，因为我从这套衣服上感受到的，是母亲的爱，这笔钱是母亲从不多的生活费用中抠出来的，母亲的疼爱总是让我心里很温暖。在父亲多年的漠不关心中，我是那么需要母亲的疼爱。母亲总是小心地弥补着父亲与我的关系，母亲对父亲说，建新，你看小静多么像你，双眼皮、鼻子挺挺的、嘴唇这么薄，还有聪明，也像你。我常常在镜子前寻找自己与父亲相像的地方，它们是那么显著：眼睛、鼻子、骄傲的神情、走路的姿势、甩头发的小动作。每一次发现一种新的征象，我都会一阵狂喜。我那么希望父亲能注意到这些，注意到我与他之间那条神秘的、绵延不绝的纽带。

使我崩溃的是另一件事。一个下午，我看见操场上许多小男孩站成一堆，把小宇围在中间。他们都低着头，看着小宇脚上的新鞋子，那是一双崭新的回力牌球鞋，弹性十足的橡胶底，鞋面上两道七字形红色花纹，针脚密实、细致，完全不同于廉价的白球鞋。但我注意的不是这双球鞋，而是他身上的那套绛红色的运动服，那么眼熟的款式。我的手无法控制地伸过去，抚触着它，是的，涤棉，厚、柔顺、吸汗，好看的、不会褪色的红，那就是梅花牌，穿在了七岁的小宇身上！明年、后年，还会穿得了吗？我的眼睛一片模糊。我听见七嘴八舌的声音在问小宇，谁给你买的？小宇用一种十分自豪的声调回答：爸爸给我买的！我在心里尖利地回应：你的爸爸早就死了！这是我的爸爸，我的爸爸！但我没有说出来，我的爸爸没有给自己的女儿买梅花牌运动服，给芳芳姨的儿子买了！我从人堆里挤出来。十二岁，我已经成为一个历经沧桑的女孩。我逃了一节课，在学校后面的山坡上放声痛哭，胸中装满了世间所有的悲伤。我的一切努力，我那些贴满墙面的奖状，原来是那么的轻如羽毛，它们甚至不及芳芳姨唇间吐出的那两片沾满唾液的瓜子壳。我揪光了坡上一棵植株所有的枝叶，好像那就是芳芳姨，那就是夺走我的父亲的母与子。

我没有对母亲说起这件事。我已经懂得不能把更多的痛苦压在母亲身上。母亲在这几年，老得非常地快。她无法阻止锯木厂发生的事件，甚至无法阻止事件向更不利的方向发展。母亲总是忧心忡忡，我不是很清楚她在忧虑些什么。直到有一天，父亲领着满面喜气的芳芳姨走进家门，小宇一步一蹭地跟在后面。父亲对母亲说，芳芳怀孕了，你照顾着她一点吧。那个时候，我看见母亲的天塌下来了。母亲虽然还是站在那里，脸上甚至挂着一种奇异的笑容，但我知道，母亲的天轰的一声，完全坍塌了。

四

父亲为芳芳姨在二楼隔了一个小房间，添置了席梦思床、化妆台，窗上遮了一块蓝丝绒，布置得像一个新房。夜晚，小房间的灯光穿透松木的缝隙，切割着我的房间，落在我的棉被上的是一块圆形的光斑，它像黏在了淡绿色的被面上，随着我的睡姿变得扁一些，或是长一些。同时穿过板壁的，还有父亲与芳芳姨的低语，芳芳姨的声音娇弱、柔软，藤蔓一样缠向父亲，父亲的低语圆润、厚实，耐心地接收着一切。父亲时常被芳芳姨支使着爬起来,趿拉着拖鞋穿过我的房间,去为芳芳姨取这取那。在更深的夜里,会有一些模糊不清的声音传来,经过控制的低分贝,隐匿、灼热,空气微微震颤……那是些发出浊暗气息、腐烂的夜晚,我似乎把母亲的那种悲凉堆砌在了自己身上,我感受到的是双份的背叛与被遗弃。我常常把自己整个埋在棉被里,努力把这个伤害我的世界推远。

芳芳姨的丈夫去世时,父亲为他打了一副特别厚实的棺木,所有的缝隙都用木屑板堵得严封密实。因为那个男人弥留之际,耳力好得惊人,任何轻微的声响都引发他狂躁的抽搐。桌面、地面,所有可能发出撞击声的地方,都垫上了厚厚的绒线毯,门、窗上挂着白色的棉胎,人们轻手轻脚地走路,甚至不敢哭。但他脸上仍然挂着极其痛苦的表情,枯瘦的手指从被子里伸出来,瑟瑟发抖地指着一个方向,家人循着这个方向,拉开了写字台的抽屉,抽屉的一个铁盒内,装着一只正嘀嗒走动的机械表。他是我们村子里第一例狂犬病患者。这种病使所有人闻风丧胆,那几年,村庄里的狗吠声似乎骤然消失了。父亲打的那副柏木寿材,使抬棺木的人叫苦不迭,也让病人的家属们万分感激。父亲没有收一分工钱,他对芳芳姨说,这是作为故去者生前好友的一份心意。父亲的义气(或者还有俊朗的外表)打动了芳芳姨。芳芳姨开始缠上了父亲。芳芳姨一次次跑到锯木厂找父亲,又把父亲请到家里,给她打一只穿衣柜。后来我在芳芳姨的嫁妆中见到了这只柜子,盘龙雕花、朱红油漆,中间镶一面椭圆的大镜子,镜面成像稍有些走形,我站在镜前时,感觉自己像泡在水里一样,有一种晕眩感。我想,就是那些打衣柜的日子,在芳芳姨阴暗的卧房,在一张被褥零乱、散发着丰腴女人气息的床沿,父亲败下阵来。男人与女人的故事一旦开始,就停不下来,它的走势已经是不可抗拒了。

芳芳姨的肚子渐渐具有了一种向外凸起的弧度。她现在有些颐指气使,常常点着母亲做这做那。母亲显得出乎意料的大度,她沉默地接受了这一切,面对我对芳芳姨的出言不逊,母亲甚至会制止我。有一天,母亲对我说,小静,你对芳芳姨,亲热一点,如果哪天……妈走了,你要学得活络点,不要让自己吃亏。恐惧从我心间骤然升了上来,泪水一下子奔涌了出来。我大哭起来。我从来没有想过我会失去母亲,在这样一个家里,母亲是我所有的温暖,是我的天,是我的地,是我的一切!我呜咽着说,妈,我要跟你走的。母亲摇摇头说,妈自己也不知道,能到哪去。母亲对我说这些话时是在厨房里,暮色正从院子里漫过来,渐渐涌满整个房间。我永难忘记这样一个黄昏,白色的蒸汽从锅盖边沿一阵阵冒上来,饭香四溢,厨房渐渐地暗下来,我与母亲相对站立着,我的泪水催下了母亲的泪水,她无比怜惜地抚摸着我瘦削的肩膀,好像只是因我的痛苦而感受到彻骨的疼痛。

我开始陷入疯狂的幻想中,想象芳芳姨由于一种突发的原因而小产。摔跤、错服了某一种药,我什么都想到了。我甚至想过,在芳芳姨走路时去绊她一下,在想象中,我已经看见芳芳姨摔倒在地,捧着她的肚子,在地上打滚。那真是痛快淋漓的想象啊!但事实是,什么也没有发生,芳芳姨的肚子正在慢慢地升高。那个肚子,就是我与母亲的坟墓!她怀孕五个月时,我去镇上参加了一次数学竞赛,因女厕在整修,我们跑到隔壁的镇政府去上厕所。或许那就是一种宿命。在镇政府里,我看到一个房间的门口挂着“计划生育办公室”这样一块门牌。它就在厕所的斜对面,在进入与走出厕所时,我都看到了这块门牌，但赛事的紧张使我暂时忽略了它的意义。在我跟同学踏上回家的路时，那块门牌才在我眼前开始晃动。我说我忘东西了。我跑回了镇上，全身无法控制地颤着。我在镇街上像无头苍蝇一样来回走了好几趟，才想明白，我是要写一封信。我跑到邮局写了有生以来的第一封信，字迹工整、清晰，没有忘记尊称与顶格以及信末的此致敬礼。将信投进邮筒时，我把两只手合起来，虔诚地祈祷了一会。回家之后，我感到特别平静，好像一块石头落了地。我甚至回答了芳芳姨关于竞赛的一两个问题，我是怀着一种怜悯的心情注视着她，以及她的肚子。那里的一团罪恶的血肉很快就会消失了！那块门牌一点也没有让我失望，三天之后的傍晚，一伙人冲进了我的家门，他们轻而易举地就把芳芳姨带走了。

五

我带着小宇穿过大半个村庄，迈上了一条山道。树荫遮住了正午的阳光，在道上洒下无数斑痕。我感到全身莫名地打战，像是发冷，牙齿与牙齿轻微地撞击着。小宇把搪瓷面盆顶在头上，左跳一下、右跃一下地往前走，他问，姐，我们不去大塘吗？他说的大塘是村口的那口大池塘，村里的大人小孩都在那里洗澡。我说，不，大塘里的螺蛳都让人摸光了，我们去山塘。山塘在山腰上，围在一大片树荫中间，边沿没有石阶，踩下去就是滑溜溜的淤泥，从脚趾缝里往上钻，让我一阵恶心。小宇紧紧拉着我的手，慢慢地下到塘里，说，姐，泥很滑。我说，泥里面有很多的螺蛳呢，赶快摸吧。我蹲下来，池水很凉，我不由打了个寒战，我的手在淤泥里慢慢地摸过去，摸到圆圆的颗粒就捏在手里，抓起来时，手上已经躺着几个圆溜溜、胖乎乎的螺蛳。小宇一下子兴奋起来，他像我一样蹲下来，将手伸进塘边的淤泥，慢慢地认真地摸索着，一双大黑眼珠飞快地转动着，小嘴一努一努。

芳芳姨坐小月子的时候，仍然喜欢嗑瓜子，她一边嗑瓜子，一边骂计生站那些畜生。瓜子壳从床铺上飞出来，散落在地面、凳子与翠绿色的缎子被面上，使我们家里铺满了茴香与奶油的气息。母亲一声不吭地收拾了这些瓜子壳，仍然把楼板擦得油亮。母亲甚至杀了一只鸡，煮了一碗黄黄的鸡汤，端给芳芳姨。母亲是那么地忍辱吞声，我配合着母亲的这种忍辱吞声，没有向芳芳姨发难。我现在对于芳芳姨有一种胜利者的宽容。我忽然发现了自己的力量，原来我是可以掌控事件走向的，我不像自己想象的那般弱小，我能够捍卫母亲，捍卫这个家，只要我能厘清事物间那种复杂的关联。我内心的暗物质在急剧地膨胀，它催生着极其危险的念头，但那个时候，我不知道这些，我不知道自己已经走到一个深渊的边缘。

一天，芳芳姨心满意足地喝完了一碗鸡汤后，母亲开口了。母亲说，芳芳，你还这么年轻漂亮，应该趁早找个好人家啊，我倒是听说镇上有户人家，老婆刚过世，家里是开小百货店的，什么都卖，啊，也卖瓜子！你见一面看吧！刚喝下一碗鸡汤的芳芳姨似乎一下不好意思说出拒绝的话。她迟疑了一会说，那就见见吧。很快地，那个男人就上门了。是常在镇街上出现的一个男人，惯常穿一件藏青色的工作服，守着一家杂货铺，眼睛瞅着过往的行人，不苟言笑的样子。他穿了一件半旧西装，坐在厨房里，面孔方宽，指节粗大，右眼稍有些不能聚光，但整体来说还是很过得去的。他看到年轻的芳芳姨，显然十分满意，两只手交互地搓着，说，这次来得急，没给孩子们带吃的，下次带。母亲给他们煮了糖放蛋，将他们留在厅房里，把我和小宇推到外面去。让我意外的是，父亲也默认了这一次行动，他带上几个徒弟早出晚归给人打家具，借此逃离了家里这一幕场景。那段时间，杂货店老板隔三岔五就往我们家跑，后来他不再穿那件旧西装，常常穿着工作服就来了，从大口袋里给我们往外掏零食。我与小宇渐渐地对他的大口袋充满了向往。我记得一种叫果丹皮的零食，一个卷起来的小筒，又酸又甜，软软的，含在嘴里可以吮吸很长时间。我拉着小宇的手，嘴里含着一小块果丹皮，一起去看云。我指着天边的云问小宇像什么。我喜欢看云，看暮色时分堆积在天边的红云，镶着一道美丽的金边，像是谁给它们精心打扮了一番。小宇说，它们像狮子，像老虎，像狼，像许多排着队奔跑的绵羊。

杂货铺老板最后一次来时，没有从大口袋里给我们掏零食。小宇看着他，大声地对我说，姐姐，我想吃果丹皮。我摇了摇小宇的手。我看见杂货铺老板的脸色是暗青色的，几乎与他的工作服融为一体。芳芳姨拒绝了他，芳芳姨说，你有一个儿子，我也有一个儿子，你的儿子比我的儿子大三岁，我的儿子比你的儿子矮六厘米，你的儿子会跟我的儿子打架，我的儿子肯定打不过你的儿子。你是帮你的儿子，还是我的儿子？杂货铺老板被这个绕口令蒙住了，他一下子说不出话来。他或许从两个儿子身上想到了更多的问题。芳芳姨也有更多的意思，没有说出来。这些意思，她后来跟母亲说了，小静妈，不是我要赖在这里，为了小宇，我是不会嫁出这个村子的，小宇只要待在这个村子里，他就在自己的家里，走出这个村子，小宇就成了拖油瓶，我不会让小宇去做拖油瓶的。母亲的脸色渐渐地灰暗了下来，她的手指颤抖着,我知道母亲想起了这些天做的点心:晶莹透明的糖放蛋,每碗里面放了三个,上面撒了雪白的蔗糖;红色的酱油面上撒了细细碎碎的葱花,卧了一个黄灿灿的荷包蛋;实在找不出东西时,母亲就煮糯米粥,镶嵌几粒鲜红的枣子……母亲的身体微微摇晃着,手扶在桌沿上。我感受到了母亲内心的刺痛。母亲不能哭,母亲在这一刻仍然不能示弱,母亲仍要维持那种以不变应万变的冷静,但母亲内心是虚弱的,母亲在这一战中已经没有多少胜算……可怜的母亲!我忽然发现手心里还捏着一只湿黏黏的小手,我重重地甩掉了它。

六

夜晚,父亲在灯下给小宇做一对小水桶。那些粗糙、形质鲁钝的木质,在他手中渐渐改变形态,变得光滑,慢慢凸现一种形体,具有了新的生命。父亲有一套精致的小锯、小刨,包在深灰色的卡其布里,兴致高时才会拿出来,做一些精巧的小玩意。父亲教小宇用刨子刨一块小小的木板,小宇的力气有些小,动作拖拖拉拉,推出来的青白色刨花没有连成团,碎裂了。父亲给小宇示范,他吸一口气,左手扶板,右手握刨,眼睛眯一眯,刨子骤然向前冲过去,至顶端时忽然停顿,刨花像一团漂亮的棉花一样翻出来,清香四溢。我从来没有碰过那些精巧的、泛着釉面光泽的木工工具。我是被间离的,与灯下那对其乐融融的父子。我认为我做得一定比小宇好。我在学校超过了那么多的男孩子,即便木工活,我也一定能超过他们。但是我没有获得机会。有时独自一人时,我会徒手模仿着那个动作,眼睛眯一眯，右手虚握，猛地用力向前一推，想象中的大朵白色刨花盛放开来。

但夜晚的静谧被打破了。芳芳姨开始与父亲争吵。那些声音总是发生在深夜，像针扎一样，锋利，刺耳。有时我在睡眠中被芳芳姨的哭声惊醒，夜晚的哭声有一种瘆人的味道，令人毛骨悚然，无法回归睡眠。有时还会传来一声沉闷的钝响，肯定是她把什么器物重重地摔到了楼板上。中间夹杂的父亲的劝慰，倦怠，疲惫不堪，听得出来睡意正浓。那段时间父亲十分繁忙，每天起早摸黑地四处奔波，但芳芳姨任性地把父亲从睡意中拽出来，她的哭诉指向那个被引产的五个月的男孩，指向父亲对此事的无所作为，她要求父亲离婚娶她。我们家的夜晚就这样被她扯得支离破碎。可以猜想，在墙壁的另一面，母亲也一定默默地醒着，经受着难言的煎熬。父亲一直没有答应芳芳姨的要求，即便整个夜晚被她搅得不得安宁，父亲仍然没有松口。早晨，我起床时，父亲已经面色阴沉地坐在桌前吃早餐。出外做工是按日计酬的，所以父亲必须尽量地延长一天的工时，为东家省钱。那段时间，我心里总是隐隐地有些不安。我发觉母亲也同样不安。她注视我的目光犹疑不定，似乎只是为了我哀恳的眼神，才不做出自我牺牲的决定。一个家的动荡不宁，往往会有什么祸事发生。一天傍晚，父亲被一伙人抬回来了，他右手的中指与无名指从第二指节处被电锯齐齐切断。

我无法忘记那些杂沓的脚步声，紧张的、嘁嘁的议论以及越来越焦灼的空气，它们愈来愈近，终于进入了我的家门。那是灾祸来临的声音。看见躺在门板上的父亲，母亲踉跄了一下，几乎晕过去，芳芳姨哇地一下哭出声来。倒是父亲抬起身体，挥挥那只完好的左手吼一声，哭什么啊，我这不是好好的！后来，父亲那两根手指永远短了一截，失去了指甲，像两个秃顶小人，非常丑陋，但对他的木工活并没有很大的影响，因此父亲对此很快释然了。我却比父亲更难以接受这样一个事实，父亲健美的身体有了这样一个缺口，父亲不完美了。我眼睛总是避开父亲的右手，我无法心平气和地看着它，我不忍看它，看见它，我心中的怜悯与怒火会一点点地冲上来。我把这笔账记在了芳芳姨的头上，我对她的恨又重重地加了一笔。父亲受伤后开了一个家庭会。父亲说，我们不要这样吵了，大家坐下来好好商量。父亲对芳芳姨说，芳芳，你想想清楚，如果你要走，我会像嫁妹妹一样给你操持；如果你要留，我们好好过日子。芳芳姨抬抬下巴说，我不走，我要给你生儿子。父亲沉默了，他把目光转向母亲。那是怎样的一次对视呵！十几年的时光在对视里好像飞快地流了一遍，有愧疚、恳求，也有惶惑、怨怼……母亲最后的眼神竟是宽宥与温柔的，母亲沉默了一会，抬起了头。她避开我哀求的眼睛。母亲说，我同意离婚。

七

池边的螺蛳很快就摸干净了。我说，我们到水中间去。小宇说，姐姐，我害怕。我说，你扶着面盆的边，把两只脚拍打起来，姐姐在你身边的。我的上牙与下牙咯咯地撞击着，使我有些说不清话。小宇听话地用两只手紧紧地扣着搪瓷面盆的边沿，两条腿欢快地拍打着，激起了一阵阵水花。我说，轻一点，水溅到脸上了。小宇就轻轻地、小心地拍着水。我们很快来到了池塘中间。这里的水很深，也很凉，塘水像一支支冰凉的箭镞冲向我的每一个毛孔，我全身颤抖起来，扶着面盆的手左右摇晃着。小宇听见了我牙齿发出的咯咯声，他说，姐姐，你很冷吗？要不我们回去吧。我看着小宇，对他说，你以后不准再把我的爸爸叫爸爸。小宇天真地摇了摇头，妈妈让我叫的，妈妈说锯木厂厂长就是我爸爸，我爸爸是锯木厂厂长！我的声音尖起来，他是我爸爸！不许你再这么叫他！小宇说，我就是要叫，他是我爸爸！是我爸爸！他得意地晃着小脑袋。池边的蝉鸣骤然间静了下来，好像听到了我内心的声音。我注视着小宇，慢慢地把手伸进面盆，轻轻地按在那朵含苞的牡丹花上，面盆缓缓地侧了过来，一道水流注了进来。小宇似乎没有明白过来，他注视着水流慢慢地灌进面盆，牡丹花在水流里面轻轻颤动，似乎正随风摇摆。他的手失去了附着的力量，他开始下沉。他终于明白了，张着惊恐地眼睛看着我，姐姐，我不叫了！姐姐，爸爸还给你！姐姐，我不再让爸爸给我买东西了！姐姐，我听话了……他的声音很快被池水堵住了，搪瓷面盆已经整个淹没在水中，迅速往水底沉下去，他竟然还紧紧抓着那个面盆，似乎那是他生还的唯一希望。我全身颤抖地看着这一切，似乎陷入一个无边的梦魇之中。我看着小宇在水面扑腾了一会，就沉了下去，水面上只剩下一团小小的涟漪。我忽然意识到，我只是想吓吓他，只是想跟他玩一个游戏，我应该叫大人来救他，但是我张开嘴，发不出声音。这只是一个噩梦，只是一个噩梦。我告诉自己。我游回到岸边，岸边只有一小堆螺蛳，还有我与小宇的两双鞋子。我看着小宇的那双天蓝色的、小小的泡沫拖鞋，忽然明白一切都是真实的。小宇就要消失了，那个整天跟在我屁股后头、黑眼珠的小宇，就要消失了！一个声音尖锐地从我的喉咙里跑出来——救命啊——我开始滂沱地哭泣起来，全身像打摆子一样战栗着——救命啊——那些人，那些大人，他们在哪里？他们怎么还不来？怎么还不来救我的弟弟，我的小宇！

两台抽水机轰鸣了一天一夜，小宇的身体才露出来，他嵌在了一块大石板的底下，那只面盆，就在离他不远处的地方，里面装了半盆淤泥。这只面盆后来装进了他的小棺木。这些事，都是后来听大人说的，他们说这个池塘，小孩子是不可以去游水的，水深，还有漩涡，我能够逃脱已经很幸运了。那个时候，我一点也不知道这些事。我蜷缩在床上，全身滚烫，不可遏制地发抖，牙齿响亮地撞击着，母亲给我盖了很厚的棉被，我还是剧烈地颤抖着，蛋青色的蚊帐跟着颤出一道道纹路；我一边抖，一边无意识地哭泣着，泪水把头发打成一绺一绺的。恍惚中，我看见芳芳姨冲过来，要把我揪起来，母亲挡住了她，母亲用身体挡住了芳芳姨的揪抓、击打，后来母亲脸上的指痕很长时间才褪干净。我似乎听见了父亲在隔壁的吼叫，听见父亲在对芳芳姨说要把我杀掉。我在迷糊中认为，自己不可以再起来了，如果起来，我肯定会被杀死，那还不如就这样死去，在战栗中，在床上，在火热的棉被中，在母亲的庇护下死去。

但我的身边渐渐安静下来，似乎有人来看望我。有一天，我稍清醒的时候，感觉有人在一匙匙地喂我喝粥，睁开眼后，发现竟然是父亲！父亲舀一勺粥，放在唇边吹一吹，然后送到我嘴边。那个瞬间，我以为自己又进入了某个梦境，但米粥温热的质感，滚入喉咙时那种舒适的暖意，使我渐渐清醒过来。我以为我已经得到宽恕，我的生命可以重新开始了。父亲的谅解似乎消除了我的一切罪孽，一切都已经过去了。我从这一碗米粥开始渐渐地复苏了。后来我知道，丧礼上的一件事挽救了我。来自镇中的一位副校长与教导主任匆匆地赶到我们家，他们说早就发了录取通知书给我，但没有收到回音，就跑过来看看。他们对父亲说，在这次升学统考中，我考取了全镇第二名，是除镇小外考入前十名的唯一学生。太难得了！将来一定是个女状元啊！那个副校长还说我已经被镇中的尖子班录取，并且奉劝父亲不要将我送到镇里的另一所中学去，那所学校的师资、教学质量跟镇中心学校没法比。父亲自然一口答应了。这件事在丧礼上一传十、十传百地扩散开来，削减了悲伤的气氛。人们都在议论我，不少人想到了许多年前的“贵不可言”的预言，他们说，小静长大后不得了啊，将来一定有大出息。丧礼到后来成了芳芳姨一个人的悲伤，只有她一个人在父亲做的小棺材前哭得死去活来。

八

一个面盆。一大一小两朵牡丹，红双喜的笑脸，闪亮的釉面光泽。与小宇带走的那只一模一样。它竟然出现在我的床铺上，在我掀开被子的一瞬间，毒蛇一样盘踞着，冰冷，不祥，像是来自另一个世界。在父母亲跑到我身边时，我才发现我在不可遏制地尖叫着。现在我只要一受惊吓，就会全身战栗，停不下来。在我取用物品的地方，常常会出现小宇生前使用过的物品，一件小衣服，一双小手套，一个铅笔盒，现在是……这个搪瓷面盆。似乎小宇的魂魄一直在我的身周游荡，不愿离去。芳芳姨在我的尖叫声中，慢慢地踱过来，阴沉地注视着我。父亲非常恼怒，把面盆从窗口扔了出去，说，芳芳，你以后不要再玩这种把戏了，不然……他没有把话说完，顿下脚走开了。

芳芳姨已经逐渐成为我们家的一个重负。她还是住在我家里。她或许是出于一种惯性,继续着以往的生活,继续地嗑瓜子,继续地躺在父亲的沙发上。但现在她什么瓜子都嗑,茴香瓜子断档了,她就去买小店里几毛一包的本地瓜子,一路走一路嗑回来,瓜子壳在村道上树叶似的散落下来。她身上的肉开始松弛了,胸、腹部的肉都开始往下垂,她也不去掩饰它们,她看上去似乎失去了以前的那种漂亮,那种丰腴女人火辣辣的美。她越来越懒惰了,每次吃完饭,都大大咧咧地把碗一推,甚至把沾有经血的内裤也扔到母亲的大盆子里,让母亲帮她洗。现在我们全家人都让着她,好像我们欠下了她一笔巨债。她使得我们家的日子变得那么灰暗。她的离去是迟早的事了,但是她似乎要把这个时间无限期地拉长。

我去锯木厂给父亲送绿豆汤。暑假快要结束了,我将要进入镇中的尖子班,听说那个班集中了全镇最优秀的四十个孩子,镇中的培养目标是让我们考入高中、大学,将来成为拿工资生活的人。我在这个村子里开始有了地位,连大人看见我,都要笑一笑,打个招呼。父亲正在车一根木线条,他朝我点了点头,示意我先去办公室。我走进办公室,没有看芳芳姨一眼。我取出了一个花边瓷碗,盛了满满一碗绿豆汤。怎么只有一个碗?芳芳姨问。我说,我只给我爸送绿豆汤。芳芳姨的眉毛挑了起来,一个泼妇的形象在她的眼角眉梢慢慢升起来,她说,哟!你妈都不敢跟我争!你一个小丫头片子,倒敢跟我斗了!我看着她,缓缓地将右边的嘴角拉开来,慢慢地说,你的儿子已经死了,你怎么还不嫁人呢!她注视着我,脸上的神情变幻着,忽然间像是明白了什么,疯了一样尖叫起来,你是故意的!你是故意淹死小宇的!我早猜到了!你是杀人犯!杀人犯!她冲过来,抓住我的脑袋，重重地扣在门框上，我感到一阵火热的锐痛，一道黏黏的液体从左额流下来，我大声叫起来。父亲冲了进来。父亲冲进来时，芳芳姨正继续揪着我的脑袋往门框上撞。父亲一把抱过了我，他的手臂扬起来，狠狠地掴在芳芳姨脸上，你这个婊子，你疯了！我贴在父亲的怀里，烟草、木屑的气息迅速地裹住了我，父亲的胸怀，滚烫滚烫，磐石一样有力。我舔了舔嘴边的咸味，冲着捂住面颊的芳芳姨，绽开了一个笑容，那是一个幸福、甜美的笑容。但芳芳姨像看见了鬼似的，她的脸上忽然布满了惊怖的表情。

一个月后，芳芳姨就出嫁了。我在村口目送她乘坐军绿色货车逃也似的离去，慢慢体会内心的巨石搬掉后的那种轻松与空洞。一年后，母亲生下了弟弟。之后，我的岁月十分平静，我慢慢长大，考上大学，成为城市的一分子，并始终独身。三十岁后，我的战栗症年复一年地严重起来，吃饭时甚至拿不住筷子。我接受了治疗师的精神分析，他对我说，打开你那个地下室的包，里面的东西已经霉变了。

王先生的父亲

一

那天我在一家理发店里弄头发，每隔半年，我都会去动一动我的头发，虽然动了之后都会后悔。小伙子理发师要我给头发打个蜡，说打蜡能解决一切干枯分叉。我觉得打蜡这个说法很有意思，很形象，在想象中，我的头发就像崭新的地板一样闪闪发亮。于是说打吧。他说用时大概一个半小时。我知道理发店的计时跟我们的不一样，他们的一个半小时相当于我们的一整个白天，如果我问他们好了没有，他们总说快了再过十分钟，这个十分钟一般要在一小时后才能过完。

于是我只能很无聊地刷手机，刷完了手机再刷边上的杂志报纸，这么刷啊刷，就刷到了一条小新闻，很小很小，在报纸的右下角。新闻内容大致是这样的：有为青年王先生考上大学，在大城市里打拼了十年，终于买了一套新房，他乡下的老父亲在得知这个消息后，一路跋涉为他送来了一根青竹竿，竹竿在家乡寓意“步步高”，摆在新房里可以占个好兆头。那天下雪,王先生的父亲在运送竹竿及其他大包小包的行李遭遇一路折磨（具体没有详说）,由于不方便打伞,到了王先生家时,身上的棉袄与棉裤已经被雪水沁湿了。王先生在接过竹竿的刹那"热泪盈眶,哽咽难言"。

新闻很短也很简洁。看过了,我就接下来看其他的一些,大都讲小三婚外恋什么的,很无聊。我又看了幽默版,那里面有几个笑话倒不错,但笑话一般记不住,我每次想背下来一个笑话,过几天记忆里面已经提取不出来。这是个什么现象,我不知道。

但我牢牢地记住了王先生的父亲以及他的竹竿。这个故事在接下来的几天一直在我脑海里盘旋。尤其那一句:王先生在接过竹竿的刹那"热泪盈眶,哽咽难言",是什么使王先生"热泪盈眶,哽咽难言"?我的脑袋里渐渐产生了王先生父亲的形象,瘦小,矮,黑,背微驼,脸上布满深深的沟壑般的皱纹,独眼。他的右眼睁着,左眼却关闭了,像一条封闭的堆满皱纹的肉线,看上去触目惊心。为什么王先生的父亲在我脑袋里是一个独眼的形象?原来我把小爷爷的形象嫁接在了他身上。我的小爷爷至今还生活在老家一个破败的大台门里,台门里其他的住户都已经搬光了,只有他和小奶奶住在那里,他们养了十几只鸡,七八只鸭,两头猪,还有一头牛,种了几亩地。早上鸡鸣即起,傍晚暮降即归,过着那种古老的行将灭绝的生活。我觉得把小爷爷嫁接到王先生父亲身上一点也不违和,很舒服。所有的老农民或者所有的农民不都是差不多的吗?

我又开始想王先生的样子。想象王先生的样子比较困难。我先把小爷爷的儿子们排查了一遍,小爷爷有三个儿子,大儿子农活技术水平仅次于小爷爷,本可以成为一个很厉害的农民,可惜他不守本分，一再奔赴外地做些技术层次较低诸如土工打桩工的活，是个不工不农的半吊子；二儿子从户籍来说也是农民，但他一生致力于脱离农民身份，背井离乡开了家小厂，现勉强在城里租房度日；小儿子考上师范做了教师，算是最接近王先生的一个，但他不知为何看上去有点卑屈小意，我觉得不怎么像王先生。在我的想象中，王先生是个拥有良好气质充满活力的现代青年（名牌大学且在大城市工作）。后来我看到朋友圈里一个人的自拍，觉得他比较像王先生，这人姓周（名略），周某戴黑框眼镜，鼻子圆且大，嘴唇薄而微抿，糅合文青味道和白领气质，看上去自尊又敏感。他经常发布非常高端有趣的资讯，也晒生活账单及维修水电满面油污的照片，总之属于活得比较困窘的大城市族类，且从他的微信里可以得知他父亲也在农村，也就是说，像周某这么一个现代青年背后完全可能站着一个像小爷爷那样老而满脸沟壑的农民。这甚至可能是普遍现象。这么一想，他跟王先生还真是非常合拍，那么王先生就是这个相貌了。

给王先生和他的父亲找到原型后，我心里踏实了一些。我甚至摹想了竹竿的形状，在我想象中，这根竹竿是九节的（九是一个非常吉利的数字），或者八节，王先生的父亲肯定会注意到这个细节。竹竿磨得很光，看上去汪青碧绿。有没有上漆这一点我没有把握，但我倾向于上了一层清漆。于是我眼前基本有了王先生父亲握着一根竹竿的形象。这样就有画面感了。但还是有些想象空缺着，并且是最重要最核心的一段想象，王先生父亲拿着一根竹竿和大包小包的行李坐公交车、挤长途车、在风雪中行路的一段过程，我想象不出来，或者说想不彻底。这段想象空缺的话，我就没法理解王先生看到父亲的刹那“热泪盈眶，哽咽难言”的心情。我只有体验了王先生父亲带着竹竿一路行走的过程，才可能体会到王先生“热泪盈眶，哽咽难言”的感受。所以必须还原这段过程。

二

必须解释一下，我这人经常想些稀奇古怪的东西。一件小事、一个小切口就能引发我漫无边际的想象。有时候在想象中，我变成了另外一个人，这个人像我，又不像我，与我重合又分离着，像做了一个长长的梦。有的梦有开头、高潮和结尾，像一部完整的电影。也有的梦只有一个开头，没再做下去，如果梦有实体，那就是一片无边无际的残垣。有时我觉得，现实与想象没有多大距离，想象可能变成现实，现实也可能仅仅是一种想象。

我在一家叫“基地苗木直销”的网店里，买了两根竹竿，竹竿寄到后，我选取了其中色泽比较好的那一根。竹竿粗二十六厘米，长二百二十厘米，青黄色，附到鼻边可以闻到淡淡的清香。我把竹竿拿回家，竖在门后面。

我的想法是：拿着竹竿出门、行走、乘公交车、去酒店住一晚、回家。走一趟跟王先生父亲差不多的路途。平常我也会出门、行走，不同的是，那天我手里将拿着一根两米多长的竹竿。

我觉得这应该不会有多难。

早上九点半，我拎起了竹竿。从这刻开始，我不再是我，而是一个瘦小、矮、黑、背微驼、脸上布满深深的沟壑般皱纹的独眼老人，我手上握的竹竿不是来自淘宝，而是老人拿着砍刀爬到竹山之上，像猿猴一样从这棵竹子荡到另一棵竹子（小爷爷在七十岁以前还会这么做)，利索地从一棵竹子上滑下来，三两下放倒的一根。且远方那位戴黑框眼镜、鼻子圆且大、嘴唇薄而微抿的青年恍似我的骨肉至亲，他栖息的鸽笼似的高楼小屋在大城市的飓风中摇来晃去，唯有将竹竿定海神针般插入其中，一切才会安定如磐。这么想象不算很难，最难的是，对老人此行各种心理与行动细节的揣摩，比如他把竹竿握在左手还是右手、排在队首还是队末上车、行事如一些农村老人那么谨小慎微胆怯羞涩还是像另一些农村老人那般勇往直前粗喉大嗓，这使得我的出演具有很大的随意性，在体验时，最难做到的就是这一点。

出门时，我遇到的第一个问题是竹竿的握法。这个最为简单、举手即可解决的环节原本并没有进入我的预设。事实上，人常常会忽略自己拿的东西的长度。在撕竹竿上的包装胶纸时，竹竿顶在了天花板上，发出撞击声。从家里出来下楼快到底楼时，持竿的右手疏忽了稍稍往下垂了一点点，竹竿磕在地上噗的一声。

这两下都很清脆，很响亮，也很震荡我的内心。

这都说明我代入王先生父亲还远不够深刻，我迄今为止的想象大概只抵达他那颗深不可测的老农民心脏的表层，如何顺着陡峭褶皱的脏壁往下，渐渐滑至彼意识的深处，或许能且仅能从这样一个最基本的动作出发：右臂撑成圆弧形，握拳向内，把竹竿护在圆心，竹竿下端离地保持十厘米左右，身体保持正直，所有的行李均由左手承负。

出小区门右行是条窄旧马路，路面上随处可见塑料袋、快餐盒及其他不知名的垃圾，把一座二线城市的卫生死角显露无疑，据说城市西面的新站完全不是这样，既豪华又敞亮，且接待大量外宾，那么这边就像失了宠的大房般颓败也不稀奇了。车辆甫一到站,路面即涌出来一批形迹可疑的招徕者,在行人纷纷低头侧脸回避且站口的栏杆打着醒目红字“警惕黑车,后果自负”的情况下,他们仍然粗喉大嗓拉拉扯扯叫大家上车。自然,我如一名谨小慎微自以为足够世故的老人那样低头避开他们,往前走去。如此走了许久,汗水很快就从各处渗了出来,太阳时序倒错地炙烤着水泥路面,又从水泥路面升上来腾腾的热气。而我连一顶遮阳帽也没有戴,也没法用手遮遮太阳。这么走到一个三岔路口,我完全不知道该往哪走了(两个“我”都不知道)。路边站着的两个乐呵呵的小伙子开口问我:

“美女坐车不?需要帮你指路不?”

我没理他们,径直往前走了数十步,感觉不对,又返回向他们求教。他俩像中了奖似的继续乐着(真不明白他们为什么这么乐),其中一个告诉我往哪走,并说:“早让你问我们了。”

照他们说的穿过马路(路有些宽,分两次绿灯方穿过),向右拐几十米,果然到了公交站。遮阳棚下或坐或立着十几个人。一切都很正常,很符合道德规范的老人坐长椅,年轻人站两旁,完全不像有人特意为我预设了一个场景——坐公交是此行的重要环节,我也没有多少坐公交的经验,在体验上最接近王先生父亲。在我扫视他们的时候,他们中的几个友善地对我示意(眼睛亮一亮,嘴角稍咧一下),打了个招呼。当我开口询问H酒店怎么坐车时,大家七嘴八舌纷纷抢答,一时我竟听不清都说了些什么。最后大家一致把抢答权出让给一位抱着米袋坐在长椅上的银发老人——银发与白发的不同即是将根根白发梳得极其顺滑,闪闪发光,使老人的整体气质看上去安详优雅,他旁边坐着位黄脸臃胖的老妇,如果是他老婆,实在有点配不上他。在老人说完后，抱婴儿的男人又补充了一个方案。老人的方案是坐15路再往前走一站半，男人认为坐22路下站后折返一站，两个方案听上去不分伯仲。我决定哪一辆先来就坐哪一辆。问题解决后大家又都站或坐成一排，一致地望向道路的左方。这使我意识到，刚才他们就是这么个统一的姿势，是我的到来扰乱了这一秩序。现在我也跟着他们望向左方。

抱婴儿的男人忽然喊一声："来了！"于是大家轰地一下站了起来。我也紧张地往前挪了两步，我在口袋里安放了两枚硬币，这差不多是我对于公交的全部常识——大约也是王先生父亲的全部认识。让我惊奇的是，黄脸老太上前一步以极其敏捷的动作抢炸药包似的抢过银发老人手中的米袋，抱在自己怀里，耸了几耸，像耸一个婴儿一样，使它以最受力的方式匍匐在怀里。老太抢走米袋后，老人因为失重而微小地晃动了下，我这才看出来银发老人其实弱不禁风，而看上去脸色黄蜡的老太却壮实得多，老人显然已经习惯这种做法并不打算再从老太怀里抢回米袋。看起来，他们之间已经有多年这样的默契了。这真让人震惊。上车非常有序——如果可能，我定会虚构一个非常有戏剧性的上车场景，但确实没有，大家很有默契地让老人走在前面，相互间有着十厘米左右的安全距离，有条不紊地上了车。我排在最末一位，有些慌张地对准投币口把硬币塞进去，然后在车门边的空座上坐下，把竹竿立在腿间。没等我坐稳当，一位拖着拉杆箱的妇女急匆匆上来，一把抓在竹竿上——她把竹竿当作扶杆了，竹竿一晃，差点没把她带倒。她含糊地骂了句什么，坐在我旁边。转眼间，已经有两三个乘客抓在上面。一个年轻女孩还跟我道了歉。

我就想，王先生父亲肯定也遭遇过同样的尴尬。我现在有了一个跟他完全相同的体验,这真令我兴奋。我把竹竿稍稍倾斜了下,使它不再保持垂直。在我这么摆弄竹竿的时候,想到了一件事,我身侧的车门似乎只有人往上走而没有人往下走。也就是说,下车的车门可能在车子的另一边。这让我有些慌张,听报站已经过了好几站,也不知道我那个站点到了没有。我转头请教旁边的妇女:“是不是上车的车门与下车的不一样?”那妇女约莫五十来岁,国字脸,肤色黝黑。听到此问她脸色一沉,以极慢的饱含讥讽的语调说道:“车门嘛,总有上车的车门与下车的车门,上车的车门不能下车,下车的车门不能上车……”我约略数数,似乎该下的站已经到了,站起来左手拿起行李袋右手握着竹竿,趺趺撞撞走向后门——这是此行以来最狼狈的时刻,我腾不出手来抓扶杆,车一个紧刹我猛地向前冲去,踉跄好几步总算动作敏捷胯部顶住横挡没摔倒在地。此时,我听到那位妇女还在悠悠地接着往下说:“看来是轿车坐惯了吧,怎么下车都不知道……”

我顾不上听她说话,因为在车门上方看到“下车请按按钮”几个红字,按钮呢,按钮在哪?!我大声问按钮在哪?抬头间竟看见了刚才给我指路的老头老太,他俩并排坐在后门旁的座位上稳如磐石笑意盎然(多么明智的选择啊),对我招着手呢。老头老太好心地异口同声地说:“你下错啦,你下错啦,你下迟了一站。”可是,按钮在哪呢?他们没有回答我的问话,而是像唱山歌一样一遍遍重复:“你下错啦,你下错啦,你下迟了一站。”也算是福至心灵,我终于在倚靠着的车柱上发现了一颗红色的钮,我胡乱地往下按,也不知按了多少下。车门终于开了,我下车时,老头老太还在拼命地朝我挥手,他们指着一个方向说:“往回走,往回走!往回走,往回走!”我这就跟亲爱的老头老太告别啦。

三

经历公交历险后我松了很大一口气，不管怎么样，前路都不可能有比这更大的困难了。可以说，一切尽在掌握。我想擦擦汗，但右臂没有动，好像指令没有传达到它的神经末梢。它整个僵掉了，看起来这么轻的竹竿，以同一个姿势举这么久，也足以使肌肉群完全瘫痪。王先生父亲举的路程比我远得多，不知道他是怎样的感受。我试着把竹竿扛在肩上，发现这也是个不错的方法。还真有意思，当路面空旷的时候完全可以这样行走，像沙僧挑着担，也像农民荷着锄。

天气越来越热，太阳全方位地晒在了我的裸脸上。几次问路中，从行人因我手握竹竿多少有些讶异到现在的熟视无睹，我感觉自己越来越与这根竹竿融为一体了，也就是越来越灰头土脸了。这时我看到前面有个公厕，一看见公厕我就感到了身体的需要，从出发到现在还没解决过一次。太紧张了，紧张得忘了还要上个厕所。当公厕出现在眼前时才发现尿意是那么迫切，似乎不解决就不行了。再说王先生父亲肯定也是要上厕所的。厕所非常小，也很不干净，考虑之后我把竹竿立在厕所门口的槐树后面，这里既比较隐蔽，也比较干净。

在上厕所的整个过程中，我脑袋里一直回放着老太抢老头米袋的动作，这个动作里面有些什么与我以前的观念抵触着。比如说，扛米袋这种活以前一直在男性这一边，我有这种根深蒂固的判断。但是，刚才老太抢米袋的时候，为何毫无委屈之态反而有一丝小小的得意呢？老太太抢米袋的做法，至少会给老头三方面的信息：一、老太很爱护我；二、我确实拿不动米袋；三、我需要老太。建立“被需要”信息是维系一种关系的基本要素。有时候，我们在抽离与他人的关系时所使用的办法就是使自己“不再需要对方”，也就是说，要想建立密切的关系，就是不断地让对方“需要自己”。

走出公厕后，我还一直在想这件事情，现在行走的街道两边长满梧桐，风吹过来很是舒爽，是一路行来最惬意的一段行程。我一面走一面像个农村老汉那样向路两边张望，忽然间感到了不对。竹竿！我竟然忘了竹竿！我罔顾周围人诧异的目光，转身就往厕所跑，如果竹竿丢失了，那我这次体验不但完败而且败得莫名其妙！还好，竹竿还好好地立在原地，沉默、忠实地守在树后。我抚摸着它，百感交集。它原谅了我这一次失误——王先生父亲绝不会犯的失误。我把它牢牢把在手心里，保持正直往前走，现在走的感觉跟刚才没有竹竿时完全不同，像是拥有了一种极其重要之物，甚至当路边行人的目光过来时，我还有一种优越感。因为我拥有着别人所没有的东西——一根有意义的竹竿。也就是在这个时候，我忽然间弄明白了一件事，实际上，竹，竿，根，本，不，是，负，累！我弄错了，那个写新闻稿的记者也弄错了，甚至王先生也弄错了，竹竿并不给王先生的父亲带来负累，相反，如果没有竹竿，长途旅行就是一种苦役，而有了竹竿他的一路行走就有了意义。竹竿就是需要，就是他对儿子对这世界的需要。当他拎着竹竿望见儿子居住的小区——就像我现在离 H 酒店越来越近时，他的心里涌动着多么愉快、幸福与爱怜的情感啊！相反，如果对方并不需要他的竹竿——那就像王先生父亲千里迢迢把竹竿送到儿子那里，儿子把竹竿横搁在膝盖上“啪”地一折两断那样可怕。

我在路边的石凳上坐下来，酒店的霓虹灯已经在望，但我握竿的右手以及拎行李的左手均已酸得不行，两只小腿肚也隐隐抽搐，更重要的是，我心里有些坠坠的难受。我停在一家显然规模不小的饭店门口，再次将竹竿立在鞋面上——其实我已经用不着这么保护了，我此行的目的地已经到了，竹竿即将失去作用。跟王先生父亲不一样，我的前方并没有一个等待着竹竿的人。所以竹竿已经没用了。不知为何，这个事实让我有一点点难过。

保安帮我打开酒店的推门，他穿着一身黑色的挺括的保安服，戴着顶可笑的近似警帽的帽子，脸圆圆的，看上去约莫二十二三岁。在我往里走时，他摸了摸我的竹竿。

他说："美女拿根棒子干什么？"

我说："不是棒，是竹竿。"

他点点头，依然说："我能理解男人拿着根棒子，但不能理解女人拿着它。"

我说："不是棒，是竹竿。"

他把两只手往上比画着："拿它去够高处的东西，晾衣服？"

我摇头。

他又说："撑蚊帐？你们南方蚊子多。"

我摇头。

"不会用它打贼吧？"

我笑了，说："钓鱼，用它钓鱼。"我觉得不给一个答案，他可能会一直纠结下去。

"你们不是用那个长长的会伸缩的棒子钓鱼？"

“这个棒子也行,你看,只要绑上鱼线就行了。挺方便,还省钱。”我说。

这么说完以后,我觉得确实可以拿它去做根钓鱼竿。我原本打算到了酒店之后,就把竹竿随便弃在哪个地方,比如说放到大厅中间那只一人高盘着漂亮的绿色孔雀的大花瓶里。但既然它还有这么个做钓竿的用途,丢掉它似乎有点可惜。这可能是个糟糕的开始,如果我连一根竹竿都没办法丢掉。

竹竿在门背后立了三年。直到今年春节先生腌咸肉需要搭一个架子,四处找材料发现了这根竹竿,就把它劈了开来。听见噼里啪啦的声音我赶过去时,竹竿已经断成了几截。我想起了竹竿后面的王先生父亲,和想象王先生父亲的那个我。现在的我跟那个时候的我,已经有了一段遥远的距离。我默默地将咸肉搁在竹架上,一层层涂上盐巴。